Domenico Scialla
EN MARCHANT VERS L'OCÉAN

Édition 2021

Traduction par Nevia Ferrara

www.camminandoversoloceano.it
camminandoversoloceano.blogspot.it

*Avec une immense affection à Gabriella,
grande amie et compagne de voyage*

*Beaucoup des faits relatés ici se sont 'réelment' produits;
d'autres, cependant, sont le fruit de mon imagination*

*"Va et suis ton rythme,
sans jamais s'en détacher.
C'est la bonne chose,
à mon humble avis!"*

1.

«C'était le diable», a dit le père Xavier en se tournant vers moi, après quelques instants passés en silence à regarder la fenêtre. «Il essaye toujours de gâcher les bonnes choses, tout comme votre chemin vers l'océan Atlantique, Richardo.»

Je me souviens de cet arbre à la forme démoniaque que j'ai vu entre Saint Jean Pied de Port et le refuge d'Orisson: même si depuis peu de temps, il m'avait bouleversé.

Le Père Xavier s'assied à côté de moi, prend mes mains dans les siennes et continue: «Il est envieux. Envieux de cet enthousiasme, de cette foi que, même si j'ose la qualifier de séculière, j'ai lu dans vos yeux et ceux de Stefania lorsque vous êtes arrivé ici à Roncevaux il y a quelque temps.

Je me souviens bien, c'était votre deuxième jour sur le Chemin. Ah! Stefania, Stefania, cette pauvre et malheureuse fille, qui sait où elle est maintenant; jusqu'à il y a quelques jours vous étiez ensemble et maintenant...». Il se lève et retourne à la fenêtre. «Plus que jamais, pour surmonter ces moments terribles, tu as besoin de ta foi, mon fils.»Il soupire tout en gardant un regard humble et aimant vers moi.

«Embrasse-la intensément et serre-la fort près de toi, c'est tout ce que tu peux faire; j'espère de toute mon âme que la paix et la sérénité s'épanouiront en toi.»

Nous entendons des pas dans la pièce voisine et le père Xavier, ouvrant une petite porte en bois, jette un coup d'œil et appelle Ahim, qui nous rejoint après quelques secondes. Il demande à moi et au garçon arabe d'avoir quelques minutes de méditation avec lui, puis s'agenouille aux pieds de la Sainte Vierge. Il entend le chant des bergers qui vont à la grotte dans la nuit magique et se met à prier: «Sainte Vierge aide nos vies...».

Lentement, le ton de sa voix s'abaisse jusqu'à ce qu'il se transforme en silence. Ahim, au contraire, entend l'appel du Muezzin et s'agenouille vers La Mecque, le visage au sol et les bras en avant; il déclamait quelques versets du Coran en arabe, parmi lesquels je ne discerne que le mot *Allah* et, peu à peu, sa voix s'estompe aussi. J'assume la position yoga du lotus en respirant profondément et, en prononçant l'Om, je me sens bientôt enveloppé d'une sensation de bien-être; je me vois flotter dans l'Univers parmi mille couleurs et une harpe chante une mélodie céleste, dans laquelle je reconnais *l'Adagio* d'Albinoni.

Ainsi je perçois l'étreinte de la Vie et je récite quelques vers écrits par moi il y a quelques années: «Et maintenant que les ombres de l'âme s'amincissent, une Lumière sereine fait place en moi et je vis». Et moi aussi, je me tais.

Un ciel parsemé d'étoiles a récemment remplacé celui ensoleillé d'une splendide journée de mi-octobre, lorsque je prends congé du Père Xavier. Je dois admettre que notre rencontre m'a fait me sentir mieux et m'a donné un peu de paix. Je fais un tour, puis je m'assois sur un banc sur la place adjacente à l'auberge des pèlerins, où je vais dormir ce soir, puis je pars pour Rome le matin.

Je me souviens de l'après-midi où Stefania et moi, pour moi St, sommes arrivés ici et, en particulier, l'espagnol de Séville, nous nous sommes rencontrés la veille au refuge d'Orisson, avec un groupe de Français, un Hollandais avec sa femme et une fille belge, la seule dont vle nom je me souviens: Marin.

En plein sur cette place, l'Espagnol nous a appelés à haute voix «Italiens!» et a souri en disant qu'il était déjà arrivé depuis longtemps; puis il nous a montré ses pieds boursouflés. Nous avons discuté des deux premiers jours du Chemin et il nous a invités à participer au service du pèlerin, en indiquant le lieu où il aurait lieu peu de temps après. On en avait déjà entendu parler, il est réputé parmi les marcheurs, mais lui seul a su nous inculquer la curiosité et le désir de manière à nous amener à y participer.

Je regarde le ciel un instant, puis je soupire et prends mon téléphone portable de mon sac à dos dans lequel j'ai les photos et les notes du Chemin de l'Océan avec St.Je commence à les consulter et à revivre chaque instant.

2.

*Ensemble
vers l'océan*

Pleins de curiosité et avides de nature, St et moi arrivons à Saint Jean Pied de Port, en bus de Bayonne, coïncidant avec le TGV de Paris Montparnasse. Beaucoup se rassemblent ici pour commencer le chemin de l'Océan Atlantique à pied ou à vélo. Le chemin est assez simple, presque à la portée de tous. Cette voie, classée au patrimoine mondial de l'UNESCO, bien qu'elle soit née dans l'antiquité comme pèlerinage religieux, a longtemps été entreprise par la plupart des gens par simple curiosité, pour le sport, pour l'amour de la nature, pour des raisons culturelles et, qui sait, aussi pour des raisons connues uniquement par l'inconscient.
Beaucoup de gens décident de marcher tout ou en partie, en une ou plusieurs fois et quelqu'un le répète au fil du temps. Il y a ceux qui le font seuls - une expérience forte d'un point de vue méditatif - mais l'idéal serait de marcher en deux, maximum en trois. Vous pouvez toujours rejoindre les autres quand vous en avez envie et vous en détacher à tout moment, sans vous sentir connectés à personne. Le bus s'arrête dans un parking non loin d'une porte médiévale. Nous

entrons dans la ville avec les autres passagers, comme si nous faisions partie du même groupe et puis, progressivement, nous nous séparons entre les rues. St lit, devant les maisons et les tavernes, les prix des chambres et des menus du dîner, presque toujours écrits à la craie de couleur sur des ardoises.

Habituellement, vous séjournez dans des chambres dans des maisons privées ou des *albergue*, ce sont les solutions les moins chères. Les *albergue* sont des auberges, il y en a des privées et municipales, ces dernières n'ont généralement que des dortoirs. Dans les centres de taille moyenne et dans des villes comme Pampelune, la capitale de la Navarre, Burgos, León et dans la capitale de la Galice, Santiago, il y a aussi des *hostal* et *pensión*, ou des hôtels plutôt modestes, ainsi que des hôtels de luxe. On frappe à l'une de ces maisons et un homme d'âge moyen s'ouvre à nous qui, souriant et nous invitant à le suivre, nous dit en français: «Bienvenue. Je vous attendais et votre chambre est prête».

Nous sommes surpris, il se comporte probablement comme ça avec tout le monde, mais nous aimons sa façon de faire. La maison s'étend sur trois petits étages, auxquels on accède par un escalier en colimaçon en bois qui part de l'entrée: au premier étage il y a l'appartement principal, au deuxième il y a les chambres d'hôtes et au troisième un salon et salle de petit-déjeuner. Le propriétaire note nos noms dans un petit carnet en disant: «Pour arriver à Roncevaux, vous avez deux alternatives: la route du fond de la vallée et la route de la montagne. Le premier itinéraire est moins fatiguant, mais aussi plus monotone; l'autre est plus difficile, surtout les huit premiers kilomètres jusqu'au refuge de l'Orisson, mais c'est le plus beau. On monte jusqu'à 1400 mètres environ et on peut admirer des vues à couper le souffle, à certains endroits on peut encore trouver un peu de neige».

«Je pense vraiment que nous allons opter pour la route de la montagne, qu'en dis-tu Rich?»

«Ok St, nous devons saisir toute la beauté qu'il y a.»

«Sage décision. Vous pourriez arriver dans deux jours en vous arrêtant au refuge; même s'il y avait plein, ils trouveront toujours un endroit pour dormir là-bas, si quoi que ce soit tu coucherais avec trente autres personnes par terre» il a souri «mais c'est aussi le Chemin, fantastique et aventureux. Le lendemain matin, vous pourrez parcourir les dix-sept autres kilomètres jusqu'à Roncevaux.»

3.

Au petit déjeuner, deux filles orientales nous préparent des biscuits avec de la confiture et nous versent du lait chaud; nous leur coupons des fruits frais. Nous ne pouvons communiquer qu'avec des gestes et de grands sourires.

Avant de partir, je trébuche et je risque de tomber par l'échelle mais St, qui est derrière moi, parvient heureusement à me tenir par le sac à dos. Et après le danger évité, le propriétaire met la *sello* sur nos lettres de créance, pour certifier le début de cette merveilleuse expérience; il prend ensuite deux grosses coquilles d'un sac, le symbole du Chemin, les attache étroitement à nos sacs à dos et, plaçant une main sur mon épaule et l'autre sur celle de St, il nous souhaite: «*¡Buen camino!*». A partir de ce moment, nous entendrons cette exclamation de nombreuses fois. Une forte émotion imprègne notre âme et aussitôt nous nous mettons en route.

Ayant décidé d'aller lentement, St et moi sommes souvent seuls: beaucoup nous flanquent, échangent presque toujours quelques mots avec nous, nous dépassent et en quelques minutes disparaissent à l'horizon.

Nous rencontrons deux Italiens, le plus jeune a des lunettes fuchsia qui ne passent certainement pas inaperçues.

«Est-ce toujours bon?!» Avec Lunettes nous dit sur un ton de plaisanterie, en répétant une phrase de St.

St lui sourit.

«D'où venez-vous?» Sans Lunettes nous demande.

«Moi de Sicile, lui de Campanie» répond St.

«Nous de la Toscane et j'emmène ce morveux au salut» continue Avec Lunettes, riant et regardant Sans Lunettes.

«Espérons-le, alors» j'interviens.

«En supposant que nous arrivions à Santiago, étant donné son âge», dit Avec Lunettes en tapotant son compagnon.

«Tu ris! Je n'ai certainement pas passé un an au gymnase pour me préparer à ce Chemin» se défend Sans Lunettes.

Tous les quatre, nous éclatons de rire, puis les deux drôles de gars continuent à nous saluer à l'unisson.

C'est une période vraiment stressante pour moi, à cause de la chirurgie de la vésicule biliaire que je vais devoir subir sous peu et surtout à cause des brimades que je subis depuis un certain temps à

Lacondary s.r.l., la ferme pour laquelle je travaille; ils veulent me forcer à démissionner, car pour eux je suis une branche sèche - je résiste bec et ongles, je n'ai pas d'alternative pour pouvoir partir; mais j'espère trouver une solution le plus tôt possible: un autre travail, un loto gagnant ou que les livres que j'ai écrits connaîtront bientôt du succès -. Cette expérience unique ne peut que me faire du bien. St suggère que je me détache de tout ce qui est ma vie et que je ne vis que ce qui concerne cette situation.

Il fait froid et le temps n'est pas du tout beau quand nous arrivons à Orisson. Il a juste arrêté de bruiner. Pendant que nous consommons notre déjeuner, jambon et biscottes avec du miel, nous évaluons s'il faut continuer vers Roncevaux ou s'arrêter et reprendre le matin. Une marchette courtoise et charmante d'une cinquantaine d'années nous a prévenus qu'à partir d'ici, il faudra environ cinq heures pour marcher et, à part une fontaine et beaucoup de belle nature, nous ne trouverons rien. Il est presque trois heures de l'après-midi et, vu les nuages et notre allure, qui nous prendront au moins six heures, nous décidons de partir demain avec plus de tranquillité.

Le dîner est servi dans une salle à manger en pierre avec une grande table en bois sombre au centre, entourée d'autres du même type pour quatre personnes. Au fond, dans une grande cheminée éteinte, un pot de cuivre est suspendu; des pièces de monnaie sont placées sur les rebords et les creux des murs, tandis que le plafond blanc est tapissé de poutres du même bois que les tables. J'ai l'impression de remonter le temps.

La propriétaire nous dit que nous pouvons nous asseoir à l'une des petites tables ou, si nous le voulons, à la grande, avec d'autres marcheurs. L'idée de rencontrer d'autres personnes qui ont la même expérience nous fascine, alors St et moi prenons place, face à face, à la grande table. A ma gauche se trouve l'Espagnol de Séville, à ma droite Marin, le Hollandais avec sa femme, et les Français qui occupent le reste de la table. Ces derniers, retraités et vieux amis, animent la soirée avec des chansons folkloriques, dont certaines sont également connues en italien. Ils aimeraient que St et moi chantions *Bella ciao*, mais ils ne peuvent pas nous convaincre, même si nous aimons cette chanson populaire. Ils ont l'intention de marcher un peu chaque année jusqu'à ce qu'ils le terminent. L'Espagnol consacre le Chemin à sa fille et espère arriver à Santo Domingo de la Calzada dans une quinzaine de jours.

Nous prévoyons de marcher pendant environ une semaine puis de continuer en train ou en bus jusqu'à Finisterre. Marin, comme l'Espagnol, avance sur le Chemin toute seule et espère arriver à Compostelle dans un mois environ. Une entente s'est aussitôt épanouie entre elle et moi, et nous échangeons des e-mails avec la promesse de nous revoir en Italie et en Belgique. Nous ne comprenons rien au Néerlandais et à sa femme, pas même pourquoi ils sont ici.

Nous rentrons bientôt dans notre chambre: une buanderie, avec machine à laver, table à repasser, linge à repasser, et deux lits pliants adossés au mur; c'est la seule façon de dormir ici ce soir. St s'endort en un clin d'œil, alors que je commence à penser à Marin, à quel point elle est belle de corps et d'âme, puis je prends mon téléphone et écoute sa voix que j'ai enregistrée à son insu.

«Je vis au maximum six mois par an, le temps de travailler un peu, avec ma sœur, dans une maison héritée d'une tante, puis j'erre dans le monde. J'aime les gens, la nature et tout ce qui m'entoure. Eh eh, je suis un papillon. J'ai des activités occasionnelles, je gagne juste assez pour une vie modeste mais émotionnelle. Tu penses que je suis une clocharde, non?"

"Non, je ne pense pas du tout, en fait je t'apprécie beaucoup; je suis presque comme ça aussi!" ma voix lui répond.

"Eh bien, tu es à un bon point, mais c'est le 'presque' qui n'est pas bon, ha ha!"

"Tu as raison, Marin, tu as raison."

"Tu es 'presque' sur la bonne voie, tu n'as pas l'air si mal. Là où je vis, ils me considèrent comme une clocharde, une villaine fille. Mais je m'en fiche. Tu sais à quel point je m'en fiche?! Je fais ce que je veux et je continue tout droit."

"Et tu fais bien, donc tu dois le faire, mais tout le monde n'en est pas capable.

"Malheureusement, il y a encore beaucoup de gens qui sont scandalisés par le fait que je vis ma vie de cette façon, en pensant à tout plutôt que de trouver un travail sérieux et de fonder une famille, mais je m'en fiche.

Beaucoup ne comprennent pas que je suis heureux et bien plus qu'eux. Ça craint quand on vous dit que tu fais cela parce que tu ne veux pas prendre tes responsabilités et que tu veux aire des choses qui ne sont plus faites à ton âge, parce que tout doit être fait en son temps. Je suis convaincue que la plupart de ceux qui parlent de cette manière ne prennent pas vraiment leurs responsabilités, vivant le contraire de ce qu'ils voudraient, car ils n'ont pas le courage d'affronter le jugement des autres et des risques tels que le fait de ne pas avoir un centime ou la peur de rester seul.

Mais quand êtes-vous vraiment seul, sinon quand vous ignorez votre âme? Qui détermine et comment décide-t-on quand assumer ses responsabilités et quel est le bon moment pour faire certaines choses? Je pense que ce sont des concepts relatifs: ce n'est qu'en écoutant la voix de son âme que nous faisons les bonnes choses pour nous-mêmes. Supposons que quelqu'un comme moi assume les responsabilités d'un emploi stable et d'une famille, peux-tu imaginer ce qui lui arriverait, que perdrait-elle? Quelle tristesse, vraiment quelle tristesse! ''

St et moi nous réveillons quelques instants à l'aube et, avant de nous rendormir, nous remarquons que le ciel est sans nuages et plein d'étoiles, et qu'il fait assez chaud.

Après le petit déjeuner, ne sachant pas si nous nous reverrons, nous disons chaleureusement au revoir a l'Espagnol et le Néerlandais, et partons.

La nature s'exprime comme par magie: les vallées, la végétation, le chant des oiseaux, quelques morceaux de neige toujours pas fondus, le bourdonnement des insectes, le parfum apporté par une douce et fraîche brise printanière. De temps en temps, des petits aigles nous survolent, tandis que nous observons des vers qui, liés ensemble, forment de longs bâtons semblables à de la réglisse. A cela s'ajoutent les chants de quelques marcheurs; à mesure qu'ils se rapprochent de nous, ils deviennent de plus en plus définis jusqu'à ce qu'ils disparaissent à l'horizon; ce sont des chants de joie et de toutes sortes, d'*Albachiara* à *My way*, de *La vie en rose* au *Time*, en arabe, français, anglais, espagnol et dans d'autres langues incompréhensibles pour nous.

Dans ce paradis, cependant, je ressens aussi des peurs de temps en temps, imaginant de grands oiseaux plongeant vers nous et des serpents venimeux rampant à nos pieds. J'en parle avec St qui minimise en se moquant de moi: «Ce sont des caprices, Rich. Et quel homme humain n'en a pas au moins deux?».

Au loin on voit, debout sous un arbre, trois filles vêtues de blanc qui, avec une grande passion, chantent en anglais: «Allons-y, allons-y, dans les rues de l'existence marchons, vers Puchiluchio, pour te rejoindre!».

Tout le monde ne respecte pas ceux qui empruntent ces chemins, quelles qu'en soient les raisons: certains religieux chantent très fort, de manière grossière, avec une attitude qui semble dire "ici il ne doit y avoir que moi et ceux comme moi, vos motivations ne comptent pas, la mienne m'emmène plutôt loin". Peut-être au paradis, qui sait. Nous commentons ces comportements inconvenants en anglais avec un marathonien français et un groupe de randonneurs suisses; nous convenons que la seule solution, pour éviter que cette atmosphère de paix et de fraternité ne soit perturbée, est de les éloigner suffisamment: St et moi nous arrêtons et les laissons continuer, les autres reprennent rapidement pour les laisser derrière. Parmi les randonneurs, il y a aussi une personne aveugle: nous n'avons pris conscience de son état que lorsqu'il a pris des feuilles écrites en braille de son sac à dos et a commencé à lire avec ses doigts. Nous avons été frappés par son autonomie, surtout quand il a continué, main dans la main, avec sa copine: il semblait la diriger.

Nous marchons depuis un moment lorsque l'Espagnol nous parviennent; il nous sourit, nous regarde pendant quelques secondes avec son regard puissant puis continue. Nous nous sentons très proches de lui, en particulier St, et nous pensons qu'il est vraiment une personne spéciale.

Marin, en revanche, nous rejoint au point où nous devons emprunter un chemin pour continuer. Nous sommes ici depuis un moment et nous ne trouvons aucun signe indiquant le Chemin: une flèche jaune, parfois une bande rouge et blanche. Marin en pointe un juste devant nos yeux mais nous ne l'avons pas remarqué. Nous éclatons de rire parce que parfois les choses apparemment plus complexes sont en fait les plus simples, nous les avons sous la main mais nous ne les voyons pas, distraits par d'autres choses. Dans cette circonstance l'autre est probablement aussi le paradis qui nous entoure et les chevaux qui, non loin de nous, galopent librement dans les prés. Marin s'approche de l'un d'eux et le caresse, le serre dans ses bras, lui murmure des mots en français. En voyant comment cette fille le fait naturellement et gentiment, St et moi avons aussi envie de l'imiter.

Continuons à marcher ensemble. Mon regard rencontre toujours celui de Marin, avec une grande complicité, comme cela s'est passé au refuge. On se sourit, lentement ma main commence à caresser ses cheveux puis pendant un moment on reste main dans la main.

Nous nous séparons à la fontaine: elle reprend son rythme, tandis que nous nous arrêtons à la place: St veut soigner la vessie qui a surgi sous son pied droit il y a quelques heures. Il se lave soigneusement les mains et s'assied; commence à tamponner l'ampoule avec du coton imbibé d'iode, puis désinfectez un fil de coton attaché à une aiguille. Elle perce une extrémité de la vessie en laissant s'échapper un liquide semi-transparent et pousse l'aiguille jusqu'à ce qu'elle sorte de l'extrémité opposée. Je frémis en voyant cette scène, bien que je sache qu'il n'y a pas de douleur, car la peau est morte. Un petit oiseau se pose non loin de nous et commence à observer St attentivement. Mon compagnon de voyage détache l'aiguille du fil et attache les deux extrémités pour l'empêcher de glisser; elle sourit et dit au petit oiseau que ce fil doit rester ainsi pendant un moment, jusqu'à ce que la vessie soit sèche. Deux marcheurs, un garçon et un homme dans la soixantaine, tous deux de Carpi, demandent à St la permission de prendre des photos d'elle pour documenter cette opération et elle n'a pas envie de dire non; je m'amuse beaucoup à observer la scène, sous ses regards menaçants. Pendant qu'ils bricolent leurs téléphones portables, on se rend compte que les personnes âgées ont une inscription sur leur sac à dos.

La Coupe du monde commencera sous peu. Je vais mettre les bouchons d'oreille pour ne pas entendre les commentaires. Le football est trop corrompu et nous n'avons jamais eu d'Italie, encore moins dans le sport. L'unification était une excuse pour les Piémontais pour commettre un grand vol dans le royaume des Deux-Siciles et l'un des génocides les plus odieux de l'histoire.

St et moi nous regardons un instant, puis les deux nous saluent, ils se mettent en route et la voix d'Angelo Magliacano de TerroMnia résonne en moi en chantant La Tammurriata del Povero Brigante:

Mère du ciel de la terre et la mer,
un étranger rouge m'apparaît.
Elles sont terres glorieuses et pures,
des personnes meurent, des adultes et des enfants.
Que recherche-il, qui l'a appelé?
Ce sont des faux, pas des frères.
Ils viennent de l'extérieur, ils commandent le sauvetage

sans savoir qu'ils les jettent dans la fosse.

Nous nous asseyons encore quelques minutes en silence, puis St recouvre de gaze stérile ce qu'elle a guéri; remet ses chaussettes et ses chaussures et se lève. L'oiseau prend son envol au moment où nous reprenons pour Roncevaux.

4.

La fonction du pèlerin approche à grands pas. Les personnes présentes sont absorbées dans leurs pensées; une légère odeur d'encens flotte dans l'air et un silence respectueux règne. Je vois l'Espagnol, le groupe de Français et Marin. D'une porte en bois à ma gauche, quatre prêtres vêtus de blanc entrent en chantant, jusqu'à ce qu'ils atteignent l'autel. L'un d'eux est le père Xavier que nous avons rencontré il y a peu dans la rue. Nous avons échangé quelques mots et il m'a demandé le contact Facebook.

Un vieillard mal habillé se jette par terre et crie en anglais: «Dieu merci, merci pour tout ce que tu as fait pour moi!». Les prêtres se taisent quelques instants, puis l'un d'eux reprend la célébration. Le vieil homme se lève et prend sa place non loin de l'Espagnol.
En fin de compte, la bénédiction est accordée dans différentes langues à toutes les personnes présentes qui, au cours du service, ont augmenté petit à petit, pour remplir toute l'église.

5.

Avant de reprendre la Voie, un groupe de garçons, aux visages peu fiables, avec un *«peregrinos!»* chargé de mépris, attire notre attention. Ils nous disent de continuer dans une direction dont nous réalisons immédiatement qu'elle est opposée à celle indiquée par les panneaux. Nous considérons ennuyés qu'ils ne soient que des idiots et continuent sur la bonne voie.
D'autre part, les indications d'un fermier qui, ayant arrêté le tracteur avec lequel il est récemment sorti de sa cabane, nous suggèrent le bras tendu la direction à prendre.
Nous longeons les jolies petites maisons pendant quelques minutes puis empruntons un chemin de campagne qui continue parmi de grands arbres au tronc fin et verdâtre. De temps en temps, des

portes en bois rudimentaires interrompent le chemin, mais elles s'ouvrent facilement.

Un mec dans la soixantaine nous rejoint et nous raconte qu'il est arrivé à Lourdes en moto depuis Brescia et a commencé le Chemin de Saint Jean. Il porte un sac à dos de dix-huit livres, le nôtre ensemble ne dépasse pas vingt, et il se plaint de sa femme qui l'a forcé à fourrer des choses inutiles, mais il semble soulagé lorsque nous lui suggérons de renvoyer quelque chose. Il a l'intention d'achever le Chemin en vingt jours. Il prétend être un sportif et son physique, son rythme et sa façon de tenir les bâtons de marche le confirment.

A Zubiri nous faisons un tour du centre pour chercher un logement et nous nous rendons immédiatement compte que c'est une ville, plus grande que les villes que nous avons traversées précédemment, et il n'est pas difficile de trouver de grands magasins, des banques, des distributeurs automatiques de boissons, de cigarettes et DVD.

Pour le dîner, nous nous arrêtons au Dux, un joli restaurant-pub; un grand écran à l'entrée montre un match de football et de nombreux supporters applaudissent une grande action qui vient de se terminer. Une fille vient nous rencontrer et nous demande si nous voulons dîner ou quelque chose au bar. Elle nous emmène ensuite dans la salle du fond. Il y a des tables pour quatre et une pour dix, où le gars de Brescia s'assoit avec neuf autres marcheurs que nous n'avons jamais rencontrés auparavant. Nous sommes désolés de ne pouvoir les rejoindre, mais nous parvenons toujours à discuter avant de prendre place à notre table.

En flânant, alors que nous traversons une petite place, un type vient à notre rencontre un peu excité, peut-être qu'il est ivre ou peut-être qu'il lui manque une roue; il a un disque compact à la main et, le regardant de temps en temps, prétend être le lecteur de CD local. Nous lui sourions avec amusement et continuons de voir un ouvrier de Berlin, connu à Roncevaux, plus loin. Seul et pensif, il est adossé à un muret. On échange quelques impressions sur la journée, puis on se dit au revoir et on va à notre hôtel.

Couché sur le dos, regardant le plafond, je pense à Marin; nous ne l'avons pas rencontrée de la journée et je crains de ne plus la revoir avant Finisterre.

6.

Nous partons. Il a assez plu ce soir et je crains qu'il ne pleuve aussi l'après-midi. Il n'y a pas beaucoup de marcheurs, peut-être parce que nous sommes partis plus tard aujourd'hui. Au bout d'un moment, nous contournons une petite usine. Les usines n'ont pas l'air bien, mais elles font aussi partie de la route. Les espaces que nous traversons maintenant sont moins fascinants que ceux que nous avons parcourus précédemment et nous sommes un peu démoralisés; nous commençons à craindre de ne plus voir des aperçus comme ceux du premier tronçon des Pyrénées.

Nous entrons dans Larrasoaña par son joli pont médiéval. Nous longeons l'église de San Nicola di Bari, qui est fermée, et continuons sur une route à gauche. Il n'y a pas d'âme, on a l'impression d'être dans une ville fantôme et on décide aussitôt de repartir.

Près d'une cascade, assis au pied d'un arbre, nous déjeunons. Heureusement, le temps s'est amélioré et d'ici peu il deviendra probablement encore plus beau et chaud. Avant de reprendre notre rythme, nous nous amusons à observer un troupeau de vaches et non loin de là nous voyons des moutons paître à la suite de leur berger.

Les rues de Burlanda grouillent de monde et regorgent de stands de toutes sortes. Un joueur de cornemuse danse à nos côtés, puis un sculpteur indien nous montre des statuettes en bois et en cristal, et un nouvel enthousiasme nous envahit, nous rechargeant l'énergie nécessaire pour continuer.

Près du pont Magdalena, qui mène à Pampelune, un petit homme nous souhaite un *¡Buen camino!* Avec un grand sourire.

Nous déambulons dans cette belle ville, nous nous asseyons quelques minutes devant le Parlement régional puis décidons de rejoindre Cizur, un lieu à environ cinq kilomètres d'ici. C'est un agent de la circulation qui nous donne les indications pour reprendre la route.

Cizur est divisé en deux parties: Cizur Menor et Cizur Mayor. A Cizur Menor, il y a l'auberge des pèlerins; nous entrons pour demander des informations et nous rencontrons notre ami espagnol qui, assis sur un muret, regarde ses pieds boursouflés. St sourit de joie quand il rencontre son regard, mais j'éclate de rire en voyant cette drôle de scène de pied. Il explique qu'il ne peut tout simplement pas les abattre et espère pouvoir partir demain. Pendant que St et lui discutent, je me demande pourquoi les gens n'évitent pas ces désagréments avec de simples précautions et un peu de bonne volonté: il suffirait de saupoudrer vos pieds de talc après les avoir lavés, de mettre des chaussettes propres et de répéter l'opération. pendant la journée si vos pieds recommencent à transpirer: la sueur, en fait, est le meilleur allié des ampoules. Vous devez alors marcher à un rythme adapté à votre corps. Cependant, si les ampoules apparaissent de toute façon, elles doivent être traitées rapidement et ne pas être laissées telles quelles ou uniquement couvertes de plaques, comme beaucoup le font normalement, par paresse ou parce qu'elles pensent que c'est juste.

«Pourquoi ne ralentissez-vous pas?» Je lui demande sans avoir le courage d'en rajouter.

Il me sourit et d'un air content il m'explique: «Le rythme doit être en phase avec le rythme de la soul, sinon c'est comme être à un concert où le chanteur ne va pas au rythme de la musique».

Nous aimons ce concept, même s'il ne nous convainc pas tout à fait.

Le responsable de l'établissement nous dit que nous devons rejoindre Cizur Mayor pour une chambre, car il n'y a que des dortoirs ici, et donc nous devons marcher encore un kilomètre.

En dehors de l'auberge, je reçois un appel de Bruno Silvio dit il Saccarosio, un cher ami d'enfance; il me demande comment va le Camino, tandis que La', sa petite amie qui est avec lui, fredonne:

«Allez, les gars, vous êtes super». Je suis dans un sanitaire, non loin de chez moi: Bruno mesure les toilettes de son nouvel appartement. Je lui confirme que tout va bien et je résume ce qui s'est passé ces premiers jours; Je lui dis aussi que j'ai l'intention de le mettre à jour deux ou trois fois par semaine, puis la file d'attente tombe et je ne peux pas le rappeler. Je me souviens que dans ce domaine, les téléphones portables ne décrochent presque jamais. Je dis à St que Bruno et La', comme beaucoup d'autres, sont vraiment heureux de ce que je vis, contrairement à d'autres qui doutent même que je fasse le Camino.

«Ces gens déprécient certaines entreprises parce qu'ils sont envieux ou parce qu'ils ont enlevé du cœur le désir de rêver, qui est le moteur de la vie, et pour cette raison, ils ne croient pas que certaines choses soient réalisables», dit St.

Je suis d'accord avec elle; Je pensais que c'était Pirello, un grand ami, mon professeur de vie, de philosophie et de méditation: une personne spéciale avec une grande culture. Je lui parle de lui et je lui raconte aussi quelques anecdotes.

Au pub où nous sommes récemment arrivés, il y a de la bonne musique et un grand écran montre les images du Real Madrid-Valence.

«Êtes-vous des pèlerins?» demande le serveur en nous tendant notre toast.

«Marcheurs, nous sommes marcheurs» précisons-nous presque à l'unisson, estimant qu'un pèlerin convient mieux à ceux qui font ce voyage pour des raisons religieuses.

«Je t'ai vu arriver à l'hôtel avec des sacs à dos. Généralement, vous ne trouverez pas d'autres marcheurs ici, ils s'arrêtent généralement à Cizur Menor», poursuit le serveur, sans rien dire de nos éclaircissements mais en corrigeant l'imperfection.

Je lui demande à quelle heure ils ferment mais il ne m'entend pas, distrait par deux types qui viennent de l'appeler à voix haute.

Je regarde l'écran pendant quelques instants, ravie de la belle action qui vient de se dérouler.

«Soutenez-vous une équipe en particulier, Rich?» St. me demande.

«Non: mes amis et moi regardons parfois des matchs juste pour passer du temps ensemble et éventuellement regarder un bon match; nous ne voulons pas risquer d'avoir du sang amer en raison d'un désavantage ou d'erreurs d'arbitre ou de joueur. Alors penser que nombre de ces erreurs peuvent être commises intentionnellement, en échange d'argent ou de faveurs - et la nouvelle, malheureusement, nous amène facilement à le penser - nous dérangerait encore plus.»
St hausse les épaules et hoche la tête avec un air amer.
A la table voisine, une brune d'une vingtaine d'années me regarde, inconsciente de ce que dit le mec assis à côté d'elle.

7.

Il est presque midi lorsque nous arrivons sur une petite place avec une fontaine et des bancs. Marin est assis sur l'un d'eux. Mon âme saute dans le ciel et je m'assois immédiatement à côté d'elle. On sourit et on se raconte le temps passé sans se rencontrer. Il fait chaud et le soleil est roi dans ce ciel clair et intensément bleu, contrairement à notre départ de Cizur, où il faisait frais et bruine. Deux femmes âgées, assises sur le banc à côté d'elles, mangent. Alors que l'un d'eux ramasse un morceau de pain qui vient de tomber du sol et continue de le manger, l'autre saute en criant et donne des coups de pied sur le banc: un filet d'eau produit par St qui rafraîchit les pieds, atteint son sac à dos. En un instant, les deux prennent leurs affaires et, nous frappant d'un regard noir, ils s'en vont en chantant en français: «Ô Sainte Vierge, priez pour nous». Tous les trois nous éclatons de rire et Marin, secouant la tête, dit quelque chose en allemand que nous ne comprenons pas.

Nous continuons notre voyage vers les Silhouettes, sculptures représentant différents types de pèlerins, et vers les Moulins, des éoliennes dont ils nous ont parlé à Orisson.

«A plus tard, je me joindrai à vous», plaisante Marin.

Au bout d'un moment, en effet, il nous soutient et nous dépasse.

Puis nous la retrouvons, le visage fatigué, assise sous un arbre. St note que l'extrémité d'un hamac est liée à cet arbre, tandis que l'autre est fixée à l'arbre suivant. Il ne pense pas la moitié du temps à laisser tomber son sac à dos et à monter dessus, et après quelques instants il s'endort. Je m'assois devant Marin et enlève le t-shirt en sueur sur lequel est écrite une de mes phrases: Beaucoup vivent en ne regardant pas plus loin que le bout de leur nez, je veux voler plus haut qu'un aigle: aux petits hommes le journal , à ceux comme moi le sublime!

Au bout d'un moment elle enlève elle aussi sa chemise, me caresse la poitrine, nous nous regardons et, envahis par une passion intense, nous nous prenons par la main en entrant dans la campagne. Nous nous embrassons, ses lèvres sont dodues et voraces; nous sommes un vortex et plus rien ne nous arrête.

Marin gémit, arrachant des brins d'herbe du sol humide, jusqu'à ce que nous soyons satisfaits nous restons immobiles, les uns sur les autres, pour des instants interminables et magiques. Puis je me lève et lui offre une main l'invitant à danser une longue danse lente, nue et accompagnée des sons de la nature.

Il est temps pour nous de partir; Marin, de son côté, décide de rester pour se reposer un peu plus longtemps.

Il nous atteint près d'un village à environ six kilomètres de Puente la Reina; prend une boisson fraîche avec nous et ramasse rapidement. Un anglais nous rejoint et nous demande où acheter du vin chaud, mais nous ne savons pas comment lui répondre. Nous voyons des annonces de propriétaires. Nous sommes fatigués et vérifions immédiatement si une chambre est disponible pour nous.

Il n'y a pas de place et pendant que nous continuons à chercher, nous rencontrons l'Espagnol devant l'auberge des pèlerins. Il nous dit qu'il est inutile de chercher, l'endroit est petit et maintenant les quelques pièces seront déjà occupées. A son avis, il vaudrait donc mieux continuer. Pendant ce temps, il commence à bruiner.

Nous enfilons notre k-way et, respirant une odeur intense de nature humide, nous commençons à traverser des champs de maïs.

Un paysan dodu nous souhaite *«¡Buen camino!»* et nous dit que nous allons bientôt entrer dans Puente la Reina.

Sur une place, un groupe d'Allemands descend d'un autocar. Le chauffeur nous informe que nous devons marcher un peu plus longtemps pour rejoindre le centre historique.

8.

Au petit déjeuner, je trouve St et l'Espagnol assis à la même table. Ils sourient et parlent avec complicité, ils ne m'ont pas vu entrer et j'hésite un peu avant de les rejoindre car j'ai peur d'être trop nombreux. Ensuite, je décide de m'asseoir avec eux de toute façon. L'Espagnol dit qu'il se sent en forme maintenant, ses pieds ne lui font pas mal et il semble aussi que le corps s'est habitué au rythme de l'âme; cela lui permettra probablement de faire encore quelques kilomètres. Il a hâte d'arriver à Santo Domingo de la Calzada.

«C'est un endroit magique, j'y suis déjà allé auparavant, mais pas à pied. Vous avez une forte sensation lorsque vous arpentez les rues du centre, près de la cathédrale. Allez le visiter, puis… visitez aussi celui de Burgos. Cela en vaut vraiment la peine. Dans celui de Burgos, vous sentirez sa majesté, tandis que dans celui de Saint-Domingue, vous trouverez un coq et une poule vivants qui sont là depuis des siècles; évidemment ce ne sont pas toujours les mêmes» précise-t-il, puis éclate d'un rire satisfait.

St et moi nous regardons pendant quelques instants et, alors que je m'apprête à parler, il continue: «Eh, il se passe toujours quelque chose de gentil après avoir visité cet endroit. Il y a des siècles, une famille est arrivée à Saint-Domingue, un couple avec leur fils qui a fait le Camino. La fille du propriétaire de l'auberge où les pèlerins passaient la nuit tomba follement amoureuse du jeune homme, mais n'étant pas réciproque, elle décida de mettre un calice en argent dans sa sacoche pour pouvoir l'accuser de vol. Le garçon a ensuite été condamné à mort par pendaison. Les parents, avant de partir, voulaient voir son corps et, alors qu'ils se rendaient sur le lieu de l'exécution, ils ont entendu la voix du fils qui a dit qu'il n'était pas triste, parce qu'il était vivant, Saint-Domingue l'avait sauvé. Les deux se sont précipités vers le juge pour raconter la révélation et lui, riant aussi fort que possible, tout en tenant un couteau et une fourchette, a dit que le garçon était vivant, tout comme le coq et la poule qu'il était sur le point de goûter. Les deux oiseaux se sont levés de l'assiette dans laquelle ils se trouvaient et ont commencé à flotter dans la pièce».

A ces mots, l'Espagnol éclate à nouveau d'un rire gonflé et drôle auquel nous ne pouvons même pas résister, puis se lève, met son sac à dos sur son épaule et nous salue avec affection.

9.

Dès que nous quittons Puente la Reina, nous commençons à entendre un son enchanteur qui ressemble à celui d'une harpe et, à mesure que nous nous rapprochons, il devient de plus en plus clair. Un homme d'âge moyen joue le hang et à ses côtés une belle jeune femme aux cheveux de corbeau danse et chante sensuellement au rythme de cette mélodie. On attend qu'ils finissent leur performance et puis on se rapproche. Il s'agit de l'Égyptien Ali et de l'Indien Shira. Tous deux prient le Très-Haut, qui prend le nom d'Allah pour Ali et Bouddha pour Shira, afin que la troisième épouse de l'un se remette d'un mauvais cancer et que l'âme de l'autre se rapproche le plus possible de l'illumination. Je commence à chanter une chanson que j'ai écrite il y a quelques années. Les deux m'accompagnent et je suis surpris de voir à quel point ils sont bons, Ali avec le coup et Shira avec leurs propres pas, à l'heure avec une mélodie jamais entendue auparavant. Je veux aussi chanter les vers de deux de mes poèmes. Et une alchimie imprévisible se crée entre nous tous, en particulier entre moi et Shira. Je participe à son jeu de regards, la laissant le conduire. Je ne perds pas ses yeux un seul instant. Tout ici est instinctif, spontané, le monde fait de schémas et de superstructures est désormais loin de nous; l'âme authentique explose sans retenue;

chaque instant est savouré dans son essence et est dépourvu des distractions de la routine. Shira et moi nous nous embrassons et contemplons l'horizon ensemble, tandis qu'Ali s'assoit à côté de St et lui apprend à jouer de son instrument.

Nous restons près de deux heures avec eux. Puis, après un câlin avec Ali et un baiser intense de Shira, nous reprenons notre voyage. Je pense que Shira et Alì resteront également dans nos cœurs.

Nous passons devant un cimetière délabré et nous nous retrouvons soudain devant une vieille femme vêtue de noir. Il semble être sorti de nulle part et ses yeux m'inquiètent presque autant que l'arbre d'Orisson. D'une main il tient un bâton usé et de l'autre il demande l'aumône. Je lui donne quelques centimes mais, à en juger par son regard, elle ne semble pas satisfaite. Il prend une coquille noire de sa poche, avec le visage d'une sorcière dessiné en jaune dessus, et me la tend.

«Non, merci» lui disons-nous anxieusement presque à l'unisson et continuons à marcher rapidement.

La vieille femme se met à crier alors qu'elle claque son bâton au sol. Il court vers nous mais trébuche et tombe. Je m'arrête et essaie de comprendre s'il a besoin d'aide mais au bout de quelques instants il se lève et, de la façon dont il se tortille et hurle, il semble avoir plus de force qu'avant et recommence à se diriger vers nous. Mais heureusement, se trouvant en présence d'un regard puissant et confiant de St, il s'arrête et repart en criant: «Aim gaim pussuffu', galin aiim, iim bidim lectarù».

10.

«Il est calme, Igor, il veut juste jouer», nous rassure un mec vieillissant en espagnol, quand le chien en laisse, en aboyant, pose ses pattes sur mes épaules. «J'en ai deux; l'autre, Chico, blanc et petit, est chez lui.» Il montre sa maison avec un signe. «Je ne peux pas les promener ensemble, ils ne me feraient pas marcher. Ils sont comme un chat et un chien. Ah! Je les ai trouvés tous les deux à la campagne, ils ont été abandonnés et battus et vivent maintenant avec moi depuis trois ans.»

St et moi prenons courage et commençons à caresser Igor qui, de temps en temps, parvient à nous lécher les mains.

«Tu vas à Estella?» nous demande.

«Oui» je réponds.

Et pendant que je suis sur le point de lui demander combien il manque d'autre, il dit: «Vous l'avez encore une heure, c'est à cinq ou six kilomètres d'ici. Mais je pense que vous pouvez les faire même en moins de temps, le chemin est assez facile».

Quelques minutes plus tard, nous rencontrons Marin titubant, à peine capable de nous faire sourire. Je lui donne une bouteille d'eau et lui demande si elle a besoin d'autre chose.

«Merci», dit-il en s'accrochant à la bouteille et en se laissant tomber par terre le long du mur d'une maison. «Ce matin j'ai couru plus que d'habitude et, avec ce soleil et cette chaleur, ça ne m'a pas fait de bien. Je m'arrêterai pendant quelques heures, puis j'essaierai d'arriver à Estella.»

St et moi ne sommes pas si fatigués physiquement, notre rythme et les nombreuses pauses que nous nous permettons évitent de nous réduire à des conditions similaires à celles de Marin; cependant nous commençons à être mentalement fatigués. Pendant ce temps, le soleil est vraiment piquant alors nous allons dans une pharmacie et achetons un écran solaire et un rafraîchissant. La pharmacienne nous raconte qu'elle aime les Italiens et nous parle de deux filles, l'une d'Ascoli et l'autre de Reggio de Calabre, qui ont déménagé ici il y a quelques années. Celui d'Ascoli est l'instituteur de son fils. On les envie presque: vivre dans de tels endroits pourrait être vraiment sympa.

A Estella, un gentleman dans la soixantaine, à qui nous venons de demander des informations, veut nous accompagner dans une chambre d'hôtes qu'il connaît; nous espérons qu'il y a de la place. Emmanuel, comme on l'appelle, nous raconte en espagnol qu'il est à la retraite depuis quelques années et qu'il cherche un bon moyen de passer du temps au quotidien.

«Et quelle meilleure façon d'aider deux pèlerins?!» dit-il avec enthousiasme et on évite de le corriger en spécifiant "marcheurs".

L'endroit est là pour ce soir. Emmanuel, content, nous sourit et nous salue chaleureusement en partant.

Faisons le tour de cette jolie ville. Dans un restaurant du centre-ville, nous mangeons un sandwich au jambon et au fromage, et quelque chose qui ressemble à un gâteau aux pommes de terre. Un groupe de fans regarde le match de Ligue des Champions Inter-Barcelone et ils sont vraiment tristes pour l'avantage de l'équipe italienne. Nous considérons que la nuit dernière nous avons peu dormi à cause de la chaleur et que nous sommes plus fatigués que d'habitude, nous décidons donc de rester un autre jour. Nous avons encore huit jours pour rejoindre Finisterre. Nous commençons à évaluer s'il est approprié de marcher un peu plus longtemps ou de continuer avec les transports en commun.

11.

Après un court arrêt à Burgos, nous arrivons en bus à León qui nous accueille avec de grandes foires de marbre placées au bout d'un pont qui, de la gare routière et de la gare, mène au centre historique. Nous photographions quelques sculptures de fer trouvées dans les rues: un gars qui lit assis sur un banc, un homme et un enfant dans une gare prêts à partir pour qui sait quelle destination, et un géant, presque allongé sur le trottoir, qui semble être scrutant et défier tout autour de lui.

Je suis un peu fatigué et je m'allonge sur un banc, la tête posée sur St.

«Rich, tu as un texto» me dit St soudainement.

«Où est-il arrivé?!» Je demande d'une voix faible et endormie.

«Comment est-il arrivé là-bas, Rich?! Vers votre téléphone portable, où voulez-vous qu'il aille, dans votre poche, dans vos mains?!» il me dit St en éclatant de rire. «Vous vous endormez Rich, n'est-ce pas?!»

«Allez, prends ton téléphone et lis-le, lis-le... viens» je demande d'une voix de plus en plus faible.

St rit aux éclats, ne peut presque pas respirer.

«L'expéditeur est Danycugina: Salut garçon, comment se passe le voyage? Tony aimerait être là avec vous, dans ces endroits merveilleux. Nous vous embrassons tellement.»

«Allez St, réponds-lui, réponds-lui... réfléchis-y... Ah et merci de l'avoir lu, viens... réponds-lui ris ris ris...»

«Allez, qu'est-ce que tu veux que je réponde?»

«Écris, écris.»

«Dis-moi, je t'écoute, vas-y» rit-il à nouveau aussi fort que je peux, me voyant dans cet état de plus en plus engourdi par une fatigue qui me dévore.

Quelques instants passent et, douteuse mais amusée, elle me dit: «Écoute ce que tu m'as fait écrire! Nous serions très honorés de l'avoir parmi nous. Cela peut être fait, s'il ne fait pas que bavarder mais se lève vers le ciel et va droit vers le but, comme un guerrier de Charlemagne ou, mieux encore, comme une fusée à vapeur, pas comme une Apecar, qui est plus rapide qu'un oiseau ne va certainement pas. Nous o nous gnons gne gne. Ah, Rich, tu me tues, mais qu'est-ce que je suis censé faire de toi?!».

«Vend moi.»

«Vous vendre? Ah, oui Rich?!»

«Oui... au marché de Roncevaux.»

«Ha ha ha, au marché de Roncevaux? Plein délire, est-ce vrai Rich?! Mais tu m'as entendu quand j'ai lu le message pour ton cousin?»

«Bien sûr, bien sûr, concert. Bien sûr… oui, allez, envoyez-le, envoyez-le, envoyez-le, avant qu'il ne soit trop tard, allez-y.»

«Avant qu'il ne soit trop tard?! Ah. Voulez-vous vraiment que j'envoie ce SMS tel quel?!»

«Tout comme vous l'avez lu, mais... mais... relisez-le, je veux l'écouter à nouveau, s'il y avait des erreurs de forme, de contenu, corrigeons-le. Allez viens bébé.»

«Oh mon Dieu, sainte patience, écoute: *nous serions très honorés de l'avoir avec nous. Cela peut être fait, s'il ne fait pas que bavarder mais se lève vers le ciel et va droit vers le but, comme un guerrier de Charlemagne ou, mieux encore, comme une fusée à vapeur, pas comme un Apecar, qui est plus rapide qu'un oiseau . ne va certainement pas. Nous o nous gnons gne gne.* Ah, Rich. Ah ah ah tu es un désastre, mais je t'aime.»

«Vend moi.»

«D'accord, je vais te vendre - ah - et au marché de Roncevaux, est-ce vrai Rich?»

«C'est vrai St, mais maintenant… envoyez-le, envoyez-le. Allez St, avant qu'il ne soit trop tard!»

«Tu veux vraiment que je le fasse?! Tu es fou, Rich.»

«Envoye... dans... loin, envoye-le.»

«Fait, envoyé à Danycugina.»

Je dis à St que je délire souvent pendant les moments de semi-sommeil. Et quiconque est avec moi s'amuse beaucoup à écouter mes paroles souvent insensées et à me poser des questions.

Je vais vous raconter une fois où j'étais allongé sur l'herbe avec Ava, à Rome, dans le Parco degli Acquedotti. Après quelques secondes de silence, je lui ai dit: «Savez-vous comment ils testent les batteries des téléphones portables?».

«Non, comment?» Ava m'avait demandé.

«Ils font une batterie géante.»

«Quelle taille, Rich?»

«Grand... comme un panneau publicitaire»

«Et alors comment le ressentent-ils?»

«Avec beaucoup de téléphones portables: mille, deux mille.»

«Et comment les relient-ils?»

«Il suffit de les approcher, cette batterie est puissante!»

«Puis?»

«Ils voient combien de temps ça dure, n'est-ce pas?!»

Je vous raconte aussi une autre fois où j'étais avec Cirla, au bord de la mer à Gaeta. Quelques secondes de silence et j'ai commencé:

«Comme tu es aigre ce soir!»

«Mais tu n'as pas toujours dit que je suis gentille? Cirla avait répondu.

«Toutes les femmes avec lesquelles j'ai affaire le sont, même Marisa.»

«Et maintenant qui est cette Marisa?

«Ma chemise.»

«Ta chemise?»

«Oui, celui qui fabrique mes chemises sur mesure.»

«C'est nouveau, ah!»

«Elle en a fait un blanc et maintenant elle en coud un rouge et puis elle va en coudre un bleu, j'en veux dix.»

«Et combien coûtent-ils?»

«Deux cent quatre-vingts euros chacun.»

«N'est-ce pas un petit peu?»

«Vous dites qu'il me baise?»

«Je ne sais pas, je n'ai aucune idée du prix d'une chemise sur mesure. Mais pourquoi les avez-vous fait sur mesure?»

«Tu veux mettre le plaisir d'avoir une chemise cousue?» Marisa est très précise; considérez qu'il a également mesuré la cicatrice de vaccination sur mon bras.»

«Ah ah. La cicatrice de votre vaccination! Alors allez-vous dépenser deux mille huit cents euros pour dix chemises? Eh bien, cela me semble étrange.»

«Tu devrais voir comme je suis mignon, debout là, à coudre ma chemise; Bien sûr que c'est ennuyeux, pendant au moins une heure je ne peux pas bouger, mais... tu veux mettre...?»

«Mais est-ce que tu aimes cette Marisa? Comme, comment?»

«Elle est magnifique, fascinante, mais cela ne veut rien dire, savez-

vous combien de femmes magnifiques je rencontre?»
«Ah, tu ne me dis pas juste, Rich. Hahaha.»
«Et qu'est-ce qui est étrange dans tout ça?!»

12.

«Oui, Allô» répondis-je en ajustant le casque.
«Salut. Contessa qui parle» commence avec enthousiasme mon cher
ami et, dernièrement, également traducteur de mes écrits.
«Salut Contessa, comment vas-tu?» je lui demande.
«Eh bien Riche, la vie habituelle, rien de grand dans cette période
mais tout va bien, je dirais».
«Eh bien, ma comtesse!»
«Où es-tu?»
«Dans le train pour Ponferrada, nous nous rapprochons de plus en
plus de notre destination.»
«Je vous ai appelé pour vous dire que j'ai fini de traduire vos derniers
écrits en anglais, mais il me faut encore dix jours en allemand.
Massimo, je vous les enverrai d'ici la fin du mois.»
«Ma comtesse est toujours très efficace.»

«C'est toujours un plaisir de traiter vos mots. J'ai tout aimé, certains
points puis je les ai adorés. *Entre le bien et le mal* à la page 318 je dirais
que c'est sublime!»

«Merci, trop bonne.»

«C'est bien, Rich. Vous êtes trop modeste. J'aime vraiment ce que
tu écris et…» La ligne est bruyante et maintenant je n'entends plus
rien, juste un grand buzz. «Hier, Pingo m'a appelé et aimerait vous
rencontrer pour organiser cet événement de charité culturelle dont je
vous ai parlé il y a quelque temps.»

«Eh, depuis que j'ai commencé à écrire quelque chose, beaucoup
me veulent dans le pays dans des manifestations, même ceux qui
auparavant ne me considéraient pas du tout; tout comme Pingo et *le
reste du gang sans cervelle!*»

«Il est clair que maintenant Pingo et des gens comme lui aimeraient
vous utiliser pour …»

«Contessa, ce sont des paraculi effrayants. Ils veulent organiser
leurs belles manifestations culturelles, associations caritatives, etc.,
pour se faire connaître, promouvoir une culture et une solidarité qui
ne les intéressent pas du tout. Ils ne s'intéressent qu'aux votes et aux

bénéfices qu'ils pourraient retirer de ces manifestations. Ceux-ci ne font rien s'ils ne font pas de profit. Honnêtement… j'aurais aimé avoir le moins à faire avec ça. Je vais bien ici précisément parce que la plupart des personnes que vous rencontrez sont simples, sincères, humbles, respectables en bref, et dans tout ce qu'elles font, vous ressentez certaines valeurs. Non, non, je reviens à peine d'ici, hein, je déménage en permanence.»

«Je me demande, cependant, si vous n'idéalisez pas les gens que vous avez rencontrés là-bas, compte tenu des circonstances et de l'atmosphère que vous respirez, des endroits où vous vous trouvez, en bref, de la belle et spéciale expérience que vous vivez.»

«Peut-être, Contessa, peut-être, mais… les concepts restent. En conclusion…»

La ligne tombe. Il n'y a pas de champ. De temps en temps il revient pour quelques instants et plusieurs arrivent j'essaye de Contessa. Depuis le téléphone, j'ouvre le fichier pdf dans lequel il y a Entre le bien et le mal et je commence à le lire directement à la page 318.

Gozo rentra dans la maison, s'assit devant la cheminée encore allumée de son beau feu brillant et crépitant et se mit à écrire dans son journal:

Je m'imagine placé entre la colère, un visage ombragé et souriant, et l'amour, un visage clair et lumineux. Le premier met devant moi tous ceux qui m'ont bouleversé: Ingalo, le Dr Lupa, mon patron, la duchesse Asie et autres et me fait revivre tout le mal qu'ils m'ont fait, m'incitant au mépris et à la vengeance. Cela me fait imaginer Ingalo et mon patron souffrant de faim et de soif et moi, pas loin, plein de satisfaction, bois, mange et dis: "Tu en veux, tu en veux?!" et je ne lui donne rien, absolument rien! Elle me montre le Dr Lupa en train de se noyer dans une rivière qui fait rage par les courants et moi, d'un rocher, je lui dis: «Hé, je suis là, je suis là-haut, tu ne peux pas me voir?! Avez-vous besoin d'une lunette ?! Je ne te sauve pas, je ne te sauve pas. Mince! ". Je lui lance une corde, que je récupère dès qu'elle s'apprête à la saisir. Cela me fait visualiser la duchesse d'Asie attachée à une chaise et bâillonnée. D'une main je lui tire les cheveux et de l'autre je la gifle jusqu'à ce qu'elle perde son souffle et la fasse saigner du nez. Je lui dis: «Sale salaud, je te faisais confiance, tu es un pauvre raté, insignifiant; vous ne savez que bien vendre, mais vous ne valez rien et vous le savez. Vous m'avez dupé moi et les miens, vous les avez même remplacés dans certaines circonstances et vous m'avez ruiné! Et maintenant, qui me rend ce que tu m'as pris, bon sang. Qui me le rendra?! " De même, j'imagine les autres en difficulté et je ne fais rien pour les aider. Le bon, par contre, essaie de me faire revenir à moi-

même. Cela me montre à quel point ces personnes sont faibles, fragiles et ont besoin de beaucoup d'aide. "Sur dix personnes, trois sont des saints, deux sont mauvaises et les cinq autres sont de pauvres gens endormis, qui ne se réveilleront peut-être jamais avant le dernier de leurs jours" m'a dit un jour Ginello, mon professeur de vie et grand professeur de philosophie et de méditation.

Le mal m'attire à lui-même comme un aimant, tandis que le bon désespère et tente de me récupérer. La colère veut gagner en prenant mon âme. Cela ne doit pas arriver. "La colère aveugle les yeux de l'âme, ceux-ci doivent toujours rester clairs et pleins d'amour" Ginello me l'a dit une fois.

Je ne veux pas aller vers le mal, je lutte, je résiste à planter les pieds sur terre, je demande de toutes mes forces à la Vie de me sauver, j'ai intensément envie de me retrouver dans les bras du bien, de sentir mon âme légère sans le poids de la colère. Et tandis que je me vois épuisé mais déterminé à ne pas tomber dans les griffes du mal, je suis atteint par un faisceau de lumière qui me tire lentement vers l'arrière, pour me porter dans les bras de l'amour. "Non, non, non!" crie le mal.

Je lance un morceau de pain et une fiole à Ingalo et au patron, je laisse le Dr Lupa attraper la corde en attachant fermement l'autre extrémité à un arbre, libérant la duchesse d'Asie. J'aide tous les autres que j'ai vus en difficulté et, sans rien dire à personne, je me retourne et m'éloigne. Une claire sensation de bien-être m'envahit et me fait recommencer à puiser à la source de la vie.'

L'horloge de la gare sonne quatre quand nous arrivons à Ponferrada et c'est un après-midi très chaud. Une femme nous dit qu'il faut marcher une dizaine de minutes pour se rendre au centre historique, où se trouve également la forteresse médiévale des Templiers. Je me souviens que dans le train une fille, assise à quelques places devant nous, parlant sur son téléphone portable, disait que demain soir il y aurait un événement théâtral juste à la forteresse, au cours duquel le public serait impliqué dans une sorte d'interactivité. Afficher. Je dis à St que cela pourrait être une bonne expérience et nous commençons à réfléchir à la possibilité de rester un autre jour pour y participer.

En un peu plus d'une demi-heure, nous trouvons une place dans une chambre d'hôtes: *Da Mario*. Nous décidons de nous reposer un moment puis de faire un tour avant le dîner. Ni Mario ni les autres ici n'ont pu nous dire quoi que ce soit sur le spectacle de demain.

C'est l'année du Seigneur 1183. Dans une pièce, dans la forteresse de Ponferrada, je gis mort sur une grande pierre. J'étais un vaillant chevalier templier. Autour de moi, éclairés par la lumière faible et vacillante des torches, il y a beaucoup d'autres cavaliers, l'Espagnol et le Marin, et St qui tient la mienne d'une main et essuie ses larmes de l'autre; on mouille ma joue. De l'extérieur viennent les bruits de quelqu'un qui semble vouloir entrer. Ensuite, la scène entre dans le 21e siècle et dans un vaste champ. Sous un chêne centenaire, il y a mes proches. Ma mère a les yeux enflés et le visage strié de larmes. Mon groupe chante les Anges de Vasco Rossi, tandis qu'un homme, vêtu de blanc, ouvre une urne et disperse mes cendres dans le vent qui avance sur les champs de blé, les étendues d'eau et les villages, jusqu'à une jetée enveloppée d'un bleu intense. Quand les cendres arrivent au bout du quai, je suis soudainement réveillé par Mario qui frappe à la porte en me disant: «Il est temps de quitter la pièce ou de la confirmer pour une autre nuit».

13.

Dans le train pour Santiago, je me réveille brusquement et secoué par un terrible cauchemar, juste au moment où je tombais dans l'obscurité la plus profonde. Cette scène me hante maintenant et me revient encore et encore à l'esprit; J'ai le sentiment qu'il y a plus dans ce mauvais rêve, mais je ne m'en souviens pas. St me dit que, pendant que je dormais, j'ai demandé pourquoi nous étions dans ce train et, bien que j'essaie de me faire comprendre que mon tourment n'a pas de sens, je ne peux pas me rassurer. Les mauvaises pensées, avec ruse et obstination, veulent prendre le dessus.

Mais j'arrive à me rendormir au moment même où un terrible mal de tête me rend fou.

St me réveille quelques instants avant d'arriver à Compostelle et maintenant je me sens plus détendu.

Dans la rue, alors que nous cherchons une chambre pour deux nuits, un jeune homme déséquilibré à l'attitude déçue commence à s'extasier en anglais: «Santiago, Santiago; Santiago est une ville normale, avec son propre chaos, ses propres dégâts, des rues pleines de grands magasins et des travaux en cours. Et je n'ai pas trouvé Dieu. Où est-il, où est-il?!» Il s'arrête quelques instants et, toujours en anglais, Vasco Rossi se met à chanter: «Amène-moi Dieu, je veux le voir, amène-moi Dieu, je dois lui parler».

Je me demande ce que ce type attendait de Santiago; Pensait-il avoir vu des anges flotter à la hauteur d'un homme ou quelque chose comme ça? St souriant il me dit: «Mais quel Dieu voulait trouver ce marcheur ici à Santiago? Dieu peut être trouvé partout et je pense que beaucoup, peut-être même ce garçon, l'ont déjà trouvé avant de venir dans des endroits comme celui-ci. Peut-être qu'ils ne le savent pas ou qu'ils ne s'en rendent pas pleinement compte. Il y a ceux qui croient avec une certitude mathématique qu'ils l'ont trouvé, mais souvent ce n'est pas le cas». Les sages paroles de St me font du bien et je me sens vraiment chanceuse de l'avoir à mes côtés dans cette merveilleuse expérience.

Nous arrivons à la cathédrale presque à minuit. Bien qu'il soit beau, il ne me frappe pas comme celui de Burgos ou celui de León. Cependant, l'atmosphère est magique, grouillant d'étoiles dans le ciel et de gens sur la place devant; certains mentent dans la contemplation, d'autres peignent, d'autres chantent, jouent et dansent encore. St et moi rejoignons un groupe qui chante *Blowin' in the wind*, de Bob Dylan. Nous tous, main dans la main, chantons des mélodies universelles, chacun dans sa propre langue. Et en cette nuit romantique, pleine de paix et de fraternité, nous nous sentons vraiment heureux.

14.

A Finisterre, en descendant de notre bus, Diego, un trentenaire à la peau olive et aux cheveux noirs bouclés, s'approche de nous. Il nous propose d'aller loger à l'hôtel de son frère Victor en nous remettant un flyer avec des photos et nous n'hésitons pas trop à décider d'y rester deux nuits.

Un couple de Milan qui est dans notre hôtel et a parcouru tout le chemin depuis León, nous rappelle que le match de Ligue des champions Barcelone-Inter est sur le point de commencer et qu'après un certain temps, nous nous retrouvons avec eux et un groupe d'Espagnols, dont Diego. et Victor, dans la grande salle du rez-de-chaussée avec écran géant.

L'Inter élimine Barcelone et je suis vraiment désolé de voir autant de déception sur les visages des Espagnols. Diego, les yeux baissés, presque en pleurs et la main sur la poitrine, dit: «C'était un but, c'était un but, il n'a pas pris le ballon avec son bras, mais depuis la poitrine» faisant référence à un but non validé par son équipe. Les Espagnols se souciaient vraiment de ce match.

15.

Nous nous réveillons tard et ne prenons pas de petit-déjeuner. Nous visitons le marché des pêcheurs caractéristique du port, puis nous marchons vers le phare puis vers la plage, où nous décidons de rester pour contempler et respirer cette belle nature jusqu'au coucher du soleil.

Au bord de la mer, les pieds baignés par les vagues, St prend mes mains dans les siennes et me regarde dans les yeux: «C'est vraiment bien ici, tu ne trouves pas? Nous avons vraiment vécu des moments magiques. Mais j'ai pensé à une chose... Que pensez-vous si l'année prochaine on recommençait à marcher depuis Estella? Nous pourrions faire au moins cent kilomètres par an, jusqu'à ce que nous atteignions cette plage avec nos pieds». Mon cœur déborde de joie et je la tiens près de moi en lui tapant dans les mains. «Ok St, au moins cent kilomètres à pied chaque année, jusqu'à ce que nous terminions le Chemin avec nos jambes.»
Une étoile tombe lentement sur l'océan, juste au moment où le soleil a récemment disparu à l'horizon.

16.

*Avant
vers l'océan*

Il pleut. À travers le verre strié par l'eau, j'observe une Estella fraîche et propre. Je suis au café où demain, après presque un an, je rencontrerai peut-être St.

Nous étions à l'aéroport de Madrid la dernière fois que nous étions ensemble, et nous courions vers l'enregistrement. Au milieu des bruits de la foule et des annonces, St a crié: «Rendez-vous l'année prochaine à Estella, s'il te plaît, n'oublie pas». Et comment pourrais-je? Nous avions décidé la date la veille et, comme promis sur la plage du Finisterre, nous nous retrouverions pour marcher encore une centaine de kilomètres le long du Camino. St m'avait fait remarquer qu'entre-temps, cependant, nous ne pouvions ni entendre ni écrire. Il ne pouvait pas faire autrement et il ne pouvait me donner aucune explication à ce sujet. Si la vie avait voulu, il n'y aurait pas eu d'imprévu et nous nous serions retrouvés.«Sinon patience. Cela signifie que ce n'est pas le destin» elle a ensuite ajouté. Je lui manquerais tellement, a-t-elle conclu. Elle m'aurait tellement manqué aussi. Un sourire amer et puis j'avais décidé de ne plus y penser: il était inutile de se casser la tête, St était ferme sur sa position et elle seule détient la vérité. J'ai dû accepter sa volonté, dans l'espoir que nous nous reverrions et qu'une telle chose ne se reproduirait plus. Nous sommes arrivés à l'embarquement et, avant d'entrer, souriant, il m'a dit:«Abandonne-toi à la vie, Rich». Elle m'a serré dans ses bras, s'est retournée et est partie. St est devenu précieux pour moi; et moi pour elle? Je me suis posé cette question à plusieurs reprises, mais je pense qu'il restera une autre question sans réponse pour le moment.

Un homme chauve d'âge moyen, assis dans un petit fauteuil presque devant moi et les mains sur les genoux, regarde dans le vide devant lui; de temps en temps, il lève son bassin de quelques centimètres, tourne son regard vers la droite puis vers la gauche, et, riant comme un imbécile, s'assoit. Il fait cela une dizaine de fois jusqu'à ce qu'un petit garçon arrive qui le prend par la main et l'emmène. Je lui donne le nom de Bracco. Dans la rue, un autre type, avec un dossier en plastique jaune comme un parapluie, met sa tête à l'abri et court sous la pluie de plus en plus épaisse; ne semble pas chercher un abri, peut-être pressé de se rendre quelque part. La pluie est belle: j'adore la regarder et courir sous elle me fait me sentir vivante. Puis entre un homme qui ressemble à un croisement entre un hippie et un pirate d'antan et s'assied non loin de moi; il a un perroquet sur l'épaule et l'oiseau semble m'observer avec ses grands yeux jaunes. Commandez quelque chose à une serveuse blonde, tandis qu'une autre, la brune, apporte ma commande: un chocolat chaud et un gâteau qui ressemble à un chou à la crème. Il pose la tasse à gauche du magazine que je viens d'ouvrir et le dessert à droite, et prend congé avec un sourire timide. Je suis tendu et jusqu'à ce que j'aie vu St je ne pourrai pas me calmer, même si le sentiment que nous allons nous rencontrer est assez fort. Et je sais que je peux faire confiance à mes sentiments presque toujours. Elle me manquait tellement. Elle me manquait surtout dans les moments difficiles comme lorsque je subissais une chirurgie de la vésicule biliaire, quand j'avais peur de ne pas sortir vivant de cette foutue salle d'opération. Et elle n'était pas là avec moi pour me tenir la main avec ce sourire plein d'amour et pour me rassurer comme elle seule le peut. Et ici, les souvenirs de ces moments prennent vie.

33

Vingt-deux quarante et une heures. Département de chirurgie. J'ai juste marché de long en large dans le couloir en forme de L de la salle pour la millième fois. Et donc je le ferai pendant environ huit heures, jusqu'à demain matin, ils viennent me chercher et m'emmener à la salle d'opération. Entre une elle et une autre, entre une pensée et une autre, que j'enregistrais parfois sur mon téléphone portable d'une voix tremblante, j'ai rencontré les médecins: le chirurgien, le cardiologue, le pneumologue et enfin l'anesthésiste. Après plusieurs tests et contrôles, ils ont convenu que la chirurgie se ferait demain.

«Vous avez une santé de fer et, à l'exclusion évidemment de la partie malade pour laquelle nous vous opérons, tout va vraiment bien» le chirurgien me l'a dit.

Pour la cent millième fois, comme cela se passe depuis plusieurs jours, la même scène me traverse l'esprit: les docteurs hurlant " nous le perdons, défibrillateur rapide, défibrillateur!" et des outils qui deviennent fous. Et puis le chirurgien sort de la pièce en secouant la tête, jette les gants dans une poubelle, s'approche de mes proches et baisse la tête en disant: «Il n'y avait rien à faire». Mes amis ont beaucoup ri quand j'ai raconté cette chose et ils sont tous d'accord pour dire que je regarde trop d'épisodes de *Doctor House*, *Médecins en première ligne o*u *en thérapie d'urgence*. Je me calme quelques instants, puis ces scènes terribles et ces mots terribles "nous le perdons, défibrillateur!" Ils commencent à m'obséder plus qu'avant, ils me coupent le souffle et me jettent dans le désespoir. Les assurances de ce matin, du chirurgien et de l'anesthésiste, tentent en vain d'alléger mes tourments: " Avez-vous peur des saignements? Mais non, non, on sait comment l'éviter et comment intervenir au cas où ça arriverait" – " Avez-vous peur de ressentir de la douleur malgré l'anesthésie? Que suis-je en train de faire ?! En plus de l'endormir, je commence la chirurgie quand je suis sûr qu'elle ne ressent pas de douleur, j'ai une spécialisation pour cela. Avez-vous peur de ne plus jamais vous réveiller? Je suis aussi là pour te réveiller, non? J'ai pris une spécialisation pour cela. Je fais de l'anesthésie depuis vingt ans et tout le monde s'est toujours réveillé. Et savez-vous combien d'anesthésies sont pratiquées chaque jour dans le monde? Savez-vous combien ils en font en ce moment?!"

Bruno Silvio essaie également de me calmer. Mais il n'a pas de sens, il est bien plus lâche que moi et je ne veux pas l'imaginer à ma place.

Il renverserait tout l'hôpital.

Soudain, tout s'assombrit autour de moi, une mer d'étoiles et de couleurs m'entoure et un ange apparaît devant moi. Je ne crois pas tellement aux anges, mais maintenant je le vois et ça me fait du bien. C'est une blonde avec une auréole, elle me prend par la main et me dit de ne pas m'inquiéter, elle sera là aussi demain et guidera les mains des médecins.

Une main d'infirmière posée sur mon épaule et la sienne «Comment vas tu?» ils me font retourner dans le couloir en forme de L. Il me conseille de m'endormir mais je n'ai pas sommeil. Et je recommence à marcher. Et ces scènes et je recommence pendant quelques minutes " Nous le perdons, défibrillateur!"

«J'aimerais déjà être avec St en Espagne pour continuer notre voyage vers l'Océan du Finisterre et à la place je dois attendre, en supposant que je sors de cette situation vivant et en supposant que St vienne au rendez-vous» Je le dis à mon téléphone portable pendant l'enregistrement. "Allez, tout ira bien et au printemps tu continueras" Marin me l'a dit au téléphone il y a quelques jours.

Et penser qu'à presque quarante ans je devrai probablement quitter ce monde. C'est en ce moment que je commence à avoir une certaine considération pour mes livres et qui sait qu'un jour je ne pourrai même plus quitter ce boulot de merde que je fais depuis quinze ans; dernièrement, avec l'arrivée du nouveau *propriétaire*, la situation s'est aggravée. Ils ne veulent vraiment pas de moi et je les force à me garder. "La loi est de ton côté. Reste juste là et ne t'inquiète de rien" Jo ', mon avocat, me l'a dit une fois.

Bon Dieu, et si tout va bien je devrai retourner à Lacondary et continuer à chercher un autre emploi - j'essaye depuis presque quinze ans maintenant - et j'espère que mon succès artistique viendra ou qu'une loterie se passera bien , mais ce n'est pas facile.

Elle est là. Cette vision à nouveau, alors que je viens de me transformer dans le couloir en forme de L: les médecins, leurs terribles paroles "Nous le perdons, nous le perdons, défibrillateur!".

Maintenant, je marche vers le centre du couloir. Si je bouge ne serait-ce que de quelques centimètres, je ressens des sensations inconfortables et je me rends compte que des situations désagréables sont récurrentes qui semblaient avoir disparu depuis un certain temps. Si le sol du couloir était en damier, l'instinct me forcerait à ne marcher que sur les carreaux clairs. Chaque fois que je vais aux toilettes, je me lave les mains pendant au moins dix minutes pour tuer les microbes. Lorsqu'un autre patient passe, de peur de respirer quelque chose de contagieux, je retiens ma respiration jusqu'à ce qu'il s'éloigne. La peur d'avoir le portable sous contrôle est également revenue: en fait, j'ai peur que quelqu'un m'espionne, par exemple Lacondary. Je n'ai pas dit que j'avais une opération - j'ai demandé des vacances - ils n'ont pas besoin de savoir là-bas, avec le pouvoir de mon entreprise, elle essaierait de faire quelque chose de mal pendant la chirurgie, le cas échéant, en soudoyer certains infirmières; Je ne dis pas le chirurgien ou l'anesthésiste, ce sont des gens sérieux. Donc je ne réponds que s'ils m'appellent des gens qui savent qu'ils n'ont pas à parler de l'opération. Oncle Nando pouvait à peine respirer de rire quand je lui ai parlé de ces craintes. J'espère que tout cela est dû à la tension pour la chirurgie et que la peur de l'évanouissement, la sensation d'étouffement, le désir irrépressible de devoir toucher le mur ou une porte ou tout objet après tous les trois pas ne réapparaissent pas, sinon je devra à nouveau remettre mon salaire au Dr Ul, mon psychiatre, pendant quelques mois.

Une image de Padre Pio est affichée sur le mur, ce n'est que maintenant que je la remarque. Beaucoup, même s'ils ne sont pas religieux, nous feraient confiance dans une situation comme celle-ci, mais je ne peux tout simplement pas. Et voici encore l'ange qui vient à mon secours.

Deux heures et demie. Pour la énième fois, le désespoir, l'ange et les paroles rassurantes des médecins alternent; et toute ma vie coule devant moi.

«Allons-y» me dit l'une des deux infirmières qui viennent d'entrer dans la pièce.

Sur la civière en mouvement, je regarde le plafond du couloir, puis celui de l'ascenseur, puis celui du couloir en bas et enfin celui de la salle d'opération. Quelques minutes d'attente; pour moi, ils sont une éternité. Je suis terrifié. Le chirurgien me dit qu'ils sont prêts. Je regarde ailleurs, pendant que je sens une pincée sur mon bras et que l'anesthésiste me dit: «Allez, comptons ensemble, 10, 9, 8…».

«Souhaitez-vous autre chose, monsieur? Il faut fermer», me dit la serveuse blonde en me distrayant de mes pensées; Je me rends compte que je suis laissé seul dans le café, et c'est presque tout éteint.

17.

Nous venons de passer une station-service et quittons Estella. Je vois une grande émotion dans les yeux de St. Le mien ne fait pas exception. Une femme avec un enfant, jouant avec un drôle de chien, nous souhaite «*¡Buen camino!*» C'est une journée idéale pour marcher, chaud au bon endroit et on continue, comme d'habitude, à quatre ou cinq kilomètres à l'heure. Je pense à notre réunion d'il y a quelques heures. Après un câlin émouvant, nous nous sommes dit quelques trucs, autour d'un bon petit déjeuner; évidemment, elle ne m'a donné que des informations génériques comme " J'ai lu un bon livre... J'ai fait une belle promenade dans les montagnes... J'ai écrit un poème sur la nature que je vous lirai ensuite …". Elle m'a dit que je lui manquais beaucoup. Elle se sentait désolée de ne pas avoir été proche de moi à certains moments mais - encore une fois l'histoire habituelle - elle n'aurait tout simplement pas pu faire autrement et elle ne pouvait pas en révéler la raison; Je lui ai dit de ne pas s'inquiéter et que tout allait bien, et elle a vraiment apprécié mon attitude.

«Ayez foi, mon garçon. Et …»

«Et de cela, vous et moi en avons beaucoup, même si nous ne sommes pas religieux; ce père Xavier ne nous l'a-t-il pas dit?»

«Bien sûr, et j'en suis de plus en plus convaincue.»

Il m'a alors dit que je devais être heureuse: la vie a fait en sorte que tout allait bien et nous a remis ensemble..

«Allez, c'est plus beau. Après un an de silence, nous aurons plus de choses à se dire et notre être ensemble sera plus précieux, tu ne crois pas?» elle a conclu en se levant et en attrapant son sac à dos.

«Peut être …» J'ai répondu en prenant mon sac à dos.

Je me rends compte que j'ai été distrait pendant quelques instants; Stefania parle et je me demande quoi. Je m'engage à entendre le reste pour essayer de comprendre et pendant que j'essaye, elle me dit: «Alors, Rich, que dis-tu?!». Je suis foutu; Je souris, j'ai peur qu'elle ait remarqué ma distraction et *qu'en penses-tu alors*?! c'était une tentative de me démasquer. Je monte sur les miroirs, mais tromper St est impossible.

Il me sourit et grince des dents: «Tu étais distrait, Rich! C'est vrai Rich?».

«È vero St» je réponds joyeusement.

«Eh bien... mais bon pour cette fois je te pardonne! Mais... je ne vais pas répéter ce que j'ai dit, alors tu apprends et la prochaine fois, j'espère, fais plus attention, hein?»

«Ok, ok, St, pardonne, mais répète cette fois, allez, alles» je l'implore en plaisantant.

St s'arrête et me fait m'arrêter aussi, se tient devant moi, met ses mains sur mes épaules et dit: «Non, non résigné, donc ce n'était rien que vous ne pourrez comprendre plus tard; si tu ne m'as pas écouté, patience». Il me prend par la main et m'invite à continuer. Nous considérons que nous n'avons pas encore rencontré de marcheurs, peut-être parce que nous avons quitté Estella assez tard.

«Je te trouve vraiment bien, Rich. Vous semblez plus détendu que l'an dernier.»

«Oui, St, je le suis. L'année dernière, j'ai eu beaucoup de pensées lourdes, liées à la chirurgie et surtout à Lacondary. Maintenant, le champ artistique est meilleur et heureusement l'opération est maintenant un chapitre clos et archivé, et... et puis, je ne sais pas, c'est comme si... l'expérience de l'opération m'avait changé pour le mieux. Je me sens plus léger envers la vie, je suis plus tolérant envers tout et tout le monde, bref je ne peux pas vous expliquer... Comment dire... et... Le ressentiment envers certaines personnes semble avoir disparu.»

«Je te comprends Rich; il est difficile d'expliquer certaines choses, même pour un écrivain comme vous, qui sait utiliser les mots.» Elle sourit. «D'abord tu as le sentiment de ne pas y arriver et tu vois tout en noir, surtout toi!» Elle éclate de rire. «Comment c'était "Nous le perdons, nous le perdons, défibrillateur"?! Ha ha ha, alors... le retour à la vie quand tout est passé. Il n'y a rien à faire, vous appréciez davantage la vie après de telles expériences. Quant au ressentiment... je comprends que parfois - à moins que vous ne soyez un saint - il est vraiment difficile de ne pas le nourrir, surtout lorsque certains individus vous poussent à l'exaspération, mais il faut faire de son mieux pour ne pas l'essayer et... eh bien, Je suis content que vous l'ayez supprimé, ce n'est pas bon pour vous et ce n'est pas juste de l'essayer; indignation envers certaines actions, certains ravages, pas envers les gens directement, peut-être oui... Mais le ressentiment... je pense... non, ce n'est pas bon pour aucune raison au monde, Rich! Ça fait mal, ça fait très mal, surtout à ceux qui le ressentent.»

«Bien sûr! C'est vrai St.» Dis-je en mettant ma main derrière mon cou et en affichant un sourire éclatant, comme le font certains personnages de dessins animés pour exprimer leur joie.

Pendant quelques instants, je suis à nouveau distrait, en pensant à la voix pleine d'amour que j'ai entendue pendant le demi-sommeil postopératoire: " Tu devrais être content de ce que tu as." Cette fois, il semble que St n'ait pas remarqué ma distraction et je lui parle de cette voix.

«Belle pensée, Rich, et je pense que ce qu'il dit est vrai. Nous devrions être vraiment heureux de ce que nous avons et au contraire, nous ne le sommes souvent pas parce que nous voulons plus. Il n'y a rien d'étrange à souhaiter une vie meilleure et si quelque chose de plus vient mieux, bien sûr, mais vous ne pouvez pas vous sentir sans incident ni même mal en attendant que quelque chose de mieux se produise.»

Nous arrivons au monastère d'Irache, le plus ancien des hospitales pour pèlerins de Navarre. Il y a une source d'où jaillit le bon vin; c'est vraiment sympa ici, pour y arriver il faut faire le petit détour dès qu'on quitte Ayegui. Un long marcheur aux cheveux bruns sirote le liquide rouge presque collé au robinet. Il se tourne vers nous et, essuyant ses lèvres avec son avant-bras, nous fait signe de nous approcher de la source. Nous buvons aussi; ils disent que ce vin aide à continuer le Chemin avec plus de force et de vitalité. Nous nous retournons et ne voyons plus le marcheur: il semble avoir disparu dans les airs. Nous avançons vers l'église.

«Que dis-tu, Rich, allons-nous entrer? "

«Oui sûr. Cette église m'inspire.»

C'est une église romane, je l'aime simplement pour son impact visuel, pour l'ambiance et pour la sérénité qu'elle insuffle dans l'âme. J'ai souvent ce sentiment lorsque je suis dans un temple ou dans un autre endroit isolé et suggestif. Je pense au désir que j'ai depuis longtemps d'aller visiter les lieux les plus importants des différentes religions et philosophies de la Terre et je me souviens de la mosquée bleue d'Istanbul et la plus grande du monde qui se trouve à La Mecque; les lieux les plus importants de la spiritualité indienne et tibétaine; la mosquée avec le dôme d'or à Jérusalem et à Jérusalem même les lieux du judaïsme et du christianisme. Des doux chants qui viennent du côté opposé de l'église, nous déduisons que la messe est célébrée dans l'une des chapelles latérales. Nous continuons jusqu'à ce que nous entrions et nous nous rendons compte qu'aujourd'hui est le dimanche des Rameaux: les gens ont des branches d'olivier avec eux pour être bénis. Je n'ai pas assisté à un service religieux catholique depuis plus de dix ans. Cela me rappelle une mélodie qui a peut-être été chantée le dimanche des Rameaux, mais je ne me souviens pas des paroles. Je me retrouve un instant dans la cathédrale et vois le choeur dans lequel j'ai chanté. St me prend par la main et me conduit à la sortie de la chapelle, alors que la fête est sur le point de se terminer. Derrière nous, les autres commencent aussi lentement à sortir. Nous traversons la nef centrale qui flanque l'autel et allons du côté opposé pour visiter le reste de l'église. A la sortie, nous rencontrons un petit groupe de marcheurs qui entrent. Il y a un air de fête maintenant. Nous regardons autour de nous, nous trouvons un signe du Chemin et nous continuons silencieusement avec notre pas habituel. Nous sommes rejoints et dépassés par des locaux bien habillés qui rentrent chez eux avec leurs branches d'olivier. Un gars trapu avec un regard propre nous en tend un, nous souhaitant une bonne journée en espagnol et *«¡Buen camino!»* et nous l'acceptons volontiers.

Soudain, de nombreuses branches d'olivier apparaissent dans mon esprit, se balançant, se détachant sur un ciel bleu. Puis je vois une mer bleue cristalline et une grande falaise sous laquelle les vagues se brisent. Au sommet, un homme en robe blanche, attaché par un cordon sombre, entonne un chant dans une langue qui sonne comme l'araméen; Je le vois de plus en plus proche et je reconnais en lui le marcheur que nous avons rencontré à la source du vin. Le docteur Ul dirait que tout cela est le résultat du traitement inconscient d'images réelles. Alors que l'homme en habit blanc continue de chanter, St me distrait de la vision en lui indiquant un signe du voyage: il indique qu'il y a treize kilomètres jusqu'à Los Arcos, où nous pensions nous arrêter. Nous devrons marcher encore trois heures environ. «Je me suis de nouveau distrait St» j'avoue me caressant la tête. «J'ai réalisé que vous étiez dans qui sait quel monde, mais ce qui compte, c'est que vous n'y allez pas quand je dis quelque chose, surtout si c'est important. Allez, écoutons, où étais-tu? Si je peux savoir.»

Je lui parle de la vision.

«Vraiment belle et profonde.»

«Ora Je pense à une mélodie, peut-être à un chant liturgique mais je ne peux pas comprendre ce que c'est, ni y associer des mots. Une chose similaire s'est produite plus tôt dans l'église.»

Je lui raconte comment le Dr Ul aurait probablement interprété la vision, les chansons et les sentiments que j'avais.

«Et toi, St, aux chansons, à la vision, quel sens donnerais-tu?» je demande.

«Quelle importance voulez-vous qu'il ait? Comment pouvez-vous dire et qui peut dire s'ils veulent dire quelque chose ou si tout cela est une blague de l'esprit ou les deux, Rich? Ce qui compte, ce sont les sensations, à mon avis. Je crois que le mieux est de les accueillir, de s'abandonner; ressentez et ne posez pas de questions, faites simplement attention à ce que vous ressentez. Les réponses viennent d'elles-mêmes si elles existent vraiment, sans aucun raisonnement et sans aucun effort. Je comprends qu'il peut être difficile de mettre de côté la rationalité, mais je pense que c'est un ennemi dans ces choses et peu est impliqué.»

«Oui, je pense que tu as raison, Stefania.»

«Je ne pense pas que ce soit une question de bien ou de mal, mais juste une question de ce que je ressens à propos de certaines choses. L'expression que *je suis d'accord avec toi* est, je pense, plus appropriée, Richardo.»

«Tu as raison; en effet... je rectifie: je suis d'accord avec vous, St.»

«Ok» elle me sourit en secouant la tête.

«Je ne pense pas qu'il vous ait jamais dit à quelle heure je fréquentais Catholic Action, n'est-ce pas St? J'avais enlevé cette période et c'est seulement aujourd'hui qu'elle m'est revenue.»

«Wow! Tu es affilié à Catholic Action?» elle blague.

«Oui, j'en ai fait partie pendant un certain temps, jusqu'à il y a une dizaine d'années et...»

«Puis?»

«Puis... je suis parti. Dans ce contexte, je n'allais bien que lorsque je jouais de la guitare, que je partais en voyage, que je mangeais une pizza tous ensemble, mais quand nous avons prié et fait ces réunions de catéchèse, je m'ennuyais terriblement et je me sentais vide. J'avais le sentiment que beaucoup disaient des mots auxquels ils ne croyaient pas vraiment et puis il m'a semblé qu'ils me disaient quoi faire de ma vie et comment le faire et cela ne me convenait pas: je pense que personne ne le peut vous dire comment vous devez vivre, ce qui est bien et ce qui ne l'est pas, bref... Et beaucoup de mes idées ne sont tout simplement pas allées de pair avec celles de ce contexte.»

«Et comment as-tu ressenti après ton départ?»

«Libre, libre comme jamais auparavant, libre et serein.»

«C'est ce qui compte, Rich. Il n'y a rien à faire. Cependant, j'ai aussi fréquenté la paroisse pendant un certain temps et ensuite, plus ou moins pour les mêmes raisons, je l'ai quittée. Pour beaucoup, qu'ils soient catholiques ou de toute autre religion, quelque chose de similaire se produit: à un moment donné, ce qu'ils reçoivent dans ces lieux ne suffit plus et ils commencent à se poser des questions auxquelles souvent ils n'ont pas de réponses satisfaisantes. Certains reviennent avec le temps et c'est bien si le cœur le leur demande. Je pense que souvent certains environnements ne sont cependant pas aussi adéquats pour une vraie spiritualité. J'ai tort? Peut-être, mais c'est ce que j'ai envie de te dire. Je crois qu'il y a un besoin d'une nouvelle spiritualité, voire d'une spiritualité renouvelée.»

«Il y a un besoin d'une spiritualité renouvelée. Bella, St, tu as dit quelque chose de sublime.»

18.

Azqueta a l'air petite et jolie. A une centaine de mètres de nous, nous voyons un groupe de marcheurs debout regardant une carte; d'autres, par contre, un peu plus loin, sont assis par terre et boivent en passant une bouteille. Un homme barbu aux cheveux blancs nous arrête. Il nous parle dans un espagnol étrange que St et moi avons du mal à comprendre. C'est peut-être une forme de dialecte. Son sourire instille la sérénité; il a un visage familier, je pense que je l'ai déjà vu, mais je pense que c'est peu probable. De ce qu'il a dit jusqu'ici, nous comprenons seulement qu'il offrait de tamponner le sello d'Azqueta sur nos lettres de créance; puis St les prend de son sac à dos, les lui tend, et lui, sortant un joli tampon rouge de la poche de son pantalon et utilisant ma main comme base de support, les tamponne. Cela nous dit autre chose qui nous est incompréhensible; puis, dans un anglais non grammatical, il nous propose de visiter une église dont il a les clés, mais nous ne le voulons pas et nous prenons congé avec courtoisie; il nous sourit en haussant les épaules, comme pour dire "Vous partez déjà?" ou " Je suis tellement désolé que nous ne nous comprenions pas assez" et nous souhaite un «*¡Buen camino!*» Un peu plus loin, dans une place avec des bancs, on aperçoit les panneaux indiquant un bar.

«J'ai soif, pouvons-nous avoir une bouteille d'eau fraîche?» me prppose St. «Je pense que celui dans le sac à dos est presque du bouillon, pour les urgences c'est aussi bon mais maintenant qu'il y a un bar... Tu peux y aller, s'il te plaît? Je m'assois quelques minutes.»

«Bien sûr St, je n'arrive pas à savoir où se trouve le bar. Le panneau dit à partir de là, mais... il y a le mur et... ah, oui, peut-être que vous devez monter ces marches, ok, ok, je ne les avais pas vues. Allez, j'y vais.» Je retire mon sac à dos de mes épaules et le lui tend. St va au banc, moi aux escaliers.

En ligne à la caisse, je regarde ce qu'il y a à manger: hot-dogs, calamars frits, sandwichs à la saucisse ou au poulet, chips, biscuits à la confiture et au chocolat. Je décide de ne rien acheter de tout ça, dans le sac à dos, nous avons des craquelins et des biscuits aux céréales et pour nous, ils sont très bien.

Mon tour vient et je demande, dans mon espagnol rudimentaire, une grande bouteille d'eau plate. «Ça vient» le caissier me répond, se baissant et sortant une bouteille de deux litres du frigo sous le comptoir, puis me demande si je veux autre chose.

«Non merci.»

«Ok» dit-elle et en souriant, il me tend le reçu. Elle prend l'argent, me salue et fait attention à la fille derrière moi. Je retourne sur le banc en avalant près de la moitié de la bouteille, il me semblait que je n'avais pas très soif pourtant en quelques instants j'ai bu presque un litre d'eau.

Stefania parle à deux garçons.

«Il est Luca et il vient de Cuneo, il est Palos et il est brésilien» dit moi St.

«Sympa de vous rencontrer les gars» je lui dis en tapotant le dos de l'Italien. Ils me regardent bizarrement et St rit. En leur tendant la bouteille, je leur demande s'ils veulent boire, mais ils me répondent presque à l'unisson: «Non merci», «No thanks». Ensuite, je le donne à St qui avale l'autre moitié et le jette dans une poubelle à proximité.

«Comme je l'ai dit à votre ami, nous faisons le Camino ensemble, nous sommes partis de France et nous prévoyons d'arriver à Compostelle pour la deuxième semaine du mois prochain» m'explique l'italien.

«Au lieu de cela, est-ce que Stefania vous l'a dit? - nous le faisons petit à petit» je lui dis et m'assieds «et...»

«Oui, ton ami m'a dit que tu as commencé l'année dernière, tu as fait les cent premiers kilomètres juste pour t'étirer un peu» il sourit.

«Oui, cette fois, nous espérons en faire encore deux cents: nous pouvons marcher pendant douze jours au maximum.»

«Eh bien, bonne chance! On continue, on s'est déjà arrêté assez longtemps» Luca dit après un coup d'œil du Brésilien qui semble impatient de recommencer à marcher. Mis à part ce "No thanks" il n'a pas prononcé un mot mais nous a seulement donné des regards et des sourires. On se dit au revoir et les deux se dirigent vers Los Arcos.

«Luca m'a dit que, comme ce qui nous est arrivé, ils se sont rencontrés le troisième jour du Chemin et ont décidé de continuer ensemble» me dit St. «Parfois, il semble que ce soit le destin qui rapproche certaines situations et certaines personnes. Croyez-vous au destin, Rich?»

«Oui, je dirais... je dirais oui» je bégaye, puis j'y pense mieux et je continue: «Je crois cependant que peut-être... tout ce qui nous arrive n'est pas seulement notre destin, c'est aussi le nôtre; libre arbitre? Disons que ce qui nous arrive dépend un peu du destin et un peu de nos choix?».

«Oui, ça pourrait être comme ça... Et certaines choses importantes dans votre vie pourraient arriver de toute façon, même si vous vous en éloignez. Quelque chose, précisément le destin, le fait revenir ou ce sont eux qui vous rencontrent. Avez-vous vu des *Sliding Doors*, Rich? Dans ce film, ce concept est bien exprimé.»

«Oui, bien sûr St! C'est peut-être comme vous le dites: les choses qui comptent pour votre vie se produisent de toute façon. Alors qui sait, ça pourrait être comme ça pour certains et pas pour d'autres… eh bien, la vie est un grand mystère qui …»

«Je pense qu'il vaut mieux ne pas essayer d'expliquer trop profondément, je pense qu'aucun être humain n'est capable de le faire, peut-être à cause de ses limites ou peut-être parce que plus on se rapproche de ce mystère plus la vie vous en éloigne, parce que vous n'avez probablement pas à le découvrir complètement. A mon avis, à partir d'un certain point, la vie doit être acceptée, vécue, et c'est tout! Et peut-être est-il vrai que plus vous comptez dessus, plus vous l'abandonnez, plus cela vous surprendra. Beaucoup s'efforcent de comprendre, comprendre, comprendre. Mais je me demande si c'est juste et si c'est vraiment utile... Pourquoi ne pas simplement accepter la vie?»

«Eh bien, peut-être que tu as raison Stefania mais... tu ne penses pas ça, à la place...»

«En conclusion. Je ne connais pas Rich, je ne sais pas. Je sais juste que ce discours me donne un gros mal de tête» coupe court.

«Est-ce le signe que nous nous rapprochons trop du Mystère? Ha ha ha... Oui, allez on n'y pense pas, ces choses, peut-être, sont trop nombreuses et trop compliquées pour notre cerveau et moi aussi j'ai mal à la tête. La vie... est un grand mystère qui... ne doit pas ou ne peut pas être pleinement expliqué. J'aime ça, magnifique. J'en parlerai avec Pirello.»

«Oui, oui, c'est vraiment beau» me sourit-elle avec enthousiasme. «Que dites-vous si nous continuons?» suggère St de remettre le sac à dos.

«D'accord» je me lève et prends le mien.

19.

La vision des palmiers dans le vent et de l'homme chantant sur la falaise de temps en temps me vient à l'esprit. Mais maintenant un autre réapparaît aussi: un chevalier templier à quelques mètres de moi traverse la route à cheval puis revient de là où il est venu, s'arrête sur le bord et me regarde. J'ai eu cette vision pour la première fois il y a quelques jours dans le train, en voyage en Espagne. Là, le chevalier traversa le couloir, de la porte du compartiment à la fenêtre.

Nous sommes à nouveau seuls. Le bruissement des feuilles et le chant des oiseaux nous tiennent compagnie.

«Tu sais St, ce type que nous avons rencontré plus tôt à Azqueta a un visage familier, c'est comme si je l'ai déjà vu; c'est un sentiment que j'ai eu dès le premier instant et ça devient de plus en plus fort. Mais je ne pense pas l'avoir jamais rencontré.»

«Tu l'aspeut-être vu à la télévision, dans un documentaire sur le chemin ou sur des photos de certains magazines: ils interviewent souvent des locaux.»

«Non, non, je n'ai pas regardé de documentaires, je n'ai lu que quelques articles. Quoi qu'il en soit, si je l'avais vu sur des photos, je m'en serais souvenu, du moins je pense.»

«Et puis tu as dû faire face à lui dans une autre vie» elle rit.

«J'ai eu un… comment dites-vous… du déjà-vu? C'est ce qu'ils disent?»

«Ou quelque chose comme ça, pourquoi pas?!»

Quelques instants de silence suivent, puis St montre une fleur sauvage rouge et dit plein de joie: «Regarde cette fleur, voyes comme elle est belle; approchez-toi, sente le parfum, profite de ces choses, profite de la nature et de sa grandeur».

Je m'approche, je m'agenouille devant et le prends dans mes mains je respire son parfum. «Il en faut très peu pour être heureuse» je lui dit.

St s'assied à côté de moi et, mettant une main sur mon épaule, dit: «C'est vrai. La vie peut nous donner tant de choses fantastiques, si nous savons les voir».

Je ris de joie en m'allongeant par terre et les mains sur le ventre, St fait de même et nous regardons le ciel.

«Tu sais St, une fois dans le train, dans le wagon-collation, j'ai rencontré une fille japonaise, Yu 'je crois que son nom était, qui croyait à la réincarnation, bref, à cette question d'autres vies; il espérait que son âme se réincarnerait en héron dans la prochaine vie.»

«Un héron? La fille n'est pas stupide, si l'oiseau a bien choisi, rien d'autre.» Pour le rire nous pouvons à peine respirer.

«Stina, mais si la réincarnation se produit vraiment, logiquement… tu ne devrais pas être un insecte au début, par exemple, puis dans la prochaine vie un lézard, puis un chien, alors…?»

«Puis un éléphant et ainsi de suite, jusqu'à ce que vous vous réincarniez en être humain?» Elle rit, mais elle rit beaucoup.

«Ou… ce n'est pas comme ça et vous pouvez renaître sous n'importe quelle forme et n'importe où. Peut-être que cela dépend des expériences que vous avez à faire ou que certaines choses arrivent par pur hasard? Vous pourriez même vous réincarner en extraterrestre, que dites-vous? Je le crois assez, pourquoi devrions-nous être les seuls dans l'Univers? Nous pourrions même nous réincarner à une époque antérieure ou future, non? Comme vous mourez en 2012 et vous vous réincarnez en dinosaure ou marquis de 1600 ou soldat romain ou scientifique de 3015. Peut-être que la notion de temps n'existe pas à certains niveaux, c'est une chose purement mentale… Chaque époque… cela pourrait être comme une pièce dans un bâtiment appelé Existence et les pièces du futur sont déjà là. Il suffit d'y accéder et les clés sont livrées, en fait, dans certaines circonstances. Au lieu de cela, il se peut qu'un certain avenir bien défini n'existe pas encore et prenne forme pendant que nous vivons; dans ce cas, il ne pouvait y avoir qu'un futur probable, un futur grossièrement écrit par le destin, et vous ne pouviez le voir que mentalement… Est-ce que je dis gros mensonges?»

«Eh bien, Rich, vous avez un grand fantasme, hein, mais ça pourrait être, pourquoi pas? Ce sont des possibilités. Vous avez peut-être raison, même si ce n'est que partiellement. Qui peut le dire?»

«La vie est un grand mystère …» disons à l'unisson, puis je m'arrête et elle continue: «Ce qui ne peut ou ne doit peut-être pas être pleinement expliqué».

«Bref, à bien y penser, il m'est déjà arrivé d'aller dans un endroit pour la première fois et d'avoir le sentiment d'y être déjà allé ou, comme c'est arrivé à Azqueta, de voir une personne pour la première fois et de ressentir cela Je les ai déjà rencontrés. Quand je suis allé à Gênes pour la première fois, par exemple, j'ai eu ce sentiment, à la fois en marchant dans les rues du centre et en interagissant avec des habitants.»

«Tu asété un véritable Génois dans une autre vie!» Elle rit et rit à nouveau. «À l'époque de Colomb, peut-être?»

«Ah. Il est vraiment fascinant de penser à une vie en 1400 ou 1700... ou 400 avant JC. Ce serait bien aussi de se réincarner en 3848 ou un peu plus tôt: en 2127? Mais espérons que dans d'autres vies je pourrai vivre riche ou du moins dans une classe moyenne.» Je souris. «Ou serai-je un bandit errant dans les bois des années 1500?»

«Eh bien... le problème de vous réincarner d'avant en arrière dans le temps... qui sait? Tout cela pourrait être plus linéaire... vous venez de vous réincarner... en cours... mais... il est également vrai que comme vous le dites, riche, le concept du temps à certains niveaux peut ne pas exister et... en Bref, il est vrai aussi que vous ne pouvez pas raisonner sur certaines choses avec notre petit mais très petit cervelet. Uff, quelle compression de cervelle; Huh huh.»
Nous sommes toujours allongés en silence en regardant le ciel. Soudain, je m'imagine avec une fille enchanteresse dans une calèche qui, tirée par deux chevaux, siffle à travers les bois, peut-être en territoire français ou anglais. Heureux que nous nous tenions la main et je me rends compte que cette fille est Marin. Quelques rayons de soleil filtrent à travers les rideaux. Nous nous sommes récemment

mariés. Le cocher émet soudain des cris de coup de fouet et exhorte les chevaux à courir à la folie. Il y a des cris et des hennissements et il y a une grande confusion à l'extérieur. Il y a aussi des plans. Nous sommes terrifiés et, alors que nous nous embrassons, une lueur m'emmène dans une grande pièce, pleine de lumières de différentes couleurs et de nombreux *blips* et autres bruits légers. Il me semble une salle d'opérations de ces centres de recherche que l'on voit également dans les dessins animés japonais comme *Goldrake* ou dans des séries télévisées comme *Star Trek*, où il y a des bases, des machines volantes et des robots. Je suis un scientifique heureux: il semble qu'il ait découvert quelque chose d'important. Je me tiens devant un objet pointu, j'appuie sur un bouton et un rayon vert m'enveloppe; Je disparais et me retrouve dans un autre endroit plein de gens qui me félicitent et célèbrent. Il est 3800. Je pense que vous ne voyagez peut-être plus en avion pour atteindre un endroit éloigné, mais avec un appareil qui vous dématérialise et qui après quelques instants vous matérialise à des milliers de kilomètres. Ou il se peut aussi que ce gadget ne se dématérialise pas, mais porte une copie de vous, une projection de vous, ailleurs sur Terre ou sur une autre planète. Pendant que vous vous déplacez dans un endroit, un autre vous, une sorte de clone - physique, virtuel, qui sait -, fait et dit la même chose que vous. Peut-être que les avions existent encore et que ces voyages au rayon vert ne se font que dans certains cas, car ils sont peut-être très chers, même en termes d'énergie personnelle. Qui sait.

Nous marchons sur une piste muletière poussiéreuse. Il se déroule entre deux étendues vertes, jusqu'à ce qu'il se perde à l'horizon. Les oiseaux continuent leur concert et à nouveau le cavalier à quelques mètres de nous traverse la route avec son cheval, revient et me regarde.

Nous entrons dans Los Arcos qui semble déserte et nous semble petite, peut-être autant qu'Azqueta. Nous sommes probablement sur le plat principal. Nous regardons autour de nous et nous remarquons une *albergue* privée; la porte, de style médiéval, est ouverte. Il n'y a personne dans la petite entrée. On attend quelques minutes en faisant du bruit pour se faire entendre, mais personne n'arrive. On sort dans la rue, on sonne la cloche puis on frappe avec un battant mais rien, personne ne répond, on abandonne et on continue. Après quelques pas, devant nous, nous apercevons une autre *albergue* privée.

À droite de l'entrée, une place s'ouvre et nous pensons que c'est la principale. A la réception, un gars enregistre deux marcheurs sur l'ordinateur. Devant lui, une fille surfe sur Internet avec un ordinateur portable, tandis qu'à gauche il y a une cuisine dans laquelle une femme et trois enfants dessinent assis à une table. Tout le monde nous accueille chaleureusement. Il y a de la place, alors je remets mon document à la réceptionniste sympathique et les informations d'identification sur lesquelles impressionner le *sello* de la structure.

20.

Nous errons depuis un moment à la recherche d'un endroit pour dîner et passer une bonne soirée.

Nous nous arrêtons dans un restaurant dans un hôtel qui accepte également les personnes extérieures et semble avoir un bon menu. Dans la salle, occupée par une dizaine de tables dressées pour quatre, il y a des marcheurs de notre *albergue*. Devant nous, avec un homme, se trouve la fille qui était au PC quand nous sommes arrivés. Nous nous saluons avec de grands sourires. J'ai envie de les appeler Petra et Philip et St est d'accord avec moi; il sourit qu'ils ont les bons visages pour ces noms. Nous notons que Petra parle maintenant en français, alors qu'elle a parlé avec nous en italien et avec le propriétaire de *l'albergue* en espagnol; du point de vue de l'expression et de l'accent, cependant, il ne semble ni italien, ni français, ni espagnol.

St est maintenant au téléphone et Petra et Philip viennent de partir. Mon esprit revient au moment où nous sommes entrés dans un pub pour un apéritif. Un écran LCD, affiché sur le mur, portait une chronique d'un psychiatre sur la réincarnation. L'audio était en anglais et les sous-titres en espagnol. La chose nous a intrigués et elle semblait s'être déroulée à la perfection, compte tenu de nos discours d'aujourd'hui. J'ai demandé à St: «Une simple coïncidence? Ou rien n'arrive par hasard?». Elle haussa les épaules. Entre les différents bruits, le tintement des verres et un grand cri, nous avons essayé de comprendre le plus possible. Et, comme c'est mon habitude dans certains cas, j'ai mis le téléphone en mode REC et l'ai placé sous le téléviseur.

«A un moment je ne croyais pas du tout à la réincarnation, je regardais ceux qui en parlaient avec beaucoup de scepticisme» dit fièrement le psychiatre.«Maintenant, j'ai beaucoup de raisons de penser qu'il est très probable que, après la mort du corps, l'âme peut transmigrer dans un autre corps ou en tout cas continuer à exister dans la dimension spirituelle ou dans une autre dimension. Du point de vue instinctif, je le crois maintenant, je sens qu'il en est ainsi; en tant que chercheur et en tant que médecin, je dis que la réincarnation est un événement possible, trop de preuves sont en sa faveur. Lorsque certains de mes patients sous hypnose m'ont révélé des événements concernant leurs autres vies, si particuliers, si détaillés - et j'ai réalisé que très probablement ils ne peuvent pas être simplement fictifs ou strictement attribuables au soi-disant inconscient collectif décrit par Jung -, j'ai commencé faire des recherches et découvrir de nombreuses autres choses intéressantes. D'autres collègues avant moi avaient sérieusement étudié le phénomène et je me suis intéressé à leurs cas, à leurs méthodes de recherche, à la manière dont ils vérifiaient certaines révélations de patients, faites sous hypnose ou suite à des rêves ou à des exercices de méditation ou en tout cas à des situations de relaxation, telles comme lors d'un massage shiatsu. Pour mieux vous préparer à vous souvenir des détails que l'âme oublie lors de la réincarnation, il semble nécessaire de se détendre et de vider l'esprit. Il est de nos recherches et évaluations, puis, qui tentent d'identifier avec une précision raisonnable quelle partie qui aurait pu arriver, extrapolant à partir des faits fictifs ajoutés par l'esprit actuel. J'ai été frappé par le cas d'un garçon de quatre ans - mais il y a beaucoup de situations similaires, surtout chez les enfants -: il a révélé à ses parents qu'il avait vécu dans un certain village où il était décédé sept ans plus tôt des suites d'un grave la maladie, à l'âge de douze ans. Il se souvenait de sa maison, ses parents et ses frères et sœurs de sa vie antérieure. Les parents actuels et un médecin a entrepris des recherches et ont découvert que dans ce village il y avait bien ces gens, qui ont confirmé qu'ils avaient perdu un frère et un fils âgé de douze ans sept ans plus tôt. En allant à cet endroit, l'enfant les a reconnus et a également reconnu son ancienne maison, dont il connaissait tous les coins. Maintenant, un garçon âgé de quatre ans, qui n'a pas encore été autour, en particulier dans les parties et ne pouvait pas avoir reçu certaines informations à coup sûr, comment savait-il tant et dans ce détail? Des études approfondies sur des cas de ce genre amènent aussi à penser qu'après la mort l'âme peut errer, sur Terre ou ailleurs, pendant une certaine période sans se réincarner: en fait beaucoup de gens, en se remémorant d'autres vies, affirment qu'avant de se réincarner l'esprit vagabonde souvent dans des endroits où le corps a vécu ou dans une autre dimension spirituelle. Cela se produit probablement parce que l'âme, avant de prendre un autre corps, doit affronter d'autres phases ou attendre l'arrivée d'autres âmes avec lesquelles elle doit se réincarner en même temps. De nombreux patients qui se souviennent d'autres vies reconnaissent dans ces mêmes vies des personnes qui sont également présentes dans leur vie actuelle. Si quoi que ce soit, ils ont des rôles différents; par exemple, un père dans cette vie peut être un frère dans une autre vie ou un fils dans une autre vie. D'une certaine manière les âmes se reconnaissent mutuellement même si elles sont dans des situations différentes et organismes: cela expliquerait aussi pourquoi beaucoup de gens, à la première réunion, ont le sentiment d'avoir déjà connu l'autre et parfois ils se sentent instantanément un amour fort ou une forte aversion . Le fameux coup de foudre, le coup de foudre soudain et inexplicable, pouvait dépendre du fait que deux personnes s'aimaient déjà dans une autre vie. Le même talent pourrait dépendre de quelque chose que nous apportons avec nous d'une autre vie. Beaucoup peignent, écrivent, montrent des compétences avec un tel naturel sans jamais avoir fait d'études spécifiques et approfondies, sans aucune formation pour être si bons. Ils l'ont probablement appris et vécu dans une autre vie, mais ils ne s'en souviennent pas alors qu'ils se souviennent spontanément de la manière dont une certaine chose est faite. Et ainsi Mozart, par exemple, pourrait être la réincarnation de Vivaldi et Chopin celle de Mozart. Freddie Mercury aussi» elle a continué à rire «ce pourrait être la réincarnation de Chopin. Si nous voulons être honnêtes, alors, les mêmes corps de grands poètes tels qu'Homère, Virgile et Dante ont peut-être été habités par une seule Grande Âme. De grandes œuvres musicales et littéraires toutes signées par une seule Grande Conscience.»

Nous avons été distraits pendant quelques instants, un enfant est venu vers nous et a souri, puis aussitôt nous avons retourné notre attention sur le psychiatre. «Ce sont des situations qui, je le répète, déjà sans vérification particulière en disent long, mais vraiment beaucoup. Puis les vérifications ultérieures ont confirmé presque sans équivoque l'hypothèse de la réincarnation et...»

«Mais vous utilisez des expressions comme… *presque sans équivoque*, vous savez que *presque*…» l'intervieweur l'a interrompu et il a répondu sans même le laisser finir la phrase: «Eh bien, je suis psychiatre, chercheur, et je ne peux que vous dire ce que j'ai déjà exprimé auparavant, c'est-à-dire que d'un point de vue instinctif et émotionnel, je sens que la réincarnation peut être un événement possible. Cependant, si on met en jeu la rationalité, un certain état d'esprit scientifique et une vraie méthode de recherche, je dois vous dire que, compte tenu de certains épisodes et résultats, de nombreux facteurs nous amènent à penser que, lorsque le corps meurt, l'âme transmigre dans un autre corps. et donc ils semblent confirmer l'hypothèse que… mais je ne peux pas utiliser certaines expressions comme *presque sans équivoque*, je peux dire que je le pense mais…».

«Ok ok» l'intervieweur a coupé court «le temps à notre disposition est malheureusement terminée, je vous remercie beaucoup pour votre précieuse contribution.»

Le journaliste aurait préféré entendre une phrase telle que *la réincarnation existe*, point final! Une belle phrase de déclaration, même si probablement inexacte ou même fausse.

L'écran s'assombrit; il y a presque le silence, il est presque l'heure du dîner et beaucoup sont partis. Le propriétaire a éteint l'écran LCD en tirant un DVD d'un magnétoscope, puis s'est tourné vers nous.

«Si aucune image de matchs de football ne provient de cette chose, en particulier du Barça ou du Real Madrid, il est difficile pour quiconque de lever la tête pour regarder un film, un documentaire ou une pièce de théâtre. Je porte souvent des choses comme ça. Vous, en revanche, vous m'avez semblé intéressée par le documentaire, n'est-ce pas?»

Nous avons répondu oui et, aussi vite qu'une fusée, il a commencé à parler du sujet avec beaucoup de passion. J'ai commencé à l'enregistrer aussi. Il a recommandé des livres à lire et nous a parlé de cas et d'expériences. Quand il semblait avoir fini et qu'il prenait une inspiration pour en dire plus, il a soudainement recommencé avec plus de fureur qu'avant: «Beaucoup de religions croient en la réincarnation. Aussi… quelques premiers Pères de l'Église chrétienne, comme Clément d'Alexandrie et saint Jérôme, avaient accepté le concept de la réincarnation, comme les gnostiques. Les Cathares aussi, mais au 12ème siècle, ils furent persécutés comme hérétiques. Réincarnation est et a toujours été un sujet fascinant, mais… aussi délicate, en particulier pour la politique et l'Eglise catholique. L'empereur Constantin, au IVe siècle après Jésus-Christ, juste au moment où le christianisme est devenu la religion officielle de l'Empire romain, avait des références claires à la réincarnation enlevé des écritures sacrées. Constantin et l'Église pensaient que certaines idées pouvaient conduire les gens à moins observer les règles. Au sixième siècle, donc, avec le deuxième concile de Constantinople, la croyance au concept de réincarnation a été définie comme une hérésie. Eh, pouvez-vous imaginer si…».

«Ok ok, merci pour ce que vous nous avez dit» J'ai coupé court. Aussi intéressant que soit le sujet, l'attention avait baissé pendant un certain temps. «Malheureusement, nous devons partir maintenant. Nous lirons certainement et avec plaisir quelque chose de ce qu'il a suggéré.»

Nous avons quitté la salle et il nous a crié de l'intérieur: "Revenez quand vous voulez, j'aime toujours parler et discuter de sujets si profonds et importants!". Il n'a peut-être pas réalisé que nous sommes des marcheurs. Il est généralement perceptible, en particulier à partir des vêtements. St m'a dit qu'elle aimerait rester plus longtemps. Je me suis immédiatement excusé auprès d'elle, j'étais égoïste. Tirée de fatigue, je ne lui ai pas demandé si elle accepterait de partir.

Nous avons calé un peu plus longtemps, assis sur un banc, avant de chercher un endroit pour dîner et St m'a dit plein d'enthousiasme: «À bien y penser, Riche, j'ai souvent rêvé ou visualisé de courir terrifié le long de grandes salles, peut-être d'un château médiéval ou d'un palais Renaissance, mais les détails ne me sont pas clairs, parfois j'ai l'impression de voir l'un tantôt l'autre . J'ai le sentiment que quelqu'un me court après pour me faire quelque chose de mal. Je reviens à moi-même et puis plus rien ne se passe.»

«Tu sais St… Moi aussi, je me suis vu plusieurs fois dans des vêtements d'époque, peut-être entre 1700 et 1800; Je monte rapidement le grand escalier du Palais Royal de Caserte. "Antonio!" une voix de femme pleine d'émotion m'appelle de l'étage supérieur. Puis je me retrouve dans la salle du trône. Il y a tellement de monde et beaucoup de cris, quelque chose d'important est discuté et peut-être qu'il y a aussi le roi. Je suis à l'écart, les mains croisées derrière le dos et devant une grande fenêtre à travers laquelle filtre une lumière intense. Et chaque fois que je vais dans ces appartements royaux, j'ai un sentiment familier et c'est comme si je me sentais chez moi. Et cette voix résonne toujours dans mon esprit: "Antonio!"»

«Fantasmes, souvenirs d'autres vies? Les deux? Eh bien… que dire, Rich. Bien sûr, ces choses ont encore un grand charme. Est-ce vrai Rich?»

«C'est vrai St, c'est vrai Stina St!» J'ai confirmé avec un sourire.

Dans la salle du restaurant, il y a maintenant, comme une musique de fond *How deep is your love* d et les Bee Gees. Au bout de quelques instants, les notes de *Stop*, puis de *Stayin' Alive* et de *Too Much Heaven*, caressent nos tympans. Un CD entier du groupe des frères Gibb: Barry, Robin et Maurice. St et moi nous regardons heureux. Le serveur nous apporte les plats principaux, une côte de porc rôtie avec des frites, retirant les plats où nous avons mangé la paella il y a peu. Le téléphone portable d'un autre serveur sonne avec la mélodie de *Run to me*. «Ces Bee Gees, je les rencontre souvent, dis-je. «Surtout récemment: soit comme ce soir, soit à la télé, soit l'une de leurs chansons me vient à l'esprit. Je les ai toujours aimés et au lycée il fut un temps où je traduisais toutes leurs chansons.»

«Qu'ils ne veulent pas vous communiquer quelque chose, qu'ils ne sont pas un signe?» St me suggère et sourit

«Quoi dire…!»

«La... réincarnation de Maurice Gibb tu ne peux pas être, tu es déjà né quand il est mort, à moins que...» elle rit «son âme a alors rejoint la tienne et…»

«Et cela peut aussi être vrai!» je ris aussi.

«Pourquoi pas, Rich? Mais vous pouvez imaginer quel beau gâchis: plus d'âmes dans un seul corps. Différences d'idées, alors si l'une est mauvaise et l'autre bonne... bonne, mauvaise... bravo!»

«Eh bien, peut-être que les contradictions des êtres humains, leurs confusions, le conflit entre le bien et le mal, l'attirance pour certaines pensées à certains moments et pour d'autres dans d'autres circonstances seraient mieux expliquées, n'est-ce pas? Mais... qu'allons-nous dire Stina St. Mon cerveau fond, n'est-ce pas àa toi?»

«Peut-être un peu, Rich!» Elle rit.

«Bien sûr aujourd'hui nous avons vraiment cédé avec des concepts que je définirais... métaphysiques? Pensez-vous qu'il est juste de les appeler ainsi? Allez, mais je dirais que ça peut suffire, non? Est-ce vrai St?!»

«C'est vraiment Rich, mais oui, c'est vraiment Rich. Allez stop-amo-la. Arrête!»

21.

Nous sommes partis pour Logroño mais nous avons encore faim: le petit-déjeuner *albergue*, bien que bon et copieux, n'a pas pleinement satisfait notre appétit. Dans les sacs à dos, nous n'avons rien à manger et pour le moment, tout est encore fermé pour acheter quelque chose. Il faut être patient jusqu'à Sansol, où nous allons faire une première pause; nous avons également besoin d'ouate stérile, Stina a une ampoule. La journée est fraîche mais belle. Après un tronçon parcouru dans la solitude, nous nous retrouvons au milieu de quelques marcheurs. Ceux qui sont derrière nous - trois garçons et deux filles, dont une assez dodue - sont espagnols, tandis que devant il y a un groupe de six Allemands chantant des chansons alpines.

Nous entrons dans Sansol et nous rencontrons une pharmacie mais elle est fermée. Nous regardons autour et plus loin sur la gauche, surélevée au-dessus de la route, nous remarquons une place rectangulaire en béton, entourée d'un muret; sur les deux plus petits côtés, il y a un but de football en fer. Au-delà de la place, nous prenons une petite route à gauche qui la longe et nous rencontrons une femme debout devant une camionnette garée; nous lui demandons de nous diriger vers une épicerie et elle précise qu'à quelques pas de nous, il y a un bar qui vend aussi du pain, du riz et des pâtes, afin que nous puissions enfin intégrer notre petit-déjeuner. Nous achetons des brioches au chocolat et aux carottes et allons nous asseoir sur le mur. A quelques pas de nous, il y a les Espagnols d'avant, certains assis sur le mur et d'autres par terre, face aux premiers. La fille potelée me sourit et semble me manger des yeux. Je me demande si elle pourrait être le Marin de cette nouvelle section du Camino et je me retrouve soudain avec elle dans Heavenisnow. Nous sommes assis au bord de la piste de danse. Nous nous regardons et nous nous tenons la main. Un couple nous fait signe de les suivre, nous le faisons et nous commençons à descendre le grand escalier de Fuistin, en direction du Jardin également connu sous le nom d'Environnement Brunlins. Je vois le gros chêne rouge et je me souviens de mes vers gravés au dos:

*J'aime la femme
le bon,
le mature.
Il m'aime, j'espère.
Je la mène en enfer
de mes passions,
la tendresse de mes baisers,
la douceur de mes caresses.
Mes mains marchent
lire sur les collines chaudes,
dans les grottes profondes et humides.
Et ensemble nous venons
au paradis de nos désirs.*

Mais au moment où nous sommes sur le point de traverser une cascade de lumière, les aboiements d'un chien me distraient de ces pensées. Maintenant, la fille potelée est par derrière et parle à son amie. St a commencé à traiter sa vessie en utilisant des serviettes en papier au lieu d'ouate stérile. Il fait un excellent travail, comme toujours. Je pense que certains Espagnols pensent la même chose, car ils l'observent avec une attention particulière. Nous commençons à bavarder, un peu en espagnol, un peu en anglais, en nous racontant les choses habituelles sur nos origines et le Chemin. L'un d'eux nous explique qu'ils ont quitté Pampelune et feront environ la moitié du chemin cette fois et ensuite, dès que possible, ils feront le reste. La fille potelée s'en va avec son amie et je remarque qu'elle me regarde de côté.

Je regarde la place dans son ensemble pendant quelques instants et en un instant je me retrouve adolescent, au milieu d'un terrain de football qui me semble immense. Sur les bords, je vois des vélos et des cyclomoteurs et quelques spectateurs. Lentement, tous les autres amis footballeurs apparaissent autour de moi. Je commence à courir et devant mes pieds j'ai un Supersantos orange; Michele crie: "Balle, balle" et avec un tir parfait, je l'ai mis sur sa tête. Il n'a qu'à pousser vers la porte et il le fait avec toute sa puissance et son habileté; Bruno Silvio, défenseur gauche, ne peut rien faire et le ballon va vers Clelio, le gardien de but, qui se jette, mais le ballon passe entre ses mains et finit dans les filets. Un autre objectif sensationnel de Michele. Balle au centre. Enrico vient d'entrer dans la petite zone, il me passe le ballon, Pietro me marque bien et je dois juste retourner à Enrico qui frappe, mais avec le ballon, une de ses chaussures commence aussi que Clelio attrape après un grand plongeon , tandis que le ballon retourne dans le filet. Pendant quelques instants, Clelio ne s'aperçoit pas qu'il a une chaussure entre les mains, ni de notre enthousiasme pour le but, ni de ses coéquipiers qui voudraient le tuer; dansant comme un fou, il crie avec satisfaction: "Prise, prise!", puis il donne un coup de pied contre le poteau et, hurlant de douleur, le pied dans les mains, il se laisse tomber au sol; nous avons tous éclaté de rire. Je reviens vers moi. Le souvenir est parti et je ne peux plus le saisir. Nous décidons de reprendre, alors nous disons au revoir à tout le monde - même le dodu et l'ami qui reviennent -, mettons les sacs à dos sur nos épaules et partons vers Torres del Río; il est à visiter l'église octogonale, considérée comme l'un des éléments architecturaux les plus uniques de la Voie.

22.

Une odeur de peinture fraîche nous attire dans une *tienda* dont les portes sont grandes ouvertes sur la rue. À l'intérieur, il y a des peintres qui ont l'intention de travailler; nous leur demandons où acheter du pain et l'un d'eux, abandonnant un pinceau par terre, s'approche de nous et nous montre une tienda à proximité. Revenons en arrière et tournons à gauche.

Dans cette boutique, il y a des produits alimentaires et d'hygiène domestique. La propriétaire, une femme ronde, est au téléphone et fait glisser le combiné entre une oreille et son épaule et arrange le comptoir avec ses mains. D'un ton très brillant, il se dispute avec quelqu'un. Il nous salue avec un signe de tête, continuant à parler et après quelques instants il nous invite à prendre ce dont nous avons besoin. On y va. La dame coupe alors court avec l'interlocuteur et commence à compter: elle écrit les différents prix sur un papier brunâtre avec un stylo rouge et ce papier me rappelle les boutiques quand j'étais enfant; même les commerçants de mon pays s'en servaient pour faire des comptes et emballer de la nourriture ou ils la vendaient pour quelques lires; entre une tâche et la suivante, nous fabriquons des petits bateaux et des avions. Nous payons, inzainiamo ce que nous avons acheté et, disant au revoir au propriétaire, nous partons.

Nous arrivons à la célèbre église octogonale. St et moi avons pensé que c'était plus imposant. Cependant c'est beau et caractéristique, mais on ne veut pas y entrer. Nous nous limitons à photographier la façade extérieure et continuons. D'immenses étendues rurales s'ouvrent autour de nous sous un ciel d'un bleu splendide. Le vert foncé des buissons alterne avec des étendues de terre sablonneuse, où quelques petits arbres se dressent çà et là. Je pense que le paysage sera comme ça jusqu'à Viana, où nous avons décidé de nous arrêter, et, en regardant le cavalier habituel traverser la route devant nous de temps en temps, je me souviens des magnifiques vignobles que nous avons rencontrés entre Los Arcos et Sansol.

23.

Nous avons récemment dîné et sommes assis sur les marches de l'église de S. Maria in Viana, où Cesare Borgia, fils du pape Alexandre VI, est enterré; il semble arrivé en Navarre en 1506 et mort en duel en 1507. Peu à peu les rues se peuplent. St et moi rions de nous souvenir du propriétaire de notre *hostal* qui nous a presque chassés ici parce qu'il pensait que nous n'avions pas payé pour le dîner; quand je lui ai montré le reçu et qu'il s'est souvenu que nous l'avions payé avec la chambre, dès notre arrivée dans l'après-midi, le menu étant à prix fixe, il s'est excusé mille fois. A quelques mètres de nous, deux enfants à bicyclette se poursuivent; l'un descend du sien en le laissant tomber au sol, l'autre fait de même et court vers le premier. Du coup je me vois comme un enfant dans l'un des deux et Bruno Silvio comme un enfant dans l'autre. La place devient le jardin de mon grand-père: je vois les parterres de fleurs, les arbres et les buissons et les allées. C'est un après-midi de printemps entre 1975 et 1977. Bruno et moi sommes rentrés récemment de la maternelle; il est temps d'enlever les tabliers, de les jeter avec les paniers sur le canapé du salon et d'éclabousser en plein air. Nos paroles sont accompagnées du chant de quelques oiseaux et du bruit de nos pas sur le trottoir. Nous fredonnons nos chansons habituelles:

Nous sommes trois petits cochons,
petit frère, petit frère,
personne ne nous divisera jamais,
trallallà lallà.

ou

> *J'aurais aimé une autre femme,*
> *J'aurais voulu un autre amour*
> *peut-être moins beau*
> *et qu'il me ressemblait un peu.*
> *Une fille au visage propre,*
> *avec de grands yeux et un air délicat.*
> *Ce qu'elle n'a jamais été*

> *Je t'aime Je t'aime,*
> *Je t'aime, je t'aime, je t'aime, je t'aime*
> *est un papillon qui vole en battant des ailes puis*
> *être un peu dupe,*
> *avant de faire l'amour.*

Contrairement à nos pairs, en plus des quarante-cinq séries de contes de fées, nous écoutons également Gianni Morandi, Umberto Tozzi, Pino Daniele et I Cugini di Campagna, mes favoris. Et ma chanson préférée de Cousins di Campagna est Another Woman. L'été précédent ou peut-être celui d'avant ou peut-être celui d'avant, à la mer, on l'entend partout: dans les juke-box, à la radio, à la télé, chanté sous les parapluies. Mes parents disent souvent, avec un soupçon de nostalgie, que je suis devenu fou de joie quand je l'ai entendu. J'ai commencé à rire, à battre des mains, à courir à la folie et même lentement à le chanter. De temps en temps, ma mère jette un œil par la fenêtre pour nous surveiller. Puis l'oncle Giovanni, de retour du travail, décide de nous photographier, d'abord à notre insu, puis de nous laisser poser en mannequins professionnels. Il est passionné de photographie noir et blanc et parvient à créer de véritables œuvres d'art; il nous immortalise assis au bord de la fontaine, les jambes pendantes et les langues ouvertes. Une autre photo, cependant, est prise pendant qu'on fait pipi dans le pot de géraniums. Le pot de géraniums et la fontaine nous semblent si grands.

Après avoir contribué au flair artistique de mon oncle, nous allons dans ma chambre et commençons à jouer avec la piste: nous faisons tellement rouler les voitures qu'elles finissent toujours hors de la route, sans jamais terminer le tour. J'insère un des quarante-cinq tours de ma mère dans le lecteur de disque bleu *Non son degno di te*, et je démarre le train. Bruno le regarde envoûté alors qu'il avance rapidement sur les traces du tracé et prend soin de le faire ralentir et s'arrêter à chaque station. Puis je prends les commandes, mais j'oublie de faire arrêter le train à la gare suivante et je pleure presque de ne pas le faire, mais la mère qui vient d'entrer me dit qu'elle ne fait rien et que seuls les trains locaux s'arrêtent du tout. les gares, les autres, par exemple les trains directs ou express, qui font des trajets plus longs, ne s'arrêtent qu'à certains endroits, donc je peux considérer ce train comme un express et je résous le problème. L'humeur disparaît en un instant. Arrêtant le train, Bruno est fatigué de ce jeu, je prends les briques et je propose de construire quelque chose ensemble. Cela me fait sourire en pensant que maintenant il enseigne la construction au lycée. On réussit à faire quelques maisons et parmi celles-ci on met des arbres que mon grand-père utilise pour la crèche à Noël et qu'il me prête pour le reste de l'année. Ma mère nous apporte des nouilles aux œufs avec du fromage que j'aime beaucoup mais pas Bruno, qui en mange à peine. Encore quelques instants et Bruno doit partir; en fait, sa mère est venue le chercher et, comme chaque fois que nous nous séparons, nous sommes vraiment désolés, mais heureusement demain nous serons à nouveau ensemble.

24.

Le long de la descente qui mène à Logroño, nous nous arrêtons devant une petite maison, intrigués par un groupe de marcheurs debout près de la porte ouverte. Plus loin, il y a aussi les garçons espagnols avec lesquels nous avons bavardé à Sansol, désireux de jouer avec deux chiens. Nous disons au revoir avec un grand sourire, mais je ne vois pas celui qui est dodu. On se rend compte qu'il y a d'autres marcheurs à l'intérieur de la maison et donc on y entre aussi.

«C'est la maison de Mme Felicia» explique un marcheur «décédé en 2002; il a accueilli les marcheurs avec une boisson fraîche et de belles paroles. Maintenant il y a sa fille pour continuer cette mission» conclut en désignant une femme dans la cinquantaine. Elle nous sourit et nous invite à prendre une part de panettone et quelque chose à boire: le panettone est délicieux et l'eau semble avoir jailli d'une source. Il nous dit quelque chose que nous ne comprenons pas, puis il nous serre dans ses bras et met une selle sur nos lettres de créance; alors faites attention aux autres qui entrent. Dans la rue, nous nous approchons des Espagnols pour échanger encore un peu; Je pose des questions sur leur amie et ils disent qu'elle a peu dormi la nuit dernière et qu'elle partira dès qu'elle se sentira mieux; il les rejoindra presque certainement le soir. En marchant, nous recevons aussi l'attention des deux chiens qui, sautillant et aboyant, nous suivent sur quelques mètres. Une douzaine de kilomètres nous séparent de Navarrete, où nous prévoyons de nous arrêter. Nous devons maintenant traverser le centre de Logroño et un grand parc.

Nous arrivons à destination accompagnés d'un beau soleil. Il n'y a pas de place à la première *albergue* que nous rencontrons et le propriétaire en indique une autre non loin de là. Malgré quelques difficultés, nous parvenons à le trouver mais ici il n'y a que des dortoirs et le propriétaire nous propose de descendre sur la route principale, où nous trouverons quelques *hostal*. Nous nous arrêtons à la première rencontre. Il n'y a personne à la réception et, bien que St sonne plusieurs fois la cloche, personne n'arrive. Je remarque qu'une petite porte s'ouvre sur le bar voisin; nous entrons et un énorme cri frappe nos oreilles. Presque toutes les tables sont occupées par des gens qui jouent aux cartes avec acharnement et en arrière-plan des gamins, avec la même persévérance, sont devant une rangée de jeux vidéo. Nous demandons à la caissière des informations sur les chambres et le barman nous dit à haute voix que nous devons parler à Pedro, et elle le désigne assis à sa table. Il nous voit immédiatement et se lève à notre rencontre. Pour ce soir, il n'a qu'une seule pièce et, haussant les épaules, avec une attitude désolée, il fait remarquer qu'il y a une baignoire, en supposant qu'on la préfère avec une douche. Pour nous, cependant, la baignoire est bien: elle nous permet de prendre un bon bain de pieds avec de l'eau jusqu'aux genoux; nous le lui communiquons avec un grand sourire et Pedro semble se détendre.

25.

Nous quittons Navarrete avec quelques gouttes de pluie. Aujourd'hui, nous voulons atteindre Najera. Nous ferons un arrêt à Ventosa; ce n'est pas un long chemin, pour y arriver il faudra faire un détour, mais apparemment il n'y a rien d'autre jusqu'à notre destination. La pluie s'intensifie et nous portons du k-way. Le froid et les nuages suggèrent une tempête à venir. Nous espérons que cette pluie augmentera à nouveau et qu'il y aura aussi de jolis éclairs qui illumineront le ciel à l'horizon. Marcher sous un orage est ma passion mais pas vraiment celle de St - elle préfère en effet la pluie mais sans éclairs - ¬. Le contact avec Dame Nature est plus profond que jamais dans ces conditions: le tic-tac de la pluie sur le k-way, la fraîcheur qui se fait sentir tout autour et surtout les odeurs incomparables de nature humide qui affectent les narines, de manière plus ou moins manière intense., en fonction du type de végétation que vous rencontrez progressivement. Et le même bruit de pluie est différent selon l'endroit où elle frappe: sur une bûche, sur une feuille, sur le sol ou sur une pierre. En moi résonne la voix sublime de Pirello récitant *La pluie dans la pinède* de D'Annunzio.

> *Tais-toi. Remonter les seuils*
> *Je n'entends pas parler de la forêt*
> *les mots que tu dis*
> *Humain; mais j'entends*
> *nouveaux mots*
> *qui parlent gouttes et feuilles*
> *loin.*

Pour dire la vérité, nous sommes un peu déçus de ce tronçon. Apparemment, à part un poème sur la Voie écrit par un curé sur le mur d'une usine de farine, il n'y a pas beaucoup d'intérêt.
Une marchette à quelques pas de nous se débat avec son poncho qu'elle ne peut pas porter complètement et nous lui donnons un coup de main. Il nous dit qu'il est irlandais; elle s'appelle Jane et elle arrivera jusqu'à Santo Domingo de la Calzada, puis elle retournera en Irlande et reprendra le chemin en août prochain. Il court une dizaine de kilomètres par jour: nous avons trouvé quelqu'un de plus lent que nous!

26.

Nous déambulons dans les rues étroites du centre de Najera depuis un moment. Nous sommes allés récemment dans un supermarché pour acheter quelque chose pour demain matin: nous avons trouvé une chambre à un bon prix, mais il n'y a pas de petit-déjeuner. Bien qu'il ait beaucoup plu tout l'après-midi et qu'il pleuve encore de temps en temps, il y a encore beaucoup de monde dans la rue. Mais il est triste de voir de nombreux adolescents errer ivres avec des bouteilles de vin et de bière à la main. Dès que nous sommes partis, nous avons rencontré Jane et avons bavardé avec elle sous un porche et le rugissement de la pluie était notre bande originale. Elle est professeur d'histoire et elle était tellement excitée quand je lui ai dit que j'adore écrire et elle m'a promis qu'à son retour à l'hôtel, elle se connecterait à ma page Web.

Nous terminons la soirée dans un pub avec un bon sandwich à l'omelette et un Coca-Cola. Un écran LCD, placé haut sur le mur derrière nous, transmet des images du match Real Madrid - Barcelone, valable pour la Copa del Rey.Le Real est en avance et notre serveur, entre les cours, regarde souvent l'écran en disant des mots que nous ne savons pas comprendre.

27.

Nous marchons depuis un moment et le bêlement et l'odeur de l'écurie, provenant d'une bergerie voisine, nous accompagnent agréablement. Quelques instants et une camionnette passe; le chauffeur, un de la défense civile, nous salue et nous prévient de la montée boueuse que nous devrons affronter dans un moment.

Nous surmontons cette autre petite difficulté et commençons à rencontrer de nombreux habitants locaux qui tirent des chariots avec leur équipement de golf sur eux; nous sommes sur le point d'arriver à Cirueña, un petit quartier résidentiel qui peut être traversé en une vingtaine de minutes, en passant d'abord par un club de sport puis quelques maisons mitoyennes. Derrière nous, une Ford de course aux trompettes et trois filles à l'intérieur nous crient dessus avec un ton moqueur: «*¡Buen camino!, ¡Buen caminooooooooo!*».

A l'extérieur du restaurant où nous venons de dîner, non loin de la cathédrale du coq et de la poule de Saint-Domingue, nous organisons les sacs à dos; nous sommes presque prêts à partir pour Grañón: St veut parcourir ce tronçon d'environ six kilomètres dans l'obscurité. Marcher sous la lune est agréable, mais si elle ne s'allume pas suffisamment, vous devez procéder à l'aveugle ou avec des torches et cela peut être très difficile. Je pense aux Italiens du Val di Susa que nous avons rencontrés il y a quelque temps: de très bonnes personnes qui parcourent le Route.

«Salut les Italiens, d'où venez-vous?» l'un d'eux de la table à côté de la nôtre nous a demandé à haute voix et avec un air amical.

Notre réponse était celle habituelle: «Je viens d'Agrigente et lui…» «de Naples.»

Nous nous sommes présentés.

«Très bien. Allez, rejoignez-nous» Roberto nous a proposé.

Nous avons pris nos chaises et l'assiette et avons changé la table en nous plaçant l'un à côté de l'autre et devant Roberto.

«Aidez-vous avec ce superbe vin rouge» Simone nous a conseillé, en tendant son bras avec la cruche à la main vers nos verres.

Je n'ai pas eu le courage de lui dire que je ne bois pas d'alcool et j'en ai bu.

«Portons un bon toast» ha Suggéra Tonio d'une voix émée et nous nous levâmes tous et nous embrassâmes nos lunettes avec un «Hourra».

«Eh, les gars» nous a dit en riant Roberto «nous du Val di Susa, mais surtout nous de ce groupe fou de presque soixante-dix ans, nous faisons au moins six ou sept toasts par jour, ils nous font plaisir et nous pédalons meilleurs.»

«Roberto, raconte-lui cette fois que…»

Les sons détournent notre attention. Un cortège d'hommes cagoulés, vêtus de robes vert foncé et de cagoules noires, se dirige vers nous. Certains jouent de la batterie et des trompettes:

Du dudu du dudu du dudu du dudu…

Papa papapa papa papapa papapa papapa papa papa papapa.

D'autres portent sur leurs épaules des sculptures représentant des scènes des derniers jours de la vie de Jésus: la Cène, le Jardin des Oliviers, Jésus avec la croix sur les épaules, Notre-Dame des Douleurs. C'est comme si vous aviez déjà vécu ces moments. Encore un déjà-vu? La curiosité et la perplexité alternent en moi. Le cortège avance vers nous et nous nous dirigeons de l'autre côté de la rue. Les musiciens s'arrêtent devant nos yeux, faisant aussi s'arrêter le cortège.

Du dudu du dudu du dudu du dudu…

Papa papapa papa papapa papapa papapa papa papa papapa.

Le cortège reprend et, en le regardant adossé au mur, je me sens de plus en plus perdu. Je vois une alternance continue de scènes étranges qui m'emmènent ailleurs: un chevalier galope rapidement sur des tomates flottantes dans un étang et une femme sur le rivage me regarde d'un air interrogateur alors qu'elle tisse des fils de cuivre. Une oie me dit que je dois être heureuse, puis elle décolle et disparaît sous un soleil de feu qui s'apprête à se coucher derrière une montagne. Une énorme voiture blanche s'approche de moi et des moineaux, sur son sommet, la picorent rapidement. Un homme d'âge moyen me tend du pain fraîchement sorti du four, me disant de le donner aussi à Ermelina, que je ne sais pas qui elle est. Les chauves-souris tourbillonnent autour de moi puis se dirigent vers un grand arbre qui le heurte, et se retrouvent au sol abasourdi, peut-être mort. Je me vois très vieux, assis à un bureau abîmé en train d'écrire dans la faible lueur d'une bougie et j'ai l'air très pauvre et mélancolique; un hibou me sourit et me dit d'aller vers le néflier et je pense aux Malavoglias.

Je reviens à moi-même, quand plus tard la procession s'arrête à nouveau et que les tambours et les trompettes continuent de sonner:
Du dudu du dudu du dudu du dudu…
Papa papapa papa papapa papapa papapa papa papa papapa.

28.

Nous sommes à Redecilla del Camino; le ciel est plombé et annonce la pluie. Nous apercevons, de l'autre côté de la route, un bar et décidons de le rejoindre. Il faut traverser très soigneusement: les voitures filent sur cette route. Une camionnette venant de la gauche nous trompe, de même qu'une voiture venant de la droite. Nous accomplissons la tâche ardue. Cette entreprise vend de tout, y compris du pain, des pâtes et des pots de confiture. St va se rafraîchir alors que je m'approche de la caissière. La fille au comptoir qui me salue me sourit et je lui rends la pareille. Je lui demande deux jus d'ananas, une grande bouteille d'eau plate et deux sandwichs au jambon à emporter, et aussi ce qu'il faut d'autre pour se rendre à Belorado; Je prends une collation au chocolat dans un contenant en plastique transparent. En attendant, un type très élégant est entré, en costume et cravate. Il a salué avec une froideur presque glaciale, s'est assis sur le tabouret à côté de moi et a demandé un cappuccino. Je suppose que c'est un vendeur ou un entrepreneur et je parie que sa voiture de luxe est garée à l'extérieur, peut-être une Porsche. Voilà aussi St qui boit son jus d'ananas et me dit qu'on peut y aller. Il n'y a pas de voitures de luxe à l'extérieur. Nous traversons à nouveau la route et cette fois c'est plus simple: seule une voiture arrive sur notre droite et ça marche lentement. Nous nous asseyons sur un banc devant deux promeneurs français riant comme des fous, mangeant un sandwich et buvant de la bière. Devant une maison, un petit groupe d'anciens locaux, un homme et trois femmes, discutent entre eux; à cause de leur ton et de leurs attitudes, ils semblent faire des ragots. Cela nous amuse et, en chuchotant, nous essayons d'attribuer le dialogue à ces scènes.

Nous partons.

«Tu sais St, j'ai vraiment aimé marcher jusqu'à Grañón la nuit.»

«Qu'est-ce que je vous ai dit, mon cher Rich? Quoi qu'il en soit, nous avons eu de la chance, la nuit était bien éclairée par la lune.»

«Bien sûr, si vous vous perdez ou avez un problème avec l'obscurité…»

«Oui, nous étions un peu inconscients» dit-il en riant «la nuit il vaudrait mieux marcher en groupe, au moins cinq ou six personnes». «Allez, on peut le refaire, mais seulement si on trouve un groupe à rejoindre.»

«Affaire faite!» St me donne un cinq.

Dès que nous quittons Castildelgado, une forte pluie commence et nous portons le k-way. Deux chiens complètement trempés nous suivent, tandis qu'un garçon blond à l'air débraillé et deux autres filles nous dépassent: l'un ressemble à celui du blond. Ils nous saluent et nous souhaitent «*¡Buen camino!*» Nous les appelons Oliver, Mary et Jasmine, la fille à l'air débraillée.

Pas longtemps à Belorado.

Nous nous arrêtons à la première *albergue* que nous rencontrons. Il y a de la place et nous décidons de rester ici. Il y a Oliver, Mary et Jasmine, et plein de sacs à dos adossés au mur derrière nous. Je fais les dernières formalités avec la réceptionniste puis nous sortons faire un tour.

À travers les rues étroites du centre, nous arrivons sur la Plaza Mayor, grande et bondée de monde. La partie centrale est entourée en forme elliptique d'arbres nus, à l'intérieur desquels se trouve un belvédère en bois. Au bord, devant l'église, nous voyons des hommes cagoulés à l'habit blanc et à capuche vert émeraude qui se préparent pour une procession semblable à celle d'hier soir.

Nous entrons dans un pub et commençons à surfer sur Internet en attendant l'heure du dîner. Voici Petra et Philip, nous ne les avons pas vus de Los Arcos et ils semblent plus confidentiels que la dernière fois. St et moi pensons que quelque chose est né entre les deux, ou est déjà né, et nous les observons attentivement mais avec discrétion.

Nous sommes vraiment fatigués et nous décidons de rentrer. En attendant, il a recommencé à pleuvoir et au bout de quelques minutes on se rend compte qu'on ne peut pas rentrer à l'hôtel: on ne se souvient même plus de son nom et il n'y a qu'un dessin et le numéro de chambre sur la clé. La pluie devient également plus épaisse et nous n'avons pas le k-way avec nous. St, cependant, ne perd pas courage et va vers un groupe de personnes, leur montre la clé et souligne notre difficulté. L'un d'eux nous sourit avec l'air de quelqu'un qui connaît ses affaires, l'accueille sous un parapluie, me fait signe de le suivre et nous accompagne jusqu'à notre destination.

29.

A quelques kilomètres d'Espinosa del Camino, Oliver, Mary et Jasmine ainsi que d'autres marcheurs sont assis à l'extérieur dans un bar. Oliver et Jasmine viennent de griller avec leurs bouteilles de bière et maintenant ils le font aussi avec les autres. Mary, de son côté, est isolée et met de la crème sur son visage. Ils ne nous ont pas encore vus. Nous approchons et saluons tout le monde en italien.

Un garçon et une fille avec un accent calabrais nous demandent à l'unisson: «D'où venez-vous?».

St donne la réponse habituelle.

«Nous sommes des Calabrais, de Lamezia Terme pour être précis. Asseyez-vous avec nous pour boire un verre», nous invite-t-elle.

Nous les rejoignons. Je commande deux jus d'orange et ils me regardent tous avec une attitude étrange. Oliver, ironique, dit quelque chose dans sa propre langue, peut-être le suédois ou le néerlandais.

Pendant quelques secondes, ce n'est que le cliquetis des bouteilles qui résonne autour de nous.

Nous restons quelques instants en leur compagnie puis St me demande de partir. Nous disons au revoir à tout le monde et partons. Un «*¡Hola!*» derrière nous ça me distrait de mes pensées, j'ai peur et je crie: «Oooooooooooooooooooooh, qu'est-ce que c'est?!».

Un mec, avec des lunettes et une barbe, hausse les épaules, puis, dans un italien assez fluide avec un accent anglo-saxon, nous demande: «Avez-vous peur?».

Tous les trois, nous avons éclaté de rire, alors que mon cœur est toujours dans ma bouche.

«D'où êtes-vous parti, la France?»

«Oui» répondons-nous à l'unisson, tandis que nous continuons à marcher tous les trois.

«J'ai quitté Pampelune. J'aurais dû marcher avec ma femme mais... "Il baisse les yeux" il y a un mois, une crise cardiaque l'a éloignée de moi. En tout cas, j'ai décidé de partir, aussi pour tenter de surmonter ces moments terribles.»

On ne sait pas quoi dire. Nous pouvons seulement dire un faible: «Désolé».

«Mais c'est comme si c'était toujours avec moi, tu sais? Je la sens à mes côtés, pas à pas. Et qui sait si ce n'est pas le cas. On dit qu'après la mort, l'âme reste quelque temps avec les êtres chers sur cette terre. Et vous savez? Ma Nancy était une personne unique! " Il sourit, s'arrête quelques instants puis continue: «Elle était gentille, gentille et... elle avait le don de la bilocation, et grâce à cela, elle a sauvé beaucoup de monde».

Nous le regardons avec curiosité.

«Oui, oui, les gars. Au départ, nous n'y croyions même pas, mais nous avons ensuite dû nous rendre à des preuves incontestables. Nous pensions que de telles choses, à supposer qu'elles soient vraies, pouvaient être l'apanage de quelques privilégiés et... au lieu de cela... je vais vous raconter un épisode: un après-midi il y a dix ans, Nancy se reposait en semi-sommeil sur notre canapé . Le lendemain, nous sommes allés nous promener et un gars que nous connaissions à peine nous a arrêté et a remercié ma femme de l'avoir sauvé l'après-midi précédent. Nous n'avons pas compris et nous avons pensé qu'il avait fait une erreur. Le garçon a dit que, alors qu'il était sur le point de quitter la maison avec sa moto, Nancy est passée et lui a dit de ne pas utiliser le véhicule, car elle avait un gros problème avec les freins. Il avait décidé de lui faire confiance et peu de temps après, un de ses amis mécaniciens aurait confirmé ce que ma femme avait dit.»

Nous restons silencieux pendant quelques instants.

«Nous, les humains, avons un potentiel incroyable, mais nous ne les exploitons normalement qu'à 10%, parfois même moins.»

«Vous parlez très bien l'italien», lui dis-je.

«Nancy et moi avons vécu treize ans en Italie, il y a jusqu'à sept ans, puis nous sommes retournés en Écosse. L'Italie est belle: art, culture, cuisine sublime, mais... sur le plan social, il est difficile d'y vivre, surtout pour nous qui avons un certain type de mentalité! Et bien les gars, ce fut un grand plaisir de vous rencontrer, maintenant j'y vais, j'ai envie d'accélérer un peu» et nous saluant avance-t-il.

Nous venons de nous asseoir sur un banc à Villafranca Montes de Oca. Nous avons beaucoup marché aujourd'hui et sans interruption, maintenant une montée exigeante nous attend et ma compagne de voyage est fatiguée: elle n'a pas beaucoup dormi la nuit dernière à cause de graves maux de ventre. Nous ne savons pas si nous devons arrêter ou continuer. Devant nous il y a une albergue et nous pourrions essayer de demander s'il y a de la place. St admet qu'il ne peut tout simplement pas le faire et dit que c'est mieux si nous nous arrêtons pour aujourd'hui. On entre par une porte et on se retrouve dans une cour: il y a l'entrée de la réception et une route en montée qui mène aux chambres. Vraiment sympa ici. Il n'y a personne, alors sonnons la cloche. La réceptionniste arrive et, après avoir confirmé la disponibilité, nous propose d'aller au restaurant pour manger quelque chose, avant qu'il ne ferme. Il nous montre le menu du jour mais, malgré nos plaintes d'estomac concernant la nourriture et ce menu nous inspire beaucoup, nous préférons aller d'abord dans notre chambre pour nous rafraîchir un peu.

30.

Nous quittons Villafranca avec un peu de pluie et avec le son des cloches: c'est aujourd'hui Pâques; l'ascension des Montes de Oca vient de commencer. Environ treize kilomètres de forêt nous séparent de San Juan de Ortega; nous irons jusqu'à environ 1100 mètres. Le ciel sombre et le grondement du tonnerre au loin semblent annoncer une tempête printanière. Désormais, vous n'entendez plus que le bruissement des feuilles dans le vent et le chant des coucous. La bruine se transforme en pluie, nous décidons donc de porter le k-way. En traversant ces bois, on s'imagine marcher sur les traces des loups et des brigands qui y vivaient autrefois et qui représentaient la terreur des promeneurs.

Soudain, les yeux tournés vers le ciel et d'un ton solennel, j'ai envie de crier: «St, Sttttt. Si ce n'est pas le paradis, pouvez-vous me dire où il est?!». Je tombe à genoux dans l'herbe épaisse et humide et une flaque d'eau. Avec mes mains, je prends l'eau de la piscine et la jette au ciel avec des gestes répétés.

«Rich, qu'est-ce que tu fais, tu es fou?!» me crie en riant St.

Je le prends et le tire vers moi jusqu'à ce qu'il tombe dans mes bras. «C'est Paradiso St, c'est le Paradis» dis-je, plein d'émotion. Nous restons immobiles, embrassés dans la nature, sans aucune envie de se lever. Les marcheurs non loin de nous peuvent penser que nous sommes fous et, probablement, ils n'ont pas complètement tort. Ou peut-être qu'ils nous envient et aimeraient faire de même, mais n'en ont pas le courage. Le tic-tac de la pluie est alors atténué par une douce mélodie qui se fraye un chemin dans mon esprit et fait déborder mon cœur d'une joie infinie et indescriptible.

Quando decidiamo di riprendere, siamo inzuppati da capo a piedi ma felici di far parte di quello che ci circonda.

Una salita lunga e ripida, sembra quasi in verticale, ci appare davanti e ci preoccupa non poco ma poi, iniziando a percorrerla, ci rendiamo conto che non è poi così dura come ci è sembrata. Siamo stati ingannati da un effetto ottico.

L'odore di natura fresca diviene più forte per via di una vegetazione sempre più impregnata e di piante dai fiori che esalano odori dolciastri e quasi pungenti. Cerco di fischiettare una parte di quella melodia di prima. St mi dice di averla già sentita, ma non sa di che musica si tratti. La registro al cellulare canticchiandola, nella speranza di scoprirne in seguito l'identità.

Lorsque nous décidons de reprendre, nous sommes trempés de la tête aux pieds mais heureux de faire partie de ce qui nous entoure.

Une montée longue et raide, elle semble presque verticale, elle apparaît devant nous et nous inquiète beaucoup mais ensuite, en commençant à la suivre, on se rend compte que ce n'est pas aussi dur qu'il nous a semblé. Nous avons été trompés par un effet optique.

L'odeur de la nature fraîche devient plus forte en raison d'une végétation de plus en plus imprégnée et de plantes aux fleurs qui dégagent des odeurs douces et presque piquantes. J'essaye de siffler une partie de cette mélodie d'avant. St me dit qu'il l'a déjà entendu, mais ne sait pas de quelle musique il s'agit. Je l'enregistre sur mon téléphone portable en le fredonnant, dans l'espoir de découvrir plus tard son identité.

Nous entrons enfin à San Juan de Ortega. Il n'y a qu'une *albergue,* une église et un bar. Nous avons faim et nous décidons de nous arrêter et de manger quelque chose. L'endroit est plein et on craint qu'il n'y ait pas de place. Heureusement, cependant, le serveur parvient à nous installer à une table avec deux marcheurs allemands. Ils nous disent de venir de Stuttgart, dans un anglais très cassé qui ne nous permet pas de poursuivre la conversation. Il y a une bonne chaleur et une bonne odeur se répand dans la cuisine. Une fille nous apporte des frites et des biscuits salés avec de la *morcilla*: une saucisse fraîche typiquement espagnole, faite avec du sang de porc, de vache ou de mouton, avec du riz, de la chapelure, du poireau, de l'oignon, de la chapelure, des raisins secs et des pignons de pin. Entre une commande et une autre, un autre serveur tente de chasser un drôle de chat qui erre sous les tables. Nous commençons à nous demander s'il faut arriver à Agés ou s'il faut s'arrêter ici, en supposant qu'il reste encore des chambres disponibles. Cependant, nous nous sentons assez frais et reposés et nous pensons que quatre kilomètres supplémentaires peuvent être parcourus sans grande difficulté. Nous y réfléchissons encore quelques instants puis décidons de repartir.

Près d'un virage qui traverse des arbres denses, le coup de fil de ma mère arrive: elle nous accueille en chœur avec mes oncles, mon père et mon frère. Ils sont tous chez l'oncle Rico et il y a aussi l'oncle Heineken, ainsi surnommé parce qu'il porte presque toujours des t-shirts ou des survêtements avec la marque de la bière bien connue; il possède un bar donnant sur une petite place avec une église, comme celle où nous sommes allés tout à l'heure. Je demande à ma mère si mon oncle porte également Heineken aujourd'hui. Il éclate de rire et passe le téléphone portable à mon cousin Nando, suggérant que je lui pose la question. Je le fais avec la même ironie et il répond: «Ouiii, comme toujours!». Puis je remarque une légère gêne en lui, peut-être que son oncle a compris qu'il est l'objet de nos plaisanteries. Je lui demande de me le passer pour continuer à le taquiner, mais son oncle refuse et à haute voix, avec dérision, me dit: «Marche, marche beaucoup, pour Dinci. Ainsi soit-il!». St s'amuse aussi.

Malheureusement, aucune chambre avec salle de bains privative n'est disponible à Agés. Aujourd'hui plus que jamais, il est conseillé d'en avoir un comme celui-ci: nous avons beaucoup de vêtements à laver et quand il pleut, ils ne peuvent pas être étalés à l'extérieur. Il faut donc parcourir encore deux kilomètres pour rejoindre Atapuerca, une petite ville plus grande qu'Agés, jumelée avec la commune italienne de Fumane.

31.

Une pluie intense semble vouloir nous accompagner à nouveau sur notre chemin. C'est cool, nous avons quitté Atapuerca un moment et nous nous dirigeons vers Villalbal. Au loin, on entend les cloches et le bêlement des moutons au pâturage. Il y a tellement d'excréments d'animaux sur le sol et nous les évitons instinctivement. Souriant, cependant, je dis à St que marcher dessus devrait porter chance et nous décidons de prendre quelqu'un sous nos pieds sans trop réfléchir.

Et ici, à quelques mètres de nous, les moutons que nous avons entendus tout à l'heure, escortés par le berger et deux chiens. La sonnerie, les cris du propriétaire et les aboiements rejoignent le chant des oiseaux pendant un moment.

Nous continuons sous la pluie incessante et sur un sol accidenté et boueux. Nous aurions dû être à Villalbal il y a quelque temps. Le mauvais temps et les conditions du sol nous ont fait ralentir ou - mais j'espère que non - nous nous sommes perdus. Je suis inquiet et peut-être que St l'est aussi, puisque nous sommes seuls et qu'il n'y a toujours pas de centres habités ou de signes de la Voie.

«Rich, Rich, que dis-tu, sommes-nous perdus?» mi urla St cercando d'imporre il più possibile la sua voce sullo scroscio intenso.

«Mais non, nous avons juste ralenti à cause de ce mauvais temps» j'essaye de la rassurer, essayant de ne pas laisser transparaître mon inquiétude.

«Peut-être Rich, mais je ne suis pas du tout calme.»

«Allez St, nous arriverons dans un moment.»

Il arrête de pleuvoir et nous poussons un soupir de soulagement quand nous voyons trois marcheurs arriver derrière nous; nous nous arrêtons et attendons qu'ils nous parviennent. Nous demandons des informations, mais ils ne nous comprennent pas et il ne reste plus qu'à les suivre, dans l'espoir qu'eux aussi n'ont pas pris le mauvais chemin mais au moins nous sommes cinq dans cette probable mésaventure.

Heureusement, ils nous amènent à une voie ferrée que nous commençons à contourner, tandis qu'un coq chante, et après quelques instants nous nous rendons compte que nous sommes à

Villafría, une banlieue de Burgos. Nous sommes heureux, mais en même temps, nous avons également la confirmation que nous avons manqué notre objectif. Nous arrivons à une église gothique, où il y a l'arrêt de bus pour Villalbilla et nous sommes tentés de le prendre, surtout pour éviter la zone industrielle de Burgos, mais ensuite nous continuons à pied pour garder foi avec notre pacte pour faire le tout Chemin avec nos jambes.

L'espace d'un instant, je me perds dans mes pensées et j'imagine la Meseta que nous allons bientôt devoir parcourir. Il est célèbre pour sa beauté et pour être très chaud en été et très froid en hiver.

32.

A l'endroit où nous finissons le déjeuner, à l'extérieur de Tardajos, il y a beaucoup de monde et un perroquet gris à queue rouge qui se lève à l'envers et descend le long d'un mur de la cage dans laquelle il est enfermé; de temps en temps, il fait ses vers et semble aussi dire quelques mots. Nous le regardons avec curiosité et décidons de l'appeler Aristote. Beaucoup, marcheurs et locaux, jouent avec lui: ils s'approchent de la cage, mettent un doigt entre les barreaux et le retirent dès qu'Aristote tente de l'attraper. Ceux qui semblent bien le connaître lui chuchotent quelque chose et l'oiseau semble les comprendre.

Nous continuons et le Chemin continue maintenant le long d'une route asphaltée qui ne semble pas très fréquentée. Nous traversons un petit pont sous lequel coule une petite rivière puis le chemin monte en zigzag et nous emmène à Rabé de las Calzadas. Nous devrions être à un peu plus de neuf cents mètres au-dessus du niveau de la mer. En regardant la carte, un petit homme nous distrait en nous informant de ce qui manque encore pour Hornillos et Hontanas; puis, il leur remet à tous les deux une médaille d'argent avec l'image en relief de la Vierge. Il nous assure fermement qu'il protégera nos vies pour le reste du chemin et s'éloigne. Nous ferons les derniers kilomètres pour Hontanas demain et le moment de la séparation avec St approche, celui dans lequel nous devrons fixer une nouvelle date pour continuer vers l'océan. Je crains qu'une fois de plus, nous devrons rester une autre période sans nous entendre ni nous voir, à condition que les circonstances ne nous empêchent pas de nous revoir. J'essaye de ne pas y penser et j'espère cette fois dans une attitude différente de mon compagnon de voyage.

Sur la gauche il y a une grande vallée et nous nous arrêtons pour la contempler. Une mélodie commence à vibrer dans mon esprit et des mots s'ajoutent à ceci:

Derrière cette courbe
il y a une grande vallée,
là où finit l'Italie,
c'est une émotion que je voulais partager avec toi,
mais tu ne m'écoutes même pas.

Je le fredonne à St qui me sourit et dit: «C'est Angela, Leano Morelli l'a chanté à Sanremo en 1981».

La mélodie complète résonne lentement en moi avec les mots du texte. Je commence à chanter et les souvenirs auxquels cette chanson est liée sont également clairs, et je les raconte avec beaucoup d'émotion à mon compagnon de voyage. C'était le lycée: Bruno Silvio était fou d'Angelina, une fille du troisième H. Un soir, il l'avait invitée avec son amie Graziana à une fête, une des habituelles qui était organisée presque tous les samedis soirs; D'un autre côté, Clelio était amoureux de Graziana. Je m'occupais souvent du choix des chansons et, généralement, je proposais cinq chansons disco et une lente. Bruno, le vendredi avant la fête, m'avait donné une cassette avec le propre enregistrement d'*Angela*, recommandant que je la joue en milieu de soirée. Clelio, en revanche, avait fait plus, en composant lui-même une chanson pour Graziana, Là sur la plage au bord de la mer. Le matin du grand jour, il entra dans ma chambre pendant que je dormais, ouvrit les volets et me découvrit. Il était très agité et très excité et, pendant la dizaine de minutes qu'il m'a fallu pour me doucher et m'habiller, il a marché comme un fou, dans les deux sens, à travers le salon, ma mère le regardant sous le choc depuis la cuisine. Il m'a raconté sa longue nuit en tant que compositeur et m'a chanté la pièce, puis m'a demandé de prendre la guitare, de trouver les accords, de l'enregistrer et de la jouer lentement ce soir-là. Il était indécis de me laisser l'insérer après *La luce buona delle stelle* ou *Musica è* d'Eros Ramazzotti. Graziana, confronté à une telle chose, il en était sûr, tomberait dans ses bras et ils seraient fiancés. Avec une patience infinie, pour faire envie à Job, j'ai pris la guitare et l'invitant à s'asseoir je lui ai demandé de me chanter calmement son chef-d'œuvre. Il réussit à rester immobile quelques instants, puis sursauta, se tint les jambes écartées et commença à bouger son bassin et ses mains, d'une voix qui était la moche copie de celle de Peppino di Capri:

«Là, sur la plage au bord de la mer,
te souviens-tu de quel frisson
et ils ont dit que c'était un grand amour,
si alors je te regardais dans les yeux
et j'ai regardé ta splendeur, elle a envahi mon cœur.
Puis une autre fois à notre rendez-vous
tu m'as regardé gentiment,
tu m'as dit que je reste avec toi
cette histoire est sans fin.»

Et le reste de la pièce a continué comme ceci: «Na nanana na na na na na na».

J'ai pensé qu'il était inutile de le distraire de cette entreprise: il ne m'aurait pas écouté.

Nous avons fini d'enregistrer son premier et dernier single dans l'après-midi et Clelio, satisfait, a pris la cassette et s'est précipité à la maison pour se faire belle, mais ce soir-là, sa douce princesse et Angelina sont arrivées accompagnées de deux beaux chevaliers, qui ne ressemblaient pas à eux. deux du tout, de simples amis. Clelio, la plupart du temps, est resté à l'envers, les mains au sol et les pieds appuyés sur le mur et, même lorsque le courant électrique s'est éteint, il n'a pas bougé de cette position, laissant le problème technique à résoudre. par nous.

La route est maintenant légèrement inclinée. Une autre vallée apparaît devant nous et Hornillos peut être aperçue. Puis, la descente s'adoucit à nouveau pour devenir presque une ligne droite et, à notre gauche, un ruisseau nous réjouit de son gargouillis.

Nous nous asseyons sur un banc et considérons que nous ne sommes pas très fatigués; St suggère que je continue vers Hontanas. Cela peut être fait et, si nous repartons dans un moment, nous devrions arriver avant qu'il ne fasse nuit. Alors que St traite quelques ampoules, qui sont apparues ce matin, un «Hey» attire notre attention. De l'autre côté de la rue, Petra et Philip passent. Nous retournons ce "Hey" avec un salut et un sourire. Ils se tiennent la main, marchent quelques mètres puis, s'embrassant, pénètrent plus loin dans l'*albergue*. St me regarde d'un air suffisant.

Maintenant, c'est le vent et le chant des oiseaux qui brisent le silence parmi ces immenses prairies. On parle peu, dans cette merveilleuse nature on préfère plus que jamais se taire. De temps en temps, nous nous rencontrons au bord des murs de pierre de la route, tandis que devant nous la troisième vallée d'aujourd'hui apparaît au loin. Leano recommence à chanter au moment où nous plaçons côte à côte de jolis petits arbres et un pré vert intense s'étend sur une colline qui semble toucher le ciel bleu, peuplé de nombreux nuages très blancs. Soudain, la colline devient bleu marine et ressemble maintenant à l'une de ces grosses vagues que mes amis et moi avons parcourues lors de nos fantastiques croisières à la voile. Et quelques vers de Dedè, de Maurizio Luciano résonnent ainsi en moi:

> *Je navigue sur les mers*
> *toi le vent qui souffle,*
> *nous naviguerons ensemble à travers d'immenses océans.*
> *Je te mouette mes ailes,*
> *volons dans le bleu,*
> *sans crainte de tomber,*
> *avec toi toujours à mes côtés je vivrai.*

La sonnerie d'une horloge marque notre arrivée à Hontanas. Il y a quelques maisons, une épicerie, l'albergue municipale et une église avec une petite place. Il semble que toutes les maisons disposent de chambres pour les promeneurs. Pendant que St part chercher un logement, je m'assois sur un banc devant l'épicerie, où un Italien, mangeant un sandwich, essaie d'engager une conversation avec deux filles anglaises. Il ne remarque pas - ou fait semblant, mais étant donné ses attitudes idiotes, j'opterais pour la première hypothèse - de leurs visages fatigués et agacés et de leur continuellement interrompu.

Un petit homme qui s'approche de moi attire mon attention. Il me tend un morceau de papier plié et, sans rien dire, s'en va aussitôt. Je l'ouvre et, reconnaissant l'écriture de St, je frémis: *Bonjour garçon! Maintenant, nous devons vraiment nous séparer. Je t'attends sur ce banc, à cette même heure, la veille de l'anniversaire de Pirello ☐, cette même année. Nous marcherons encore treize jours au plus, si la Vie le veut. Un gros câlin, votre Stina.*

C Je ferme le papier, le mets dans une poche de mon pantalon et regarde le ciel de cette merveilleuse soirée de printemps.

33.

Un bruit de pas me distrait du téléphone et je me retrouve sur le banc de Roncevaux. Un homme avec un chapeau haut de forme noir et un imperméable s'éloigne rapidement devant moi, jusqu'à ce qu'il se perde dans la nuit. J'ai froid et je me sens très fatigué, mais je ne veux pas partir d'ici pour aller à l'auberge. Je repense à la rencontre d'aujourd'hui avec le Père Xavier, je regarde autour de moi quelques instants et, reprenant à regarder l'écran, je replonge dans les souvenirs.

34.

Je ne peux pas dormir. Couché sur le dos sur le toit, je contemple le ciel étoilé. Le chant des cigales ici et là rompt le silence de cette nuit magique à Hontanas. Depuis quelques instants, une brise fraîche et irrégulière s'est mise à souffler et apporte à mes narines une odeur de foin et de grange. St dort depuis un moment; il est minuit et à l'aube nous reprendrons la marche vers l'océan. Nous avons décidé de partir plus tôt que les heures précédentes pour éviter la chaleur estivale. Je suis aussi excité que le premier jour à Saint Jean, peut-être même plus et, en regardant ces tuiles, je me souviens d'une longue soirée de septembre, où Bruno, Timo et moi étions sur le toit de la maison de Gesualdo, à regarder les incendies. jour du saint patron. Nous avons presque commencé à jouer de la guitare, à manger du pop-corn et à boire beaucoup de Coca-Cola et quelques bières. Peut-être que quelqu'un d'autre était là ce soir-là mais je ne peux pas le visualiser. Probablement Maurina, qui a attisé les passions les plus profondes de Bruno. Je me souviens aussi clairement d'un soir d'été où nous étions chez Luca et, après quelques bières de trop, Bruno voulait à tout prix emmener Maurina dans la chambre. Comme c'était dur de le retenir et d'arrêter sa bouche en essayant de crier ce qu'il voulait lui faire une fois qu'elle était déshabillée. Comme nous nous sommes amusés! Un fort sentiment de nostalgie me prend au creux de mon estomac et me fait vagabonder parmi d'autres souvenirs de cette période.

Dans un moment, il devrait commencer à s'éclaircir. Nous descendons doucement l'escalier en bois menant à l'entrée de cette auberge. Nous faisons de notre mieux pour ne pas faire de bruit, mais j'ai heurté une chaise en faisant beaucoup de bruit. Nous nous figons tous les deux: je hausse les épaules avec un sourire entre nerveux et amusé, tandis que St dit «shhhhh…» en amenant son index droit à son nez. Derrière nous, du garde-manger à côté de l'escalier, le propriétaire jette un œil. Je lui fais un signe d'excuses et elle répond par un geste comme pour dire qu'elle ne fait rien. Il nous sourit, nous souhaitant doucement «¡*Buen camino!*» Je pose les clés sur le comptoir, comme elle nous a dit de le faire hier, on se dit au revoir et, ouvrant la porte qui donne sur la rue, on sort. Il fait froid et le temps n'est pas du tout bon.

En marchant le long d'une piste muletière, à la hauteur des balles de foin sur notre gauche, il se met à bruiner. Quelques instants et les gouttelettes s'intensifient en taille et en quantité, jusqu'à devenir une tempête estivale. Nous marchons en file indienne, moi devant et St derrière, profitant d'un meilleur terrain sur la droite. En riant, nous parlons fort pour éviter que le bruit de la pluie et du tonnerre ne recouvre nos paroles. Une fille en poncho bleu passe devant nous et dit avec un accent lombard: «Aujourd'hui c'est dur je dirais!». Nous lui sourions et, alors que nous sommes sur le point de dire quelque chose, nous entendons une voix derrière elle crier: «Attendez, allez plus lentement, je suis trempée et je n'en peux plus. Maudit moi et mon idée d'abandonner le poncho pour alléger le sac à dos». Au bout d'un moment, même la fille sans poncho nous dépasse et son partenaire s'arrête pour l'attendre.

Nous les retrouvons au refuge de Sant Anton, où il y a encore dix marcheurs. Ils nous disent qu'ils sont de Brescia, ils ont quitté Saint Jean et comptent terminer le Chemin dans un mois. Pendant ce temps, il a cessé de pleuvoir. Un groupe de garçons espagnols, avec deux guitares, dansent et applaudissent en chantant une chanson des Gipsy Kings. Nous décidons de les rejoindre mais depuis un moment, nous avons une grande envie de partir.

Nous partons, passons sous une arcade gothique et continuons sur la route goudronnée. Il y a peu de circulation et les voitures ne vont pas vite: il est probable qu'elles tiennent compte du fait que ce morceau de route appartient au Camino. Maintenant un groupe de cinq cyclistes sifflent en sonnant à notre droite et, passant devant nous, crient: «*¡Buen camino!*». Voilà donc les deux Bresciens qui, avec trois autres garçons qui étaient au refuge, nous dépassent à bon rythme. Mon téléphone portable sonne dans mon sac à dos, mais je le laisse tranquille: maintenant c'est trop compliqué à prendre. L'odeur de la nature humide est vraiment intense ici.

Nous arrivons à Castrojeriz. C'est un tout petit village. Nous décidons de nous arrêter dans un bar, peut-être le seul ici, et retrouvons nos amis de Brescia désireux de boire du thé chaud; leurs visages sont très fatigués et ils nous saluent à peine. On enlève les sacs à dos, on les laisse tomber au sol, et on s'assoit à la table voisine. En regardant la carte, nous nous rendons compte que nous avons maintenu notre moyenne de quatre kilomètres à l'heure. Prenons deux beignets au chocolat avec un verre de lait froid pour moi et un cappuccino pour St. C'est vraiment bon ici. Une fille aux traits orientaux entre avec un poncho rouge et dès qu'elle aperçoit les deux femmes Brescian elle court vers elles qui, à leur tour, les approchent joyeusement. Ils s'embrassent étroitement, apparemment ils ne s'étaient pas rencontrés depuis quelques jours et ils pensaient peut-être que cela ne se reproduirait plus jamais. Ils semblent s'être beaucoup liés. Ponchorosso pose son sac à dos sur une chaise, s'assoit par terre et allume une cigarette.

Nous décidons de partir, tandis que quatre autres marcheurs entrent. Nous nous rendons compte que ce sont eux qui étaient avec nous en train de chanter au couvent, mais avec les capuchons nous ne les avons pas reconnus immédiatement.

Il recommence à pleuvoir et une montée raide et longue nous attend. Nous marchons lentement, tandis que la plupart des autres marcheurs, en revanche, s'y attaquent à un rythme soutenu. Les deux de Brescia et Ponchorosso nous ont dépassés il y a peu de temps et maintenant ils sont toujours en tête avec l'essoufflement. Nous les surmontons. Quelques instants et ils sont à nouveau devant nous.

A la fin de la montée, sur notre gauche se trouve une place au bout de laquelle s'arrêtent de nombreux marcheurs qui, malgré la pluie, regardent le magnifique panorama. D'autres, dont Ponchorosso et les deux de Brescia, sont abrités sous un auvent en bois construit sur un côté de la place. Nous les rejoignons et nous nous installons à quelques pas d'eux. Ils aident un garçon italien à trouver une lentille de contact qui est tombée d'une plaie oculaire due à une conjonctivite. Maintenant, une famille arrive aussi: un couple avec d'énormes sacs à dos, des jumeaux dans la vingtaine et deux enfants qui n'auront pas plus de dix ans. Ils s'arrêtent sous la verrière; St et moi décidons de les appeler Smith. Pendant ce temps, les Italiens continuent de chercher l'objectif. Lentinapersa félicite les enfants Smith pour l'exploit qu'ils accomplissent. Une fille de Brescia, la plus grande, spécule avec ironie qu'ils n'avaient probablement pas beaucoup de choix et nous avons tous éclaté de rire.

Nous descendons sous une pluie assez épaisse. Pendant un certain temps, c'est une alternance d'arrêts et de redémarrages, au cours de laquelle nous sommes dépassés puis nous doublons ceux qui nous ont dépassés. Il y a aussi les Brescians, la famille Smith et Lentinapersa.

Nous arrivons au refuge San Nicolas et il y a tous ceux qui ont marché avec nous aujourd'hui. St va se rafraîchir, pendant que je discute avec les responsables italiens du refuge. Lentinapersa, qui est à quelques pas de moi, raconte une croix de fer au pied de laquelle des pierres doivent être placées, mais un des gérants du refuge, recommençant à parler, me distrait et je ne peux plus suivre Lentinapersa.

La prochaine ville est Itero de la Vega. Nous décidons de nous arrêter là, nous pensons que ce sera suffisant pour aujourd'hui.

Nous entrons dans la première *albergue* que nous rencontrons. Il y a un réfrigérateur avec de la charcuterie et des fromages et, derrière, des étagères avec du pain. À côté, des locaux, assis sur des tabourets en bois devant un comptoir, boivent de la bière. A quelques pas de nous, un jeune couple surfe sur Internet: il a les cheveux noirs et une barbiche, elle a les cheveux roux bouclés; le garçon nous demande en anglais si nous voulons naviguer, mais je lui réponds non et le remercie. Il nous dit qu'ils sont néerlandais et nous commençons à bavarder un peu, tandis que des marcheurs entrent et regardent autour de nous. Quelque chose, cependant, ne semble pas les convaincre et ils partent aussitôt. Le couple Internet nous souhaite un bon après-midi et se rend dans les chambres, tandis qu'un petit homme d'âge moyen vient à notre rencontre et nous accueille, nous confirmant qu'il y a de la place et que si nous voulons manger, nous pouvons encore le faire. Nous avons un peu de temps avant la fermeture de la cuisine, alors nous décidons d'aller dans la chambre pour nous rafraîchir.

35.

Il est six heures trente-trois et nous sommes déjà sortis depuis quelques minutes. Itero est désert. Nous faisons un tour pour le visiter, hier nous n'en avions pas envie, et en errant nous perdons les signes du Chemin; mais, alors que nous regardons autour de nous pour les trouver, un gars, qui traverse une intersection à quelques pas de nous, nous indique la bonne direction en nous souhaitant «*¡Buen camino!*»

Nous recherchons un endroit pour prendre le petit déjeuner. Nous rencontrons un bar mais il est fermé; deux gars de l'autre côté de la route nous proposent d'aller à l'hôtel et de nous expliquer comment y arriver. Dès que nous entrons, il y a un beau jardin et au bas des tables avec des parasols. L'un est assis par le couple Internet qui nous sourit dès que nos regards se croisent. St et moi sommes assis à la table voisine. Ils se réchauffent avec du thé; beau comme la journée est, c'est plutôt cool. Quelques discussions avec nous, puis ils récupèrent leurs affaires et reprennent le chemin. Nous parlons ensuite à un garçon et une fille français. Ils sont amis depuis longtemps et ont commencé à marcher depuis Grenoble. Ils nous parlent avec contentement et enthousiasme, et ils disent qu'ils ne savent pas exactement pourquoi ils prennent le Chemin, mais un grand désir intérieur les a poussés et ils ont commencé sans trop réfléchir. Un gars dans la quarantaine, avec une barbe et un joli sourire, vient vers nous. St et moi avons tout de suite la même impression: il ressemble beaucoup à Leonardo Pieraccioni et on se rend immédiatement compte qu'il est aussi sympathique que le réalisateur toscan. Leonardo parle bien l'italien, plaisante avec nous et nous raconte ce que nous avons fait les jours précédents. Il nous dit qu'il adore écouter les gens et le soir il prend des notes sur ce qu'ils lui disent; il est convaincu qu'en particulier de nous marcheurs, il y a toujours quelque chose à apprendre. Il accueille un couple de personnes âgées, qui vient d'arriver avec des bâtons de randonnée et d'énormes sacs à dos, et nous demande ce qu'il faut acheter.

Nous nous dirigeons vers Frómista, une ville plus grande que les villes précédentes, où se trouve également la gare; nous devrions l'atteindre vers midi.

Nous nous asseyons sur un banc devant une fontaine pour une petite pause; le soleil commence à brûler, alors mettons de la crème solaire et des chapeaux. Un petit homme avec un sac à dos s'arrête pour remplir la bouteille; il se rafraîchit la tête et s'en va. Un garçon l'avertit qu'il va dans la mauvaise direction et fait quelques pas avec lui pour lui montrer le bon chemin. On recommence aussi à marcher, sachant tout de suite, grâce au petit bonhomme, où aller et après quelques instants on passe. L'itinéraire longe une route nationale. Le paysage est stérile. Il fait assez chaud mais heureusement, de temps en temps, il y a quelques rafales de vent.

Alors que nous sommes sur le point d'entrer dans la Población de Campos, un groupe de cyclistes, sonnant derrière nous, demande le chemin et, en nous arrêtant suffisamment, nous les laissons passer: nous étions presque au milieu du chemin et nous les obstruions. Nous nous arrêtons pour acheter une bouteille d'eau fraîche. Nous considérons que le plus tôt possible il vaudra mieux pour nous d'acheter une bouteille d'eau; il est étrange de ne pas y avoir pensé auparavant: pour notre entreprise, c'est un objet presque indispensable. Plus nous marchons, plus nous nous sentons utiles pour l'avenir de notre Voie. Au bout de ce village, nous rencontrons un couple de personnes âgées, alors qu'ils sont sur le point d'entrer dans la maison avec des sacs à provisions. Il nous dit qu'il y a dix kilomètres jusqu'à Villarmentero, où nous nous arrêterons probablement. Il est clair qu'ils veulent aussi discuter avec nous mais, malgré les efforts, nous comprenons peu.

Nous couvrons un tronçon assez monotone; on n'entend que le bruit de nos pas sur le trottoir, le chant des oiseaux et, de temps en temps, le bruissement d'une brise fraîche. Nous nous asseyons sous un gazebo près d'un kiosque. Il y a plusieurs marcheurs, dont le couple Internet et deux allemands. Une personne âgée passe devant les tables donnant à chacun une poignée de cerises contenues dans un seau bleu. Ils sont vraiment savoureux et très beaux à regarder. Le couple Internet puis les Allemands partent et nous sommes presque prêts à reprendre.

Nous longeons une route à gauche au bout de laquelle nous voyons un groupe de maisons; un instant on est pris par curiosité et on évalue s'il faut ou non faire ce détour, mais finalement on décide de continuer vers Villarmentero. Le ciel est d'un bleu intense souvent interrompu par de petits nuages blancs, qui ressemblent à de nombreux moutons paissant dans la prairie paradisiaque. La chaleur augmente, la fatigue commence à se faire sentir et le but ne semble jamais arriver, mais finalement un groupe de maisons apparaît au loin. Nous l'atteignons et, à notre grande surprise, nous nous rendons compte que nous sommes arrivés à Villalcázar de Sirga: nous ne sommes pas passés par Villarmentero; il fallait que ce soit sur la route ou peut-être que nous devions faire ce détour pour le dépasser? Ce n'est pas clair sur la carte mais nous décidons de l'examiner plus attentivement le soir. On n'y pense plus, l'important est d'être arrivé. Nous entrons dans le pays désert et un gazouillis aigu nous accueille, parfois submergé par le cri d'un coucou. Nous nous arrêtons au premier hostal que nous rencontrons. Les deux Allemands sont assis à une table à l'extérieur pour prendre un verre. Nous disons au revoir avec un sourire.

On prend une chambre et c'est très accueillante.

Sous la douche, l'eau fraîche enlève le bain moussant à la noix de coco. Je me sens heureux de ce que nous vivons. Je pense à la pluie et revis le jour de Pâques sur les Montes de Oca. Ensuite, je me souviens aussi de la pluie d'Estella, la veille du départ pour Los Arcos. Et les souvenirs remontent lentement à quand j'étais enfant et que j'aimais courir sous la pluie avec mes amis: en dehors de l'école avec la sacoche sur la tête et avec des vélos dans les rues du centre. Un bruit de tôle dans la pièce voisine me ramène à moi-même. Je ferme le robinet et prends la serviette; Je frotte ma tête et sèche le reste de mon corps jusqu'aux genoux; puis en gardant mon équilibre sur mon pied gauche, je soulève ma droite pour la frotter avec la serviette; Je me penche en avant et en un instant me retrouve sur le sol, avec une vision floue et ma tête presque éclatée de douleur. Je manque de force et, d'une voix faible, je ne peux rien dire de plus que: «St… St… sss».

36.

Per i prossimi diciassette chilometri non dovrebbe esserci nulla fino a Calzadilla de la Cueza; là nous finirons notre chemin pour aujourd'hui. St enfile ses sandales de randonnée, tandis que j'observe un papillon blanc voler à quelques mètres de nous. Un mec dans la cinquantaine, avec une grosse barbiche noire, passe vite devant nous en nous souhaitant *«¡Buen camino!»* Je décide de l'appeler Barbetta et St est d'accord avec moi.

«Riche plus tôt, pendant que vous vous rafraîchissiez,» St sourit,« j'ai rencontré un gars qui avait des pieds pauvres. Il parlait un italien cassé mais compréhensible et m'a dit que cette fois sa Voie était terminée. Il a marché environ quarante kilomètres par jour pendant une semaine, a commencé à marcher vers six heures du matin et a fini le soir.»

«Crazy boy: Je ne comprends toujours pas pourquoi certaines personnes décident d'aller au-delà de leurs moyens, faisant d'une si belle expérience un test de force. Donc vous n'appréciez pas la Voie. Vous pensez juste à avancer et à parcourir des kilomètres, comme si vous deviez battre un record. Vous ne remarquez même pas ce qui vous entoure.»

St hausse les épaules. «Il m'a également dit qu'il avait eu une liaison avec un Italien pendant quelques années. Selon lui, ils se sont bien amusés», dit-il en riant,«et pendant que nous parlions, la petite famille Smith est passée».

Nous croisons une fille assise sur le bord de la route qui se repose à l'ombre d'un petit arbre. Pour ses lunettes rondes, St suggère que je l'appelle Missocchialini. J'approuve. Au bout de quelques minutes, il nous dépasse rapidement, tandis qu'une Peugeot blanche trompe notre attention. Il s'arrête et un garçon assis à côté du chauffeur nous tend un dépliant annonçant un hostal à Sahagún. Il nous dit quelques mots en espagnol que nous ne comprenons pas et fait signe à son ami de continuer. Nous décidons d'appeler Aristide le chauffeur et Giuseppe l'autre garçon.

Sur notre gauche, au milieu de la campagne, il y a un tracteur auquel est attaché une longue charrette en fer: tous deux forment une grande ombre au sol. A quelques mètres de là, dans le champ opposé, un mur de foin se détache sur un ciel dégagé de presque midi.

«Au fait, Rich» me dit St, me distrayant de mes pensées. «Hier soir, en regardant la carte, j'ai peut-être compris pourquoi nous sommes arrivés à Villalcázar de Sirga sans passer par Villarmentero: de Población il y a deux routes et pas une seule comme nous le pensions; l'un est celui qui traverse Revenga et Villarmentero, tandis que l'autre, celui sur lequel nous avons voyagé et qui est mal mis en évidence sur la carte, passe par Villovieco et arrive directement à Villalcázar de Sirga. Au moins... semble-t-il.»

«Ok, St, tout est expliqué. Je pense qu'une chose similaire s'est également produite lorsque nous sommes arrivés à la périphérie de Burgos à… Villafría? Est-ce ainsi que cela s'appelait?»

«Oui, je pense. Eh bien, nous n'avons pas pensé à entrer dans le sujet là-bas, mais il aurait pu arriver que nous nous soyons simplement perdus dans les champs à cause de la pluie et puis, par hasard, nous nous sommes remis sur le bon chemin» me sourit-il.

«Oui, oui, nous avons probablement évité ces deux pays à cause de notre détour involontaire. Ensuite, il semble qu'il y ait beaucoup de cartes, sur lesquelles des itinéraires alternatifs sont souvent indiqués et, évidemment, il y a ceux qui les indiquent mieux, ceux qui sont pires et qui, en revanche, ne les indiquent pas du tout. L'important est de ne jamais sortir de piste, ce serait comme skier hors piste.»
Alors qu'une bouteille bleue me tourmente, soudainement, un signe apparaît devant nos yeux avec les mots Fresh Drinks en espagnol et une flèche pointant vers la droite. De retour de la route, il y a une porte entrouverte au-delà de laquelle on aperçoit un terrain avec des tables à l'ombre des arbres et un kiosque. Entrons. Missocchialini est assis à l'une des tables avec le propriétaire qui, dès qu'il nous voit, se lève, nous rejoint et nous invite à nous asseoir. Il nous dit qu'il reste huit kilomètres jusqu'à notre destination, nous pensions avoir parcouru quelques kilomètres de plus. Nous sirotons un thé glacé en profitant du vent qui caresse notre peau. Le propriétaire continue de parler à Missocchialini et nous essayons de comprendre ce qu'ils disent en le chuchotant à l'oreille.
Ici sur notre droite se trouve une place avec des bancs en bois à l'ombre de petits arbres et un auvent à côté. Nous décidons de nous arrêter quelques minutes pour boire et essuyer la sueur. A quelques pas de nous, sur la route, un groupe de sept cyclistes marcheurs siffle et après quelques instants Missocchialini, nous saluant, passe à grande vitesse. Puis, le bruit d'un tracteur frappe nos oreilles et un nuage de poussière nous atteint presque. Nous attendons que le véhicule s'éloigne pour reprendre la route. La chaleur augmente, mais heureusement il y a toujours un peu de vent et, alors que nous nous demandons combien de temps nous manque encore - nous ne

voyons toujours rien à l'horizon - un mec potelé en chemise blanche et bandana nous passe rouge qui s'enroule autour de sa tête. Son visage est fatigué et il peut à peine nous faire signe. St fait remarquer que devant nous, au loin, il y a Missocchialini. Au bout de quelques instants, une Renault grise nous dépasse et l'atteint. Le propriétaire du kiosque conduit. Il lui dit quelque chose et elle lui fait signe de non. La voiture redémarre et après quelques secondes, elle disparaît de la vue. Supposons qu'il lui propose un tour.

Une ambulance se dirige vers nous, nous atteint et s'arrête. Le chauffeur ouvre la fenêtre et nous demande en anglais si tout va bien. Nous répondons oui et nous lui demandons combien il manque pour Calzadilla de la Cueza. La fille assise à côté de lui fait un double avec l'index et le majeur de sa main gauche; on se rend compte qu'il faut marcher un peu plus. Ils nous sourient et partent.

Une variation chromatique à l'horizon commence à nous faire savourer la destination.

Nous nous arrêtons à la première albergue que nous rencontrons, où Missocchialini a déjà l'intention de s'enregistrer. Le propriétaire nous informe qu'ils n'ont que des dortoirs et désigne un hostal un peu plus loin. Après quelques instants, nous trouvons un endroit pour dormir et déjeuner.

A la table à côté de la nôtre, il y a le mec rond avec une chemise blanche et maintenant il ne porte plus de bandana.

37.

Terradillos est désert quand nous arrivons et, alors que nous nous promenons à la recherche de signes, sur notre gauche nous rencontrons un garage ouvert. A l'intérieur, un gars tâtonne avec des outils accrochés au mur. Il sort dans la rue et nous montre comment continuer. Plus loin, deux vieillards dans les quatre-vingts ans, un penché en avant se tiennent sur deux bâtons, ils nous disent des mots que nous ne comprenons pas mais, vu l'expression sur leurs visages, nous supposons que c'est quelque chose de gentil.

Nous nous installons à l'ombre d'un baldaquin, sur un banc en bois attenant à une église. Il n'y a que le cri d'un corbeau et quelque chose qui claque à notre droite. Cela me fait penser à ces paysages occidentaux des films de Sergio Leone: des maisons en bois construites autour d'une clairière poussiéreuse qui se détachent sur un ciel d'un bleu intense. Le vent siffle et claque les portes et les fenêtres. Je me vois comme un Pistolero sur cette place; je tire sur un gars avec une cape et un chapeau noir qui descend comme un sac de pommes de terre. Je le regarde immobile sur le sol et commence à entendre la musique d'Ennio Morricone. Le soleil est haut, de grands oiseaux noirs tournent autour de lui. Les chevaux au loin galopent et hennissent; Je regarde derrière moi mais je ne vois plus mon cheval: à sa place, par terre, dans la poussière, il y a un serpent à sonnette. Je suis terrifié. J'ai soif, j'entre dans un salon: mais à l'intérieur ils sont tous morts, couchés par terre. Une horloge sur le mur s'arrête à onze heures trente. Je monte à l'étage supérieur, où il y a cinq chambres; J'entre dans chacun mais il n'y a pas d'âme vivante. Je m'assois et regarde autour de moi. Soudain, une main frappe ma jambe; est celui de St. Rich, dans quel monde étiez-vous? Nous devrions recommencer. La chaleur augmente.» Nous recommençons à marcher et je lui dis où mes pensées m'ont conduit. A vrai dire, je suis un peu en colère contre elle, j'aurais aimé voir comment l'affaire allait se terminer, mais j'essaie de ne pas lui faire savoir. J'essaierai d'imaginer la suite à un autre moment. St rit et me dit: «Dans votre histoire, il y a beaucoup de vos caprices: un oiseau qui d'en haut pourrait descendre pour vous attaquer, le serpent qui apparaît soudainement et peut vous mordre et, enfin, les chevaux qui peuvent passer ton corps. Vous avez une grève! Et bon Rich. Bon garçon».

38.

Nous quittons Sahagún par le Puente de Canto.

«Ce pont a été construit en 1085 et ici le roi musulman Aigolando et l'armée de Charlemagne se sont affrontés au combat» explique St.

Puis ça continue mais je ne l'écoute plus, laissant place aux pensées qui me viennent à l'esprit: je vois des chevaliers noirs et rouges prêts à s'affronter au combat qui commencent à se battre et à se mélanger jusqu'à devenir de nombreuses taches de les deux couleurs. Maintenant, c'est comme si mon point de vue venait du haut de la scène. La bataille se termine et les chevaliers rouges, qui ont gagné, plantent leurs lances dans le sol qui, une à une, se transforment en fleurs à très longues tiges. Lentement je reviens à moi-même et je me retrouve à marcher, recommençant à sentir le sol sous mes pieds. St ne semble pas avoir remarqué ma distraction; maintenant elle est silencieuse et réfléchie aussi. Il fait froid; le ciel est couvert et l'air est imprégné d'une intense odeur d'écurie. Passant entre un couple en tandem et un camion avec remorque déchargeant du blé, nous empruntons un chemin de terre. Au bout de quelques minutes, les deux en tandem nous dépassent et disparaissent bientôt de notre vue. Nous les retrouvons ensuite devant une porte, pendant qu'ils prennent des prunes dans des caisses en plastique et les mettent dans un sac. Ils nous invitent aussi à faire de même et expliquent, avec un accent vénitien, que ce fruit est pour les marcheurs, et qu'il peut être pris en échange d'une offre; puis ils désignent un conteneur pour les pièces et une pancarte sur laquelle est écrit, en espagnol et en anglais, ce qu'ils viennent de nous rapporter.

«Nous venons de Vérone et vous?» il nous demande.

«Moi d'Agrigente et lui de Naples», St. réponds.

«Est-ce que tu fais tout le chemin?» elle nous demande.

«Oui» St et moi répondons à l'unisson en souriant l'un à l'autre, puis St continue: «Mais un peu à la fois. Nous sommes partis l'année dernière de Saint Jean et pour cette fois nous prévoyons d'arriver à Villafranca del Bierzo, kilomètre de plus, kilomètre de moins. Puis l'année prochaine ou dans deux ans nous le finirons».

«Nous sommes aussi partis de Saint Jean, nous arriverons au Finisterre et l'année prochaine nous aimerions le refaire à pied», nous raconte-t-elle.

«Eh bien, les gars, bonne chance; Je ne pense pas que nous nous reverrons, étant donné les différents moyens que nous utilisons pour voyager» conclut-il en poussant le tandem d'un pied vers l'avant. Nous les saluons en chœur et en partant, ils répondent à notre salutation avec un grand sourire et un signe de la main.

39.

Nous quittons El Burgo Ranero en écoutant de la musique disco au loin venant de l'autre côté de la ville. Les derniers moments d'une soirée dansante seront consommés. On remarque qu'il se lève un peu plus tard que les jours précédents. Nous continuons le long d'une petite route à côté de la route nationale et il n'y a qu'un marcheur qui nous précède à une centaine de mètres. Une voiture nous rattrape à la folie, avec une musique forte et quatre passagers chantant à pleins poumons; il fait un écart presque à la hauteur de l'autre marcheur, mais parvient aussitôt à se rattraper. Après quelques minutes, un autre Crazycar passe, puis un autre et un autre. La situation nous inquiète ainsi que St et je considère tristement combien il est stupide de passer une nuit assombrie par des rivières d'alcool ou de drogues et probablement sans échanger un mot avec qui que ce soit, seulement avec vos pensées; puis montez dans la voiture dans des conditions qui mettent votre vie en danger et, surtout, celle des autres.

Cependant, nous sourions à nouveau lorsque nous décidons d'appeler Piscione un gars dans la soixantaine, grand, chauve et barbu, pour le fait que, très naturellement et toutes les cinq minutes, il s'arrête pour uriner sur le bord de la route près d'un arbre.

Pendant que le portable de St sonne, une blonde potelée nous passe et nous dit quelque chose que nous ne comprenons pas; Madonna's *Like a Virgin* sort puissamment de ses écouteurs et nous décidons de l'appeler comme la pop star intemporelle; il nous sourit et avance tout droit rapidement jusqu'à ce qu'il atteigne Piscione puis le rattrape. La journée est belle mais ce n'est toujours pas si chaud. Nous nous asseyons sur un banc de pierre, juste après celui où sont assises Piscione et Madonna. Ils semblent socialiser. Soudain, elle recommence à marcher et, après quelques instants, Piscione aussi. Derrière nous, un groupe de cyclistes chanteurs siffle rapidement sur l'autoroute dans le même sens que nous. Nous tirons aussi, tandis qu'une femme nous dépasse rapidement et s'arrête plus loin: elle entre alors dans une petite rue et baisse son pantalon pour faire ses propres affaires. Il est difficile de déterminer si elle est consciente de ce qu'elle a mis sous nos yeux, ou si elle pense que personne ne peut la voir à ce moment-là. Pendant ce temps, un homme, qui semble être sorti de nulle part à quelques mètres de nous, se met à chanter avec un accent français:

> *«Ceci ou cela pour moi est égal*
> *combien d'autres autour je me vois;*
> *de mon noyau l'empire ne cède pas».*

«Wow, le Rigoletto!» s'exclame St et continue de chanter avec lui.

> *«Cette attractivité est un cadeau*
> *où le destin fleurit la vie;*

aujourd'hui j'aime encore ça,
peut-être qu'un autre demain sera.»

L'entrée de Reliegos apparaît à quelques centaines de mètres avec un petit bar sur la droite. À l'extérieur, les tables sont toutes occupées par des cyclistes, par Madonna et Piscione. Nous entrons et rencontrons Barbetta. Nous échangeons nos salutations et il commence à jouer avec le fils du propriétaire, qui vient de finir de regarder un dessin animé sur grand écran affiché sur le mur. Nous buvons un chocolat chaud et St me propose de sortir, les sièges viennent d'être libérés: en fait, deux cyclistes et Piscione sont partis. Puis Madonna et Barbetta partent également. La propriétaire, tenant son enfant par la main, sort en verrouillant la porte du bar et part en nous laissant entendre qu'elle reviendra bientôt.

Pour entrer dans Mansilla de las Mulas nous traversons un pont et une soudaine sensation de terreur m'assaille fortement au creux de l'estomac: j'ai l'impression que quelqu'un derrière moi est sur le point de m'attraper et de me jeter. Puis je me vois plonger dans le vide; Je crie et me retourne.

St me secoue. «Rich, Rich qu'est-ce que tu as?!»

Mi lascio cadere a terra fino a sedermi: «Je me suis laissé tomber au sol jusqu'à ce que je m'assois: «Uff, Stina est arrivé à nouveau. Parfois, j'ai le sentiment que quelqu'un, derrière moi, me pousse d'une hauteur ou dans la rue ou sur les voies, alors qu'une voiture ou un train passe à grande vitesse. Cela ne s'est pas produit depuis longtemps et maintenant je pense qu'il est préférable d'appeler le docteur Ul tout de suite,» lui dis-je en me levant les jambes tremblantes.

«Allez, prends une gorgée, tu es blanchi», suggère St en me tendant la bouteille. J'attaque et avale. Lentement, me tenant sur son épaule, nous recommençons à marcher, jusqu'à atteindre la première albergue de la ville et une petite place avec une sculpture dédiée aux pèlerins au centre. Nous avons faim et nous décidons d'aller déjeuner dans un restaurant suggéré par un passant.

Nous sommes les premiers arrivés. Puis Barbetta arrive et c'est drôle de le voir porter des vêtements classiques: un pantalon beige, des chaussures noires et une chemise blanche à carreaux rouges. Nous lui disons au revoir avec un sourire et il s'assoit à une table non loin de la nôtre; il reçoit un appel téléphonique et commence à parler

90

en portugais.

«Qu'est ce qui se passe avec toi?» me demande-t-elle en me prenant la main «tu as un visage…»

«Oui, je m'inquiète de ce qui s'est passé au pont. Je pensais que je me débarrassais de ces situations et à la place… Il est vrai que le Dr Ul m'a toujours dit qu'il y avait la possibilité que certaines situations se reproduisent avec le temps, mais je ne m'y attendais pas pour le moment. Faisons ça, n'en parlons plus. Maintenant je me lève, je vais me rafraîchir et nous oublions tout, sinon nous gâchons notre journée.»

Barbetta continue de parler même pendant son repas et le restaurant est maintenant presque plein: deux premiers couples âgés sont arrivés, puis quatre autres couples avec deux enfants qui occupaient une grande table, trois femmes dans la soixantaine et enfin un autre couple d'âge moyen. Ce dernier rencontre le groupe occupant la grande table. Ils semblent tous être des habitués, compte tenu de la confiance avec laquelle ils se tournent vers le serveur et le propriétaire. Nous nous retrouvons plongés dans les cris et les cris des enfants qui se poursuivent. Le serveur allume un écran LCD fixé au mur. Il y a de la publicité. St avec un sourire attire l'attention des deux enfants qui s'approchent immédiatement d'elle et se mettent à jouer avec nous.

40.

On marche le long d'une route de campagne, c'est cool ce matin et on porte des sweatshirts depuis un moment. Plus haut, sur notre droite, se trouve la route nationale menant à León. Avant longtemps, nous prendrons le petit déjeuner à Puente de Villarente. Nous parcourons un tronçon de la route principale puis reprenons un chemin de campagne. Ici, le paysage devient plus aride et commence à chauffer. Nous flanquons une clôture sur notre gauche, au-delà de laquelle il y a des chiens et un âne auxquels, à travers le filet, deux garçons donnent de l'herbe à manger. Nous attendons qu'ils finissent par pouvoir nous approcher eux aussi.

Ensuite, nous les retrouvons et discutons avec eux: ils s'appellent Giorgio et Damo et ils sont de Milan.

Maintenant, la zone industrielle de León nous attend. Nous contournerons les concessionnaires automobiles, les usines et l'autoroute mais, encore une fois, il semble que nous ne pouvons pas faire autrement.

Nous nous asseyons sur un banc pour étudier la carte et Missocchialini passe devant nous qui, avec un sourire et un "ehiiiii", nous distrait de nos évaluations pratiques. Quelle surprise, nous avons pensé que nous ne la reverrions jamais; nous lui rendons son salut avec enthousiasme et revenons à nos affaires. Nous faisons le tour du centre historique de León, mangeons chez McDonald's le long de la rivière, nous nous arrêtons quelques minutes pour admirer la splendide Plaza S.Marcos, ses jets frais et l'ancien et imposant monastère, transformé en hôtel de luxe, puis nous continuons vers Trobajo: c'est notre dernière décision.

41.

Nous ne savons pas comment continuer, une indication ambiguë nous a bloqués et nous décidons d'attendre que quelqu'un arrive pour obtenir des conseils. Nous demandons donc l'aide de deux marcheurs portugais qui scannent la route puis, en regardant la carte, ils nous proposent d'aller à gauche, mais ils ne semblent pas si convaincus. Nous attendons à nouveau et demandons ensuite à un couple anglais; ils nous disent aussi d'aller à gauche et semblent plus sûrs que les Portugais. Nous y voilà.

À Chozas de Abajo, nous nous arrêtons dans un pub à ossature de bois et, alors que nous nous installons, deux marcheurs espagnols et le couple anglais dont nous avons parlé plus tôt arrivent. Un chat couleur miel boiteux entre les tables et, de temps en temps, cesse de nous regarder de ses yeux intelligents. Sa jambe avant droite est blessée. St le prend dans ses bras et le caresse, mais Emilio, alors je décide de l'appeler, ne résiste que quelques instants, puis il se débat et saute. Le ciel est clair et chaud. Cet endroit et la grande place en face avec les petites maisons blanches me font repenser à une ambiance western. Je me vois comme un tireur au centre de la place, je recommence à entendre le corbeau, le bruissement du vent et les chevaux au galop venant au loin. Encore quelque chose claque, mais le rugissement d'une moto qui se gare presque devant le pub me fait revenir à moi-même et, pendant que j'essaye de retenir mes pensées, les deux marcheurs espagnols s'approchent et nous demandent des informations pour arriver à Villavante.

Alors que nous marchons, comme de nulle part, un garçon avec un énorme chapeau apparaît devant nous. Il nous dit qu'il s'appelle Davide, il est de Catane et est heureux de rencontrer deux Italiens; il a quitté León et a l'intention d'arriver à Santiago d'ici la fin du mois. Il nous a vus sortir du pub et nous a demandé s'ils y faisaient des bocadillos; on répond oui, alors de son expression, et du fait qu'il nous demande s'ils sont une spécialité de toute l'Espagne ou juste de ces endroits, on se rend compte qu'il ne sait pas que les bocadillos sont de simples sandwichs farcis: très bien, mais rien que sandwiches et pas une spécialité de la cuisine locale. St lui révèle le mystère et Davide semble un peu aigri, mais la déception passe quand je lui propose d'en prendre un avec du bacon grillé et du fromage.

Nous marchons depuis un moment lorsque nous commençons à entrevoir le but. La route peu fréquentée coupe en deux la campagne aride qui, animée par un vent léger et régulier, se détache sur le ciel clair.

Jesus est le nom de la première albergue que nous rencontrons. Nous ralentissons mais un non instinctif de moi et St, dit presque à l'unisson, nous fait immédiatement accélérer le rythme.

42.

A l'extrémité opposée du pont que nous venons de prendre, nous voyons David assis par terre. Avec un vote à main levée et un "Catania!" St attire son attention.

«Comment ça s'est passé hier?» il nous demande.

«Nous n'avons fait le tour du village que dans l'après-midi, dis-je, puis, après nous être reposés, nous avons passé le reste du temps à laver le linge et à bavarder avec des marcheurs dans l'*albergue.*»

«Nous nous sommes arrêtés au Jésus» dit-il en désignant deux filles qui s'approchaient de nous. «Nous ne sommes pas sortis du tout, nous avons passé tout l'après-midi dans la piscine puis nous avons cuisiné quelque chose avec les autres pèlerins. Vraiment sympa là-bas.»

Les deux filles sont Irene et Laura, respectivement de Milan et de Rome. Nous devrions tous nous arrêter à Santibáñez. Davide nous informe que ce soir, l'Italie jouera contre l'Espagne lors d'un match amical à Bari et suggère que nous regardions tous le match ensemble. Tout le monde aime l'idée, dans l'espoir de se retrouver à Santibáñez, nous discutons encore quelques instants puis St et moi décidons de reprendre.

Le soleil est haut derrière nous et forme un angle d'environ 80 degrés avec la route. St, presque les larmes aux yeux, montre une cigogne morte suspendue à un câble électrique. Nous restons silencieux quelques instants la tête baissée mais essayons ensuite de penser à autre chose et, alors que nous commençons à contourner un tronçon de voie ferrée, nous remarquons de l'autre côté de la route une belle maison rurale entourée d'un champ de tournesols. .

Sur le pont roman de Puente y Hospital de Órbigo nous nous arrêtons pour consulter la carte et du coup les deux Allemands et le couple Internet que nous n'avons pas vu depuis un moment nous dépassent. Ils nous sourient et nous saluent avec l'attitude de quelqu'un qui semble heureux d'avoir retrouvé quelqu'un qu'ils pensaient perdu, nous sommes également heureux de les avoir revus. Il fait très chaud mais pas longtemps à Villares de Órbigo, où nous nous arrêterons probablement; nous sommes assez fatigués et je pense que nous ne pourrons pas aller plus loin aujourd'hui. De temps en temps, le pont d'Hôpital apparaît dans mon esprit, où à l'embouchure il y a des chevaliers jaunes et à l'autre bout des centaines et des centaines de chevaliers bleus. Ensuite, mes pensées vont à un gars désagréable, qui parlait très bien l'italien, et à la façon dont il s'est adressé à moi quand je lui ai demandé à quelle distance était le prochain pays. D'un air arrogant et convaincu, il répondit: «Le pays?! Le pays?! La France, peut-être, hein hein?! Le *pueblo* est dit, le *pueblo* pour indiquer ce que vous voulez dire, le terme *pueblo* est utilisé. En Espagne, nous entendons par pays un État, un État qui est presque toujours un État voisin».

Dans le pub, où nous venons d'arriver pour le dîner, un grand écran s'apprête à retransmettre la rencontre entre l'Italie et l'Espagne. Il semble que nous soyons les seuls Italiens et nous sommes désolés de ne pas être à Santibáñez avec les autres, en supposant qu'ils y soient arrivés.

C'est à la onzième minute de la première mi-temps que le premier beau but de Montolivo arrive sur une passe décisive de Criscito et nous sommes certains que nous sommes vraiment les seuls Italiens. Il faut quelques minutes aux Espagnols pour récupérer.

Nous terminons un tiramisu lorsque l'arbitre accorde un penalty à l'Espagne. L'Espagne tire et les Espagnols se réjouissent comme des fous. St et moi avons très sommeil et nous décidons de nous coucher, nous vous informerons demain du résultat final.

43.

Nous arrivons à Santibáñez après avoir pris une bonne frayeur: deux chiens nous ont suivis pendant un moment en grognant et en aboyant, jusqu'à ce que deux promeneurs les calment d'une caresse. Ils ne sont pas aussi féroces et dangereux que cela nous paraissait, leur attitude était probablement due à quelque chose que nous avions fait de mal.

Voici David avec un visage endormi; il nous raconte que la nuit dernière il s'est arrêté à l'hôpital et est parti tôt ce matin pour rejoindre les filles qui séjournent ici à l'albergue municipale; il les a récemment appelés sur leurs téléphones portables et ils sont sur le point de le rejoindre.

Pendant que nous buvons un chocolat chaud, Davide nous informe que l'Italie a gagné deux contre un. Aquilani a marqué le deuxième but, à la 39e minute de la seconde période, sur une passe décisive de Pazzini.

Irene et Laura sont prêtes et nous partons tous ensemble vers Astorga. Nous commençons à mieux nous connaître en parlant de nos vies. Soudain, deux garçons nous dépassent à un rythme soutenu, nous regardent et nous saluent; ils donnent un sourire particulier à Davide. Ce sont Ornella et Ignazio, un couple de Bari, ils ont rencontré Davide à León, d'où ils sont partis pour se rendre au Finisterre. Davide rit et dit qu'ils courent beaucoup, mais ensuite il les trouve toujours le soir où il s'arrête. La journée est splendide et il commence à faire assez chaud depuis un moment. Nous nous arrêtons pour donner à Davide l'occasion d'enlever son sweat-shirt et son pantalon épais, en sortant un débardeur rouge et un pantalon blanc clair, sur lesquels sont sérigraphiés des motifs orientaux. Davide, cependant, a également besoin de se reposer un moment, alors il nous demande de partir sans lui.

Il nous rejoint près d'une charrette où un garçon de Barcelone propose des boissons fraîches en échange de quelques pièces. Il y a aussi les deux femmes allemandes qui photographient le barman improvisé. Davide fait aussi son reportage photo et nous prenons tous un jus d'orange frais.

Au point où la route commence à descendre vers Astorga - ce n'est pas long maintenant - nous nous arrêtons pour admirer la vue et prendre plus de photos. Davide nous dit qu'il est très fatigué et nous invite à nouveau à continuer sans lui: il a l'intention de rester allongé là pendant longtemps.

Le palais épiscopal d'Astorga par Gaudì, construit entre 1899 et 1913, et la cathédrale, commencée en 1471, nous paraissent enchanteurs et imposants. Le premier bâtiment, en particulier, semble être sorti d'un conte de fées, comme beaucoup d'œuvres du grand architecte. Avant d'entrer pour leur rendre visite, nous nous asseyons sur un banc pour nous reposer quelques instants, tandis que, non loin de nous, un guitariste joue de la musique andalouse.

Lorsqu'elles quittent la cathédrale, Irene et Laura ont faim et décident de rester à Astorga pour le déjeuner. Nous prévoyons de reprendre, mais d'abord prendre une petite collation avec des bonbons au chocolat, achetés dans une élégante pâtisserie.

A Murias de Rechivaldo, la chaleur semble augmenter et nous nous asseyons à l'ombre d'une maison en pierre. De loin, nous entendons une trompette: c'est une camionnette blanche qui s'arrête devant la maison. Un vieil homme sort, salue le conducteur qui sort et ouvre le hayon. On se rend compte qu'il est vendeur de pain; il remet au vieil homme deux baguettes en échange de quelques pièces de monnaie, puis remonte et retentit, prêt pour la prochaine livraison. Voici une deuxième camionnette de la même manière. Cette fois, vous comprenez immédiatement ce qu'il porte grâce au design sur le côté du véhicule: un boulanger qui cuit du pain fraîchement sorti du four. Cela s'arrête aussi devant la maison, d'où sort cette fois une dame qui achète également des baguettes. La camionnette jaune explose et repart pour une nouvelle destination. St et moi nous sourions et commençons à nous demander si nous devrions continuer vers la ville voisine ou rester ici. En fin de compte, nous décidons de faire les cinq prochains kilomètres qui nous séparent de St. Catalina de Somoza.

44.

Devant notre *albergue*, nous rencontrons Laura et Irene qui viennent de terminer le petit déjeuner et attendent Davide: il devrait arriver sous peu d'Astorga, où il a passé la nuit; ils, au contraire, s'arrêtèrent à Murias de Rechivaldo. Nous échangeons quelques discussions supplémentaires puis nous nous dirigeons vers Foncebadón, située à environ 1500 mètres d'altitude et également connue sous le nom de ville délabrée, en raison de ses routes pas exactement goudronnées. Juste à l'extérieur de St. Catalina, en face de nous, nous voyons un marcheur à cheval, le premier depuis que nous avons commencé cette merveilleuse aventure. Pourtant, on nous a dit qu'il y en avait beaucoup.

Alors que nous flanquons un groupe de scouts italiens, assis en chantant sur le bord de la route, Irene et Laura nous croisent en riant et en disant: «Nous sommes partis aussi, Davide s'est réveillé tard et nous a dit de ne pas l'attendre».

Nous les rencontrons ensuite à El Ganso, assis par terre et adossés à un mur sur lequel est tiré un grand cheval. Je reste quelques instants pour l'observer. Irene nous dit qu'elle est vraiment contente de cette expérience et aimerait que sa mère le fasse aussi, au moins les cent derniers kilomètres. Eux aussi ont l'intention de s'arrêter à Foncebadón; nous décidons de partir ensemble et de déjeuner à Rabanal del Camino, une ancienne garnison évocatrice des Templiers.

Nous prenons une montée assez exigeante, maintenant nous sommes vraiment nombreux à marcher et Davide vient de nous rejoindre. Les garçons se détachent de nous, car ils veulent aller plus vite. Il fait chaud, mais ils n'arrêtent pas de nous dire que ce n'est pas la température habituelle de cette période et pendant que nous montons les marches qui mènent à une allée, nous rencontrons un marcheur qui continue dans la direction opposée; la ressemblance frappante avec Jésus nous fait sursauter et certains finissent par être émus. Cela crée une atmosphère vraiment suggestive qui nous rend presque essoufflés. Nous nous appuyons sur le garde-corps de la route sur laquelle nous venons de sortir quelques instants et reprenons notre souffle; à quelques mètres de nous, deux cyclistes ne boivent plus dans leurs bouteilles d'eau. Notre objectif est maintenant proche.

Foncebadón nous apparaît tel que nous l'avons imaginé. Alors que nous sommes sur le point de nous arrêter devant la première albergue que nous rencontrons, nous entendons la voix de Davide nous appeler et nous le rejoignons. Il est sur la place devant l'albergue où il s'est installé avec les filles et traîne le linge. Il nous raconte qu'Irène et Laura sont à l'intérieur en train de prendre une douche et avec beaucoup d'émotion il nous raconte la rencontre qu'eux aussi ont eue avec le double du fils de Dieu. Nous prenons rendez-vous pour ce soir et nous partons. Nous prenons une petite route à droite qui devrait nous conduire à l'entrée, mais la rencontre avec deux chiens assez vifs nous fait rapidement reculer et changer de direction vers une autre structure.

Au restaurant où nous déjeunons, nous rencontrons un couple d'Italiens d'âge moyen de Milan et il nous dit: «Vous avez bien fait en partant de Saint Jean, au moins nous partons de là pour faire cette Voie. Cette partie des Pyrénées est tout simplement fantastique, vous ne pouvez pas la manquer. C'est la deuxième fois que nous empruntons le Camino de Saint Jean. Nous l'avons fait pour la première fois en 2003 avec un groupe de dix-huit personnes, en vingt-cinq jours. Et cela ne nous a pas plu du tout, à la fois parce que nous étions si nombreux et parce que nous ne pensions qu'à parcourir des kilomètres sans profiter de ce qui nous entourait. Maintenant, nous parcourons environ vingt-cinq kilomètres par jour. Les premiers jours, nous sommes également partis à 6h00, maintenant qu'il se lève plus tard, nous sommes partis vers 7h00».
«Tu restes demain à Ponferrada?» le partenaire nous demande.
«Presque certainement oui. Soit à Ponferrada, soit dans la ville précédente» je précise.
«Oui, Molinaseca. Ah, les gars, c'est fantastique, si vous ne vous arrêtez pas là, arrêtez-vous quand même pour nager sous le pont romain. L'eau y est claire et fraîche», conseille-t-il.
Rejoignons les garçons. Tous les trois sont assis à une table en bois; avec des marqueurs de couleur, ils écrivent et dessinent sur des pierres. Ils nous expliquent qu'en chemin, demain, nous rencontrerons la Cruz de Hierro, une croix de fer posée sur une longue perche en bois. Chaque marcheur peut laisser une pierre à ses pieds avec ce dont il aimerait se débarrasser écrit ou dessiné dessus. Nous l'aimons et nous préparons aussi notre pierre. L'air est frais et clair, beau à respirer et nous décidons tous de faire un tour. Nous rencontrons les scouts ce matin puis Damo, Giorgio et Anna, qui ont rejoint les deux garçons à León. Davide nous montre le point où, il y a quelques heures, il a photographié une chèvre qui l'a ensuite pointée, lui faisant très peur. Je me demande s'il n'exagère pas un peu les faits, mais la façon dont il les raconte nous fait tellement rire.

45.

La Cruz de Hierro nous paraît imposante et les pierres qui ont été placées à ses pieds forment un monticule. A quelques pas de nous Damo, Giorgio et Anna méditent, tenant leurs pierres dans leurs mains. St et moi grimpons l'énorme monticule jusqu'au sommet. Nous nous asseyons et sortons notre pierre de notre poche; J'ai St's, elle est à moi et nous les échangeons. St place sa pierre sous la perche et la serre dans ses bras en appuyant son front dessus, je contemple la mienne que j'ai dans mes mains en coupe; Je n'ai rien écrit à ce sujet, je n'ai fait que des croquis qui symbolisent ce dont je voudrais me débarrasser. Je regarde le ciel clair et demande à la vie de vraiment m'éclairer.

Dès que nous reprenons le Camino, avec Cruz derrière nous, je trébuche et me retrouve à terre, tout étourdi et poussiéreux. Et tandis que St éclate d'un de ses rires habituels, en tenant son ventre, je me repose quelques secondes pour récupérer. Je vois un chevalier templier venir vers moi, qui vient de sauter de son cheval. Il s'agenouille devant moi et, posant une main sur mon épaule, me demande si je vais bien et m'aide à me lever. Je me lève et au lieu du cavalier il y a St; Je secoue la terre et reprends le chemin.

A Manjarín, près du refuge d'inspiration templière, des flèches en bois indiquent les kilomètres jusqu'à Santiago, Finisterre, Jérusalem et Rome. Notre capitale est à 2 475 kilomètres d'ici, tandis que Jérusalem est à 5 000. Le silence est rompu par les pas des promeneurs se rendant au refuge, le chant des oiseaux et les aboiements de deux petits chiens.

Nous empruntons une route goudronnée, pas du tout fréquentée, puis nous en prenons une autre sur la gauche très poussiéreuse: il ne faut pas être loin d'El Acebo. On croise un couple qui se dispute et de la façon dont il a jeté son sac à dos par terre, de leurs expressions faciales et des tonalités de voix, il semble qu'il est en colère parce qu'elle ne peut plus continuer. Je tombe à nouveau; cette fois c'est un cycliste-marcheur allemand qui s'approche et m'aide à me lever; St rit à nouveau. Aujourd'hui semble être le jour des chutes mais nous espérons que ce sera le dernier. Nous nous installons aux tables extérieures d'un bar qui flanque un mur de pierre. Plus loin, des promeneurs dorment sur des transats. Nous avons un peu faim et commandons un bocadillo avec du bacon et du fromage, à diviser en deux.

Pendant que nous réfléchissons à l'opportunité de nous arrêter ici ou au moins de nous rendre à Molinaseca, un morceau de pain me glisse de côté et me colle à la gorge. Je tousse mais ça ne descend pas. Je ne sens pas l'air entrer en moi et une sensation de panique m'assaille; Je me lève et, faisant des allers-retours, toussant et agitant mes mains en l'air, je demande de l'aide. Je me jette au sol. "C'est fini", me dis-je après quelques instants interminables. "Ce morceau de pain a cloué et ne descend pas. Pourquoi ma fin doit-elle venir aujourd'hui?" Et toute ma vie passe devant moi en un instant. "J'ai laissé ce que je n'aimerais pas à la croix et maintenant je laisse ma peau ici". Deux Templiers me prennent par le bras et m'emmènent le long d'un chemin de lumière qui grimpe vers un nuage. Nous procédons entre deux chevaux bleus ailés qui, hennissant, se cabrent au passage. Un chœur et un orchestre chantent une mélodie céleste. Le ciel s'ouvre et, en l'observant, je me sens soudain tiré du sol. Deux mains derrière moi me serrent le ventre. Je me sens fermement sous pression. À bout de souffle, je recommence à respirer; Je sens mes pieds fermement sur le sol et autour de moi je trouve beaucoup de monde. Un serveur m'a ramené sur cette terre, pratiquant la manœuvre de Heimlich. Peut-être qu'aujourd'hui est une mauvaise journée, mais il semble être écrit que je dois achever le Chemin. Je m'assois, je suis essoufflé. St me tend de l'eau mais je n'ai toujours pas la force de boire. L'air frais caresse la gorge éraflée. Je suis toujours confus mais lentement je commence à voir clairement tout ce qui m'entoure. Il y a aussi Davide, Irene, Laura, Damo, Giorgio et Anna, qui entre-temps sont arrivés et me sourient.

Nous décidons de reprendre et de nous arrêter à Molinaseca; Je veux suivre les conseils des Milanais: prendre une belle baignade puis se reposer.

Une femme avec une pompe arrose la zone devant sa maison et nous indique la direction à prendre.

St et moi marchons en silence. Surtout les derniers kilomètres sont assez exigeants; souvent en descente raide, foulant des cailloux larges et irréguliers, évitant les trous, nous procédons en nous demandant si nous n'avons pas pris la mauvaise route: nous sommes seuls et nous ne voyons aucun marcheur devant ou derrière. La chaleur commence à se précipiter et notre eau est imbuvable. Nous avons la bouche sèche et nous avons hâte d'y arriver, mais l'objectif aujourd'hui semble irréalisable.

Voir deux marcheurs marcher vers nous par derrière nous donne un peu plus de tranquillité d'esprit et heureusement quelques signes apparaissent également. J'ai mal à la jambe et je m'appuie sur l'épaule de St. «Je n'en peux plus St. Je veux y arriver» je crie.

«Tiens bon» me presse d'une voix puissante un cycliste-marcheur, qui est sorti à toute vitesse de je ne sais d'où.

Deux autres cyclistes-marcheurs viennent de nous croiser dans un endroit si étroit que nous avons eu du mal à les traverser. Je pense que ce point n'est surtout pas adapté aux vélos et qu'il y a certainement une alternative pour eux. Cependant, il doit plaire à de nombreux amateurs d'aventure.

Nous marchons lentement, en file indienne, St devant, moi derrière, je garde fermement mes mains sur ses épaules. Nous sommes sur un chemin très étroit, à gauche duquel une dépression descend, sur au moins quinze mètres, jusqu'à la route goudronnée. Je pense que St est fatiguée aussi, d'autant plus qu'elle doit porter mon poids sur ses épaules et doit se concentrer sur la marche, mais elle est douée pour ne pas me laisser remarquer. Bien que St essaie de garder mon sang-froid, ma peur folle de redescendre augmente de plus en plus, pas à pas. Mon cœur bat follement, je sens une chaleur terrible et mes jambes sont molles. Un pas, puis un autre, puis un autre et j'ai mis un pied dans le faux; Je sens la main de St crier, me touchant à peine pour tenter de me saisir. Je roule rapidement et frappe une pierre, puis une autre et puis une autre.

Je suis par terre dans la rue, immobile. Il y a une ambulance et des médecins qui viennent à mon secours. Un médecin aux cheveux roux crie: "Nous devons le sauver, nous devons le sauver!" St est pétrifié parmi les gens qui se tiennent là à regarder. Je suis à quelques mètres de la scène. Je me rends compte que j'ai abandonné mon corps. Je commence à ressentir une joie immense. Une sensation particulière m'enveloppe et semble venir de derrière: je me retourne et vois un tunnel au bout duquel on aperçoit une lumière intense et quelque chose d'indéfini. Je commence à marcher vers cette lumière et une voix semblable à celle de St me dit: "Richardo, Richardo, reviens en arrière, ne pars pas, il y a encore beaucoup à faire ici et tu dois continuer le Chemin, tu ne peux pas y aller, arrêter." J'avance et je ne peux pas revenir: ce progrès est plus fort que moi. Ma joie augmente au fur et à mesure que je vais, comme chante un orgue à tuyaux Tu n'es pas moi des 7 jours de formation. Et au bout de quelques instants je me retrouve dans un grand jardin, parmi mille senteurs et couleurs. Il y en a beaucoup d'autres dans cette immensité. En un instant, je revis toute ma vie et je ressens la douleur des gens que j'ai fait souffrir et la joie de ceux que j'ai rendus heureux. J'ai appris. Près d'un grand chêne, je vois de nombreuses personnes d'affilée; un homme dit des choses à celui qui est en tête qui se détache et se dirige vers la gauche du grand arbre, vers une rivière jusqu'à ce qu'il plonge et disparaisse parmi les eaux. Le second de la rangée devient le premier et il en va de même pour lui et ensuite aussi pour les autres, car ils deviennent les premiers. D'autres encore rejoignent la ligne. Je suis tenté de me rapprocher. Mais j'entends beaucoup de voix, même celles de mes grands-parents décédés, qui me disent: «Arrête, ne parte pas, arrêt».

Soudain, je sens un bourdonnement très ennuyeux dans mes oreilles qui couvre l'écho des voix autour de moi. Je ne vois presque rien, tout est flou. Lentement, je commence à distinguer la voix de St: «Rich, hey, Rich! Peux-tu m'entendre?». Puis une autre voix que je ne connais pas avec beaucoup d'enthousiasme dit: «Ah, il est sorti, il est sorti. Il l'a fait. Prenez l'ours en peluche, prenez-le, mettez-le à côté». "Est-ce qu'il a réussi?!?!" Je me dis; Je ne peux pas parler. Je sens le tissu frais et doux sous moi. Peut-être parfumé, mais je n'ai aucune sensation olfactive. Je me sens tellement fatigué, faible et le peu de force que j'ai me quitte.

Je suis à l'hôpital. Je me sens moins faible maintenant, mais j'entends toujours un bourdonnement dans mes oreilles et je vois tout sombre autour de moi. St et un médecin m'expliquent que j'ai eu un accident. J'ai été dans le coma pendant vingt-trois jours, mais maintenant j'en suis sorti et le pire devrait être passé. Ça s'est bien passé mais j'ai perdu la vue. Pendant que je récupère, il y a toujours des ténèbres autour de moi. Oui, je suis devenu aveugle et il n'y a plus rien à faire, du moins c'est ce qu'on me dit ici. Bien que ce ne soit pas une petite chose, je ne me sens pas du tout démoralisé; au contraire, je me sens calme et lentement une joie m'envahit, augmentant de plus en plus. Ce sera pour la conscience d'être encore en vie et d'y avoir échappé beaucoup ou ce sera pour une autre raison pour le moment incompréhensible, je ne sais pas. St semble également montrer la même sérénité que moi. Je serai libéré dans quelques jours. Je dis que je veux continuer le Chemin et le médecin dit qu'il n'a rien rencontré si c'est ce que je veux vraiment, et St en est heureux: il me promet que ce seront mes yeux et qu'il décrira en détail tout ce que nous allons rencontre, là où je ne peux pas le percevoir avec les autres sens.

46.

Nous sommes au pont roman de Molinaseca. Une infirmière à la fin du quart de travail nous a transportés jusqu'à présent.

Nous entrons dans l'eau et je la sens atteindre presque mon ventre. Nous commençons à marcher; mon bras frôle St's pour que je puisse continuer avec elle et éviter de heurter qui que ce soit. St me dit qu'il n'y a pas d'obstacles devant moi sur au moins vingt mètres, donc je peux faire quelques coups librement. Je plonge et pars: un, deux, trois, quatre, cinq, six et sept coups. Je retourne en essayant de garder la même direction d'où je viens; cette fois, je prends douze coups et j'entends la voix de St: «Bravo Rich», félicite-t-il. Je pose un pied et me lève juste devant celle qui me prend les mains. Nous sortons et je sens une légère brise sur ma peau. J'entends des enfants faire du bruit: ils se poursuivent et s'éclaboussent. J'ai maintenant de l'eau devant moi. St me dit qu'il y a deux gars assis par terre en bas. Il se rend compte que je suis Rosmarino avec sa fiancée Libellula. Nous les avons rencontrés à Astorga et ils nous ont donné un foulard rouge et bleu, juste devant la cathédrale. Etrange, à Astorga je ne me souviens que d'Irène et de Laura. Mes souvenirs se sont arrêtés sur la femme qui arrose, jusqu'à présent je me souviens de tout le Chemin et de tous les marcheurs que j'ai rencontrés, mais pas de ces deux. St pose une main sur mon épaule et m'invite à me lever pour les rejoindre. Ils ne nous ont pas encore vus. Un gros sifflet résonne dans l'air au-dessus et derrière nous. Nous tournons les yeux vers le ciel mais St me dit de ne rien remarquer et que d'autres regardent aussi dans la même direction que nous. Après quelques secondes, chacun revient à ses actions. Nous continuons vers les deux foulards mais ils sont partis. Il me prend par la main et nous commençons à marcher vite; Je le suis avec confiance, mais aussi en gardant l'autre main tendue vers l'avant et en essayant de poser fermement mes pieds sur le sol pour sentir le sol: d'abord le talon puis la semelle puis la pointe. Nous tournons à gauche, mais il n'y en a pas. Étrange. Revenons aux sacs à dos. Je lui demande en plaisantant si elle ne les a pas rêvés. Alors il vide les sacs à dos sur le sol pour voir si les deux foulards sont là, mais il ne les trouve pas.

«Vu que tu en as rêvé?»

«Ne rêve pas, Rich! Pensez à ce que vous voulez, nous les avons vraiment rencontrés.»

«Mais les foulards?! Et le fait qu'ils aient disparu?»

««Écoute, n'y pensons plus», me tapota-t-il l'épaule. "Allez Rich, revenons sur le Chemin, allez.»

Camminiamo verso Villafreja del Bierzo, lungo un sentiero stretto Nous marchons vers Villafreja del Bierzo, le long d'un chemin étroit qui coupe une grande prairie en deux. Vous ne pouvez marcher qu'en file indienne: l'herbe sur les côtés est trop épaisse pour être piétinée. Je serre St par derrière et mon menton repose sur son épaule. Mes jambes sont légèrement écartées pour mettre mes pieds à côté de St's et je fais très attention à percevoir le sol avec la plante. De temps en temps, Stina fait de légers zigzags pour éviter quelques trous ou des pierres plus grosses. Je continue d'être étonné de mon bien-être, de ma joie de continuer le Chemin même si dans l'obscurité profonde. C'est une journée chaude et je sens le soleil en plein. La route s'élargit et je flanque St, essayant de ne jamais perdre le contact entre mon bras et le sien. Les cyclistes sonnent devant nous; Je demande à St s'ils sont des marcheurs et il dit oui. Je dois aller aux toilettes et St me dit que sur ma gauche, dans la campagne, après quelques mètres, il y a un grand chêne. Elle veut m'y accompagner, mais je lui dis de ne pas s'inquiéter, je veux y aller seule. Je commence donc à marcher lentement, les deux mains juste tendues vers l'avant pour palper le tronc lorsque je l'atteins et éviter de me retrouver contre lui. C'est la première fois depuis que j'ai perdu la vue que je me lance dans une promenade solitaire, certes courte, et je me sens un peu agité, mais j'ai l'intention de le faire. Soudain je sens une pierre sous la plante de mon pied gauche, je m'arrête et, pivotant sur mon pied droit, je soulève mon pied gauche en le mettant en avant puis je recommence à marcher. Dès que je sens le tronc du bout des doigts, je m'arrête et commence à marcher encore plus lentement, jusqu'à ce que je le touche avec ma poitrine. Je le serre dans mes bras et fais le tour jusqu'à ce que j'atteigne l'arrière. "Je l'ai fait!" je me dis satisfait.

Nous sommes assis sur le bord de la route depuis un certain temps; St se repose, pendant que j'épluche une banane que j'ai réussi à chercher dans le sac à dos. De temps en temps, des marcheurs à vélo ou à pied passent qui me souhaitent: «*¡Buen camino!*». Moi avec un sourire et un geste de la main en retour. Bon cette banane! Vraiment exquis. Cela dépendra aussi du léger petit creux que j'ai eu pendant un moment. J'entends St bâiller et je l'imagine en train de se frotter les yeux. D'une voix endormie, elle me dit: «Depuis combien de temps ai-je dormi, Rich? Que dites-vous si nous reprenons avant qu'il ne fasse nuit?». Je ressens un léger embarras en elle, probablement parce qu'elle pense que cet "avant la nuit" aurait pu l'éviter. Je comprends: dans le passé, je me suis moi aussi retrouvé dans des situations similaires avec des amis aveugles. On pense que remplacer des expressions comme celle de St par "avant qu'il ne soit tard" est la chose la plus appropriée. En réalité, en fréquentant et en apprenant à connaître en profondeur plusieurs aveugles, on se rend compte que pour beaucoup d'entre eux ce n'est pas du tout un problème; en effet, ils sont souvent les premiers, à exorciser ou à minimiser leurs difficultés, à utiliser certaines expressions délibérément et très naturellement. Je lui souris, me lève et marche vers elle. «Allez, allons à St, j'ai hâte de prendre une bonne douche, de plonger dans un lit frais et de dormir longtemps.»

47.

Nous sommes restés quelques secondes à un point où la route se termine et je ressens une grande sensation d'espace devant moi. St m'explique qu'une immense étendue d'eau s'ouvre à quelques pas de nous, reflétant le ciel nuageux. En l'entendant, votre regard se perd à l'horizon et vous ne voyez que de l'eau. Il n'y a pas d'autres routes, du moins il semble, et un panneau indiquant le Chemin indique précisément le plan d'eau. Il nous semble impossible de nager dans cette direction: l'étendue d'eau est infinie. Alors que nous sommes plongés dans nos questions, deux marcheurs arrivent et résolvent chaque dilemme: il faut attendre un bateau qui nous conduira au bout de cette immense étendue. Soudain, l'un des deux indique quelque chose qui s'approche. St me le décrit comme une forme sombre qui, à mesure que vous avancez, devient de plus en plus distincte: un bateau en bois minable avec un passeur minuscule, essoufflé en aviron. Le rameur a un habit blanc noué avec une corde noire et utilise un bâton comme une rame au fond de laquelle se trouve une pelle rudimentaire; l'idée de monter sur ce bateau m'inquiète et pas un peu.

Dès que nous atteignons le rivage, notre batelier, d'un bond, nous rejoint et commence bruyamment en latin: «S'il vous plaît, montez. La traversée est longue et, avec ce temps, elle sera probablement aussi très fréquentée».

«St...» lui murmure-je «Je pense que c'est le cas de ne pas monter, qu'en pensez-vous? La situation m'inquiète beaucoup.»

«Allez Rich, apparemment il n'y a pas d'autre moyen de continuer; nous avons décidé de faire tout le chemin et cela en fait partie. Appuyez-vous sur moi et montons.»

Toujours perplexe, je pose une main sur son épaule et nous nous dirigeons vers le bateau. St me fait mettre mon autre main sur le bord puis je détache la première d'elle à côté d'elle. Je grimpe sur le bord avec une jambe, puis je me retourne, je fais de même avec l'autre; lentement je m'assois et après quelques secondes je sens la main de St sur la mienne et sa voix rassurante: «Je suis là, Rich». Le rameur s'éloigne du rivage et le bateau, en se balançant, avance au rythme du bâton d'aviron. Vous ne pouvez entendre que le chant des oiseaux et le bruit de l'eau produit par le naufrage et la montée de l'aviron. Il y a un cormoran à proximité qui de temps en temps impose son chant joyeux à celui des autres oiseaux. Je l'imagine avec un regard fier et de longues ailes arc-en-ciel qui scintillent au soleil comme si elles étaient métalliques. Un oiseau rare mais fantastique. Je demande à St de le photographier mais il ne le voit pas. Les deux marcheurs qui sont avec nous s'appellent Joe et Fu, et ils nous disent qu'ils se sont rencontrés pendant la Voie. Ce sont des artistes: l'un fabrique des animaux à partir de morceaux de bois, l'autre crée des sculptures avec chaque objet qu'il trouve - pierres, morceaux de bois, papier, écorces de fruits - puis les vend pour payer ce voyage. Ils prennent trois de leurs œuvres d'art dans leur sac à dos. St me les remet un par un. Je touche un magnifique bébé éléphant et je reconnais les oreilles, le tronc, les pattes, le gros ventre: ça me semble vraiment parfait. Ensuite, je prends une moto et, encore une fois avec mes doigts, j'identifie bien les différents composants. La troisième sculpture, par contre, est abstraite et je me retrouve à percevoir des formes irrégulières, métalliques ou boisées, parfois rugueuses, parfois lisses; à certains endroits, il y a des morceaux de carton, puis des bandes de papier descendent d'un rebord métallique pointu.

Le bateau ne semble plus du tout stable à cause des courants. St me serre fermement la main et je sens aussi son inquiétude. Quelques instants puis il m'informe que le plan d'eau se jette dans un chenal d'environ trois fois la largeur de notre bateau. Je me sens immédiatement plus calme. Tant à droite qu'à gauche du canal, des buissons denses, en saillie vers nous, s'élèvent vers le ciel. Il commence à pleuvoir et nous portons le k-way. La pluie devient épaisse jusqu'à devenir de la grêle et des rugissements résonnent dans le ciel. Le bateau est devenu fou, il roule et des éclaboussures d'eau nous frappent de partout. St et moi nous serrons la main. Nous avons hâte que cette navigation se termine; nos compagnons aventuriers montrent également leur peur. Le rameur nous hurle de rester immobiles et calmes, car une telle situation à ce stade est normale quand le temps est comme ça, mais ces mots ne nous rassurent pas du tout.

À la fin de la tempête, St me prévient qu'un mince rayon de soleil traverse les nuages gris chargés de pluie. Le bateau avance dans un état de quasi-stabilité. Nous enlevons les imperméables trempés; malgré les avoir étroitement sur nous, nous sommes trempés. Le canal se rétrécit et le bateau y pénètre à peine. St me fait baisser la tête pour me protéger de quelques branches saillantes et le rameur nous dit qu'il ne manque pas grand chose: environ mille sept cents coups de rames. Je lui demande combien de temps il manque deux fois, mais il ne me répond pas. St me dit que sur le côté gauche il y a maintenant une place en béton au bout de laquelle il y a des maisons jaunes et rouges, mais le rameur dit qu'il ne lui est pas possible de nous laisser ici, il faut continuer. Dans une petite place, donc, à quelques centaines de mètres de nous, des acrobates se produisent. Des garçons, courant le long du canal, nous flanquent en criant: «*¡Buen camino! ¡Buen camino! Buen buen!*». Cela doit être beau ici et nous ne pouvons pas expliquer pourquoi le batelier ne peut ou ne veut pas nous laisser dans cet endroit.

Il fait noir et le ciel est plein d'étoiles. A quelques mètres du bord du canal, les jongleurs font tourner des torches enflammées: s'ils les dépassent, ils respirent le feu puis l'exhalent en colonnes de flammes qui touchent presque le ciel. Je sens le mouvement de l'air et la chaleur des flammes. Maintenant aussi sur le côté droit du canal, il y a une grande place, au bas de laquelle on commence à voir un groupe de maisons. La lune est haute et brillante. Après quelques pagaies de plus, le canal se termine et le bateau repose sur une plage, s'arrêtant brusquement avec une secousse. Nous sommes à Puerto de Vilares, dit le batelier, et nous pouvons descendre. Le voyage coûte douze poires et trois figues chacun. Il nous montre également quelques arbres au pied de la plage où nous pouvons ramasser ce qu'il a demandé. Nous en profitons beaucoup et nous décidons de nous occuper immédiatement. Nous y voilà. St m'aide à m'appuyer contre un arbre et, alors qu'elle s'apprête à révéler de quel arbre il s'agit, je l'interromps et lui dis que je vais le faire seule. Je touche deux belles poires, je les prends et en cherche d'autres jusqu'à ce que j'en compte douze. Je les remets à St, qui vient de terminer sa récolte. J'entends les deux autres garçons se pourchasser en plaisantant à travers les arbres. Pendant ce temps, le batelier a allumé un grand feu sur la plage et est en train de rôtir quelque chose. Je demande à St de ne pas me dire où sont les figuiers, car je veux les trouver moi-même. St recommande de garder la tête baissée d'au moins une vingtaine de centimètres pour ne pas prendre de branches au visage. Je prends mon chapeau de la poche latérale de mon sac à dos et le porte pour que la visière puisse rencontrer quelque chose d'insidieux devant mon visage, évitant ainsi de me gratter le visage. Je commence à passer d'un tronc à un autre, ne quittant jamais le précédent sans rencontrer d'abord le tronc suivant avec mes doigts. J'arrive enfin à attraper une figue, puis une autre et une autre. Après la deuxième récolte, St me prend par la main et nous nous approchons du feu de joie. Joe joue des morceaux de Sting à la guitare et est vraiment bon. Le batelier nous donne chacun une brochette de viande rôtie. Cela ressemble à du porc, mais quand St demande de quel type de viande il s'agit, le batelier ne répond pas. Il nous offre du nectar à boire, puis nous tend à chacun une figue et une poire parmi celles que nous avons collectées pour lui, puis se lève et nous souhaite un «*¡Buen camino!*» s'éloigne, indiquant avec le bras tendu la direction à prendre pour continuer à pied. Il s'arrête un instant et nous conseille de bien dormir d'abord et de reprendre dès que le soleil se lève. On se rend compte qu'il va falloir passer la nuit dans cet endroit et l'idée d'être sous ce ciel, ça ne nous dérange pas du tout. Il ne fait pas très froid et je pense que le feu de joie et nos couvertures en polaire suffiront à nous faire bien dormir.

48.

Le feu de joie s'est éteint. Joe et Fu sont partis et leurs sacs à dos non plus; ils auront déjà commencé. Nous avons faim, alors St va chercher des fruits dans les arbres. La bouche encore pleine, il me demande si je suis prêt à partir; pour moi ça va et, au bout de quelques minutes, nous sommes déjà avec les sacs à dos sur nos épaules, vers le premier panneau à suivre. Après une cinquantaine de pas, nous entrons dans une forêt dense et ombragée, due aux arbres épais et très hauts. St me dit que vous ne pouvez voir que de petites parcelles de ciel. Les oiseaux chantent divinement et de temps en temps des écureuils sifflent à quelques mètres de nous, nous coupant le chemin ou nous flanquant. Je tombe sur une bûche biaisée, mais heureusement, St a le temps de me retenir et de m'empêcher de tomber. De temps en temps, un petit ruisseau, avec un rugissement doux et poétique, nous coupe le chemin, mais il est facilement surmonté avec une foulée plus longue que la normale. St s'arrête à côté de tout le monde et me prévient: «Ruisseau Rich». J'entends un bruissement sur ma gauche puis une voix qui nous dit: «Salut *¡Buen camino!*». Nous lui donnons un sourire pendant que nous continuons. Il rigole et me dit que c'était Piscione. Nous arrivons à un groupe de huttes éparpillées ici et là et un panneau nous informe que nous sommes dans la communauté de Rio Sueza. Il y a un bar, en plein dans une cabane quelques mètres plus loin: un bar particulier car la liste de prix indique chaque produit à 0. La serveuse, nous voyant perplexes, tente de clarifier la question avec quelques phrases dans un anglais très cassé, mais non nous ne comprenons rien. Nous nous asseyons sur un banc et prenons deux thés à la menthe froide. Un petit homme nous informe que chaque cabane a une boutique à l'avant, tandis que la maison du propriétaire est à l'arrière. Il nous montre la cabane de l'épicerie, celle du forgeron, celle du menuisier, celle du bûcheron, jusqu'à ce qu'il nous montre le restaurant. De plus, il nous informe que nous devons faire environ 30 800 pas supplémentaires pour Azfetal del Camino, la ville voisine. Il exprime les distances en pas, comme le batelier les a exprimées en aviron. J'ai envie de sourire, puis je lui demande aussi de me dire la distance en kilomètres, mais il ne comprend pas ce que je veux dire ou il fait semblant de ne pas comprendre. Il me dit cependant qu'avant que la lune ne se lève, nous devrions arriver. Nous partons. Devant nous,

nous voyons un groupe de trois marcheurs debout au bord du chemin. En nous rapprochant d'eux, nous remarquons qu'ils portent une robe violette avec un cordon orange. Lorsque nous sommes sur le point de les atteindre, ils nous parlent. Ils ont des voix très charismatiques et je pense que leur regard ne l'est pas moins; ce sont le français Philiph, l'arabe Ahulf et le japonais Ahukoo. Nous commençons à marcher et l'un d'eux me prend par le bras. Ils nous expliquent qu'ils sont moines de la communauté Aurepho et, tous les trois ensemble, font un pèlerinage d'au moins mille kilomètres chaque année; chaque moine, en effet, doit le faire en groupe avec deux autres à moins qu'il n'ait de graves problèmes de santé. Le Protocole, chiffre équivalent à celui d'un évêque, forme le trio au moment des votes et attribue chaque année les chemins; lui seul peut remplacer un moine au cas où il tomberait malade ou mourrait. En dehors de la période de pèlerinage, chaque moine séjourne dans son Parach, une habitation équivalente à un couvent, où il médite, travaille, accueille les nécessiteux et s'amuse. Ils ont leur propre langage, l'atillaidex, ils subliment la nature et apprécient ses dons. Dans le Parach, ils vivent avec des religieuses du même ordre, dans la fraternité et l'amour, avec lesquels ils peuvent aussi s'unir et procréer. Je dis à St que j'aime cet ordre et que je veux approfondir son histoire.

Je suis distrait pendant un moment et, quand je reviens à moi-même, l'un d'eux, que j'aperçois quelques pas plus loin à ma droite, parle: «Ce que vous appelez la vie et moi *Apos* ou *Analos* et autres *Allah*, et bien d'autres plus génériquement Dieu, est une source d'énergie, d'amour et de lumière la plus élevée et ne peut pas être considérée comme quelqu'un qui vous regarde avec un regard cinglant qu'il juge. et vous punit, mais plutôt en tant qu'être patient et miséricordieux, qui attend et est convaincu que, tôt ou tard, chaque âme, même la plus sombre, s'approchera de la Lumière. Ce que nous interprétons souvent comme Ses châtiments ne sont que des épreuves que nous devons passer pour apprendre, progresser et nous diriger de plus en plus vers la perfection. Nous sommes potentiellement Lui parce que nous venons de Lui et devons retourner à Lui. Les affirmations telles que je suis Dieu ne sont pas du tout fausses, présomptueuses, puisque nous sommes tous Dieu! Nous ne le réalisons tout simplement pas et par conséquent, nous sommes confus, incertains et pleins de peurs; l'âme, qui n'est rien de plus qu'un morceau de divinité, est à l'origine comme une pierre brute qui avec les expériences de la vie - à travers une ou plusieurs vies, physiques ou spirituelles - est lissée, puis apprend, progresse, jusqu'à ce qu'elle trouve la Connaissance Suprême et revenir à sa source d'origine. En passant d'une vie spirituelle à une vie physique, on peut se réincarner dans un arbre, dans un plant, chez un chien, même dans un corps malsain; et ce n'est pas une limitation, une punition divine, mais seulement une vie pour laquelle on a été choisi, parce qu'il faut avoir certaines expériences. Probablement dans une autre vie, vous avez été injuste envers une plante, une personne malade ou un animal; ou, simplement, rien de tout cela n'a été fait mais la vie, dans ce cas, a décidé d'appeler de toute façon pour faire face directement à ses leçons. On ne dit pas, cependant, que pour apprendre à respecter une plante ou un malade et à les aimer, il faut nécessairement vivre dans leurs conditions: certaines choses peuvent aussi s'apprendre indirectement, avec d'autres expériences de vie. De ce qui nous vient de l'extérieur, des expériences, des livres, nous devons saisir le meilleur, ce qui concerne la Vraie Sagesse, et lâcher prise, désapprendre tout ce qui n'est pas nécessaire à notre vie ou même nuisible; mais surtout, il faut apprendre, ce qui n'est pas facile, à regarder à l'intérieur de soi, au plus profond que l'on ignore souvent, en partie ou complètement, pour découvrir cette Connaissance Primordiale qui, ayant toujours été en nous, est une source de Grande Sagesse et peut-être, cependant, suffirait-il à en prendre conscience pour être éclairé». Mi distraggo ancora per qualche altro istante, poi me ne accorgo e cerco di riafferrare il discorso.

«A travers les différentes existences, il est nécessaire de savourer l'Enfer - le feu qui forge, qui purifie - et le Jardin de la Joie - un souffle d'air pur, un Paradis momentané -. Un peu plus, d'autres moins, dépendent des expériences et de ce que nous avons appris, nous sommes tous des démons - des âmes brutes - et saintes - des âmes illuminées - et, quand vous atteignez finalement la sainteté complète, lorsque vous devenez Chevaliers de la dimension spirituelle suprême, avec Lui et donc dans ce que beaucoup appellent communément le Paradis. Du Ciel, une âme éclairée peut aller sur terre ou sur une autre planète ou vers d'autres dimensions spirituelles lorsqu'elle doit aider d'autres âmes en cours de progression. Les vies spirituelles ou physiques qui précèdent le Ciel sont donc faites de bien et de mal, mais même si cela ne semble souvent pas le cas, le bien s'installe de plus en plus. Une âme avancée travaille avec amour pour le bien de la communauté, tandis qu'une âme non développée fait ses propres intérêts au détriment de la communauté, quel que soit le rôle qu'elle occupe. Ces concepts doivent être ressentis et ne peuvent pas être pleinement expliqués avec des mots: à un certain moment, vous les percevez comme faisant partie de vous et vous les ressentez dans votre cœur; les mots ne conviennent pas et ne peuvent les transmettre que partiellement, mais la vraie compréhension est tout autre chose. Il faut être autant que possible en contact avec Lui et avec les Chevaliers de la Lumière ou avec des âmes plus avancées. Cela peut être fait par la méditation. Peu importe que vous soyez juif, musulman, bouddhiste ou appartenez à une philosophie, une pensée ou un mouvement; et les mots que vous prononcez et les gestes que vous faites n'ont pas d'importance, car ce ne sont que des moyens. Si les mots et les gestes sont prononcés et exécutés sans conviction, alors ce ne sont que de simples expressions de la voix et du corps; si prononcées et complétées, cependant, avec le cœur, elles peuvent vous faire vivre des expériences uniques. Il est évident qu'il vaut mieux méditer mécaniquement que de ne pas le faire du tout, cela peut quand même être un entraînement pour s'améliorer. On ne peut pas être religieux, on peut adhérer à n'importe quelle religion ou philosophie - pour des raisons culturelles ou instinctives, les deux vont bien -, ce qui compte, c'est la fin. Les religions, les mouvements, les philosophies ne sont pas quelque chose de négatif, même si de différentes manières ils mènent tous à la même Source de Sagesse, mais ils le deviennent quand ils se détachent de la Vérité Suprême, parce que, par exemple, l'individu et ses pensées prennent banales qui n'ont pas grand-chose à voir avec le Divin, avec le spirituel. Ils deviennent quelque chose de négatif lorsque les adeptes les utilisent à des fins personnelles, lorsqu'ils méprisent un autre frère et pensent qu'ils sont meilleurs que lui, qu'ils ont l'exclusivité, qu'ils ont la vérité absolue entre leurs mains. C'est quelque chose d'abominable, tout comme c'est abominable quand au nom de Dieu un autre frère est blessé et je pense à de nombreux épisodes atroces tels que l'holocauste, les croisades, la sainte inquisition, le génocide au Rwanda, les massacres du Risorgimento. Garibaldi et Piémontais et... Il faut méditer tous ensemble avec volonté, amour, envers Lui, nous-mêmes et les autres: c'est la seule chose à faire, simple, essentielle. Heureusement, il arrive de plus en plus souvent que des groupes de souvenirs se forment et chacun à sa manière se met autant que possible en contact spirituel avec ce qui l'entoure et avec ce qui est au-dessus de lui. Ainsi, la vie de chacun est grandement améliorée, les pensées positives sont cultivées, l'amour est cultivé. Nous nous retrouvons renouvelés, nous voulons aller vers les autres et ainsi ils peuvent améliorer tout le monde et même notre planète que nous détruisons. Personne ne doit être laissé pour compte. Et la vraie richesse, vous vous rendez compte, réside précisément dans ceci et non dans l'argent que vous possédez ou dans la position que vous occupez: ce ne sont que des mensonges soutenus par des âmes non avancées. Bientôt, toute l'humanité, en particulier l'Italie, verra deux grands hommes qui apporteront un vent nouveau, à la fois dans la vie quotidienne et spirituelle, et beaucoup en profiteront. Je vois deux noms: Francesco et Giuseppe.»

Quelques instants de silence suivent, puis l'un d'eux l'interrompt avec une toux; le moine qui marche avec moi dit qu'il est temps de méditer et nous invite à les rejoindre. Nous déposons nos sacs à dos à côté de leurs sacoches et nous nous couchons tous sur le dos, en cercle avec le bout des doigts et des orteils se touchant. Après quelques instants de silence, l'un des moines entame une chanson dans une langue étrange, peut-être l'atillaidex, puis les deux autres le suivent. St et moi hésitons quelques instants mais ensuite nous rejoignons cette chorale en essayant de la suivre dans la mélodie et dans les paroles.

Entre les chants, Philippe, d'une voix charismatique, lit des phrases des Grands Livres comme le Tao Te Ching, la Kabbale hébraïque, la Bible, La République et le Symposium de Platon. Puis il nous guide dans la visualisation des prairies, des cascades, des fleurs, des animaux, des temples, des cieux étoilés, des arbres, des océans, et lentement nous ne faisons qu'un avec la Création; on sent le rugissement de ces chutes d'eau, l'odeur de ces fleurs, le souffle de l'univers entier; nous imaginons une lumière blanche qui nous enveloppe en prenant chaque partie de notre corps et bientôt nous la sentons en sécurité et guérie de tout mal.

Soudain, les vocalisations d'Enzo Gragnaniello chantant Neapolis Mantra résonnent en moi, tandis que je vois les tours du Maschio Angioino et une terrasse de Castel dell'Ovo entourée d'une mer bleue et d'un ciel clair.

49.

Nous sommes à Godar del Camino. On déguste une excellente glace tandis qu'un groupe de vingt flotteurs de drapeau se produit au rythme d'une mélodie joyeuse interprétée par un groupe de onze éléments. A quelques mètres de nous, il y a aussi Joe et Fu. Nous n'avons toujours pas envie de reprendre et nous nous couchons sur un banc à l'ombre des arbres. St fredonne une mélodie de celles chantées par les trois moines pendant la méditation. C'est relaxant de l'écouter et moi aussi je prends l'intonation et chante avec elle.

«C'était agréable de méditer avec ces moines, n'est-ce pas Rich?»

«Belle St., nous devrions le faire plus souvent.»

«D'accord! Si quoi que ce soit, nous pourrions aussi faire du yoga. Il y a quelque temps, je l'ai pratiqué et ce fut une expérience formidable.»

«Ok! Faisons toutes ces choses qui font voler l'âme!»

Nous quittons Godar quand un vent fort se lève et que le ciel se met à tonner. Je pense que des gouttelettes vont commencer à descendre mais St n'est pas du même avis. Cependant, il ne devrait pas trop manquer le but. Ces jours-ci, nous ne semblons même pas ressentir ce peu de fatigue que nous avons généralement à la fin de la journée: au fur et à mesure que nous avançons, notre corps s'entraîne et s'y habitue.

Nous franchissons une porte médiévale, alors que le ciel vient de s'assombrir. Un vieil homme vêtu de noir avec une très longue barbe blanche vient vers nous. Il nous accueille avec un sourire radieux, montrant une pinède à une centaine de mètres; dit qu'il faut le traverser puis monter un escalier en pierre qui mène à l'intérieur d'une petite gare avec une seule voie. Nous devrions avoir le temps de prendre le dernier train de la journée, qui nous mènera à un point où nous pourrons reprendre le Camino. Je n'aime pas la chose, comme avec le bateau: je veux tout faire à pied, mais même ici, il semble qu'il n'y ait pas d'autre solution pour continuer. J'insiste avec le vieil homme demandant une alternative à pied, mais il dit non: cela fait partie du Chemin et, comme cela en fait partie, je n'ai certainement pas à penser à changer les choses, il souligne le dernier des mots avec un air troublé. Il se retourne et s'éloigne en nous souhaitant «*¡Buen camino!*» St me prend par la main et nous nous dirigeons donc vers la pinède, espérant trouver une chambre et reprendre demain matin. Pour éclairer le Chemin, il n'y a que la pâle lumière de la lune et quelques étoiles. Nous sommes seuls et, à part un hibou qui s'exprime parfois avec son chant, il n'y a pas d'autres bruits. Je marche le long de la première marche de l'escalier pour réaliser la taille, puis avec mon pied droit je vérifie la hauteur. Les marches sont de taille régulière, me confirme St. Nous montons trois cent quatre-vingts et il y en a encore beaucoup, me prévient St; il semble que cette échelle ne se termine jamais.

Nous arrivons sur un palier où la fin n'est pas encore en vue. On entend cependant, en dessous de notre gauche et au loin, une foule délirante et une mélodie rock qui nous semble familière, et au bout de quelques instants une voix chante: «Demain, un autre jour viendra». Nous regardons d'un mur avec des colonnes à quelques pas de nous et nous percevons cette mélodie plus clairement.

«Rich, Rich!» crie St avec enthousiasme. «Regarde, regarde» et adoucit aussitôt son ton, gêné par l'expression malheureuse.

«Qu'est-ce?»

«Il y a Vasco Rich, il y a Vasco en concert, c'est lui, l'original.»

«Que dis-tu St?»

«Oui, c'est lui. En dessous, il y a une foule nombreuse qui s'étend jusqu'à une scène... Wow…»

St me dit qu'il ne sait pas comment s'y rendre et que nous devons nous contenter de cet endroit; après tout ce n'est pas mal: plus haut que la scène elle-même et sans foule.

Vasco termine de chanter et crie comme il le fait d'habitude: «Mais vous êtes nombreux ce soir. Est-ce la faute d'Alfredo?!». Puis il dit quelque chose en espagnol que nous ne comprenons pas, salue, fait des allers-retours sur la scène et part. La foule affolée lui demande de revenir, mais quelques instants passent et il ne revient pas. On se demande si le concert est vraiment terminé ou s'il va nous donner un autre morceau.

Le plan solitaire marque le début d'Albachiara et rend la foule folle. Il semble annoncer le retour du rockeur; en fait, la voici encore: «Vous respirez lentement pour ne pas faire de bruit, vous vous endormez le soir et vous vous réveillez avec le soleil. Vous êtes clair comme l'aube, vous êtes frais comme l'air …». Puis il s'arrête et laisse le public continuer jusqu'à ce qu'il conclue: «D'une main, une main vous touche, vous seul dans la pièce et le monde entier à l'extérieur.» Sur le solo de clôture, il présente les musiciens et remercie tout le monde: les ingénieurs du son, ceux qui le voulaient là-bas et le public, et donc nous aussi. Il s'en va, mais nous attendons toujours dans l'espoir qu'il fera une nouvelle surprise, même s'il semble que le concert est terminé.

La foule commence à s'éclaircir et, au moment où l'étape démarre, nous, heureux du énième cadeau que la Voie nous a fait, reprenons la montée.

Encore soixante-treize marches et nous nous retrouvons devant la petite gare. Un coup de sifflet rompt le silence; nous entrons et un train à vapeur semble nous attendre. Nous nous arrêtons et le grognement de la locomotive nous frappe en entier. Scènes magiques d'autres temps. Le contrôleur impatient nous pousse à monter; nous le faisons et, au bout de quelques instants, le train, bondé de marcheurs presque tous déjà endormis, commence à avancer. Un marcheur nous informe qu'il se rendra dans la forêt sombre et dense jusqu'à l'aube, quand il arrivera à la gare de Puerto Ferizo.

Nous déambulons dans les rues étroites de ce village de pêcheurs et d'artisans jusqu'à atteindre le port, où nous nous installons sur le quai. L'ambiance est mouvementée: il y a beaucoup de marcheurs et de locaux. Les marins déchargent des caisses en bois d'un ferry. Les pêcheurs, qui arrivent de leur nuit de travail, en revanche, vides boîtes pleines de poissons encore vivants au sol qui forment de gros tas. Certains bougent encore, les gens les approchent, les étudient, les ramassent et, s'ils le jugent bon, les achètent. Certains pêcheurs font de véritables enchères et l'un d'eux propose une boîte pour vingt. Supposons des euros. Un gars avec une moustache crie «Vingt-cinq». Ensuite, une femme en minijupe lève: «Vingt-neuf». Personne ne parle. Le pêcheur compte: «Vingt-neuf et un, vingt-neuf et deux, vingt-neuf et trois». St et moi sommes déçus car la vente aux enchères était trop courte et nous rigolons. Puis des cris et un son très fort de ferraille nous font sursauter et déplacer notre attention derrière nous. St m'explique que deux dockers épuisés, se jetant par terre, ont laissé tomber une caisse et des centaines de tiges métalliques roulent. Le patron leur crie dessus et les invite à se lever.

St me prend par la main et me tire vers le haut. «Allez Rich, sortons de ce bruit et recommençons; un autre jour de Camino nous attend et nous devons essayer d'arriver à Cantedo le soir.»

116

50.

Je suis assis sur une pierre fraîche et bien polie, et derrière moi il y a une petite rivière. St est allé acheter quelque chose de frais il y a plus de dix minutes. L'aboiement d'un chien me distrait de mes pensées et devient de plus en plus clair à mesure qu'il s'approche de moi. Maintenant c'est à mes pieds.

«Hé» allungo le braccia. j'étends les bras. «Piccolo, quel est ton nom? Je le prends dans mes bras. Il me lèche le nez dès que je le porte à mon visage.

«C'est une chienne et elle s'appelle Cica», répond la douce voix d'une fille non loin de moi.

Plus je caresse ses cheveux longs, plus Cica aboie et me lèche le nez, puis ma joue.

«Je suis Lory et c'est un plaisir de vous rencontrer, Richardo.»

«Mon plaisir. Mais comment connais-tu mon nom?»

«Ton ami St. me l'a dit il y a peu de temps.»

«Et où est-elle maintenant?»

«Je ne sais pas, c'était là avant mais maintenant je ne le vois plus. Il m'a raconté ce que vous avez fait et ce qui vous est arrivé.»

J'ai posé Cica et elle se met à errer.

«Et qu'est-ce que tu fais ici?»

«Je soigne les ampoules des pèlerins. Je marche de Puerto Ferizo à Finisterre.» Elle s'assied à côté de moi.

«Mais c'est beau», lui dis-je avec un sourire.

«Ce n'est pas beau: merveilleux! Vous connaissez beaucoup de gens, qui enrichissent votre vie, enrichissent votre âme. Et…»

«Je vois.»

«Non, tu ne peux pas comprendre pleinement Richardo si tu ne fais pas certains choix de vie pour elle. Je l'ai fait il y a quatre ans. J'ai raccroché mon diplôme, que mon père m'a obligé à prendre, j'ai démissionné de mon entreprise, un travail enviable que mon père avec son pouvoir m'a aidé à obtenir, et... puis... sac à dos sur mon épaule je suis venu faire le Camino au départ de Pampelune.»

«Et Cica?»

«Il a mis la vie ensemble. Je l'ai rencontrée à Astorga. Elle était battue et effrayée. Je me suis approché mais elle s'est enfuie et, quand je l'ai prise dans mes bras, elle a tremblé et pleuré, avec des yeux qui me disaient "ne me blesse pas, s'il te plaît, ne me blesse pas". Il a fallu beaucoup de patience pour la calmer. Une femme ce jour-là, dès qu'elle nous a vus, m'a supplié de l'emmener avec moi. Elle m'a dit que depuis qu'elle est née quelques mois plus tôt, une famille à quelques pâtés de maisons la maltraitait.» Sa voix se brise. «Ils l'ont gardé pendant des heures fermé dans un sac d'épicerie rempli d'oignons, suspendu à un clou.»

«Mais comment pouvez-vous?!»

Lory renifle et, prenant la douce chienne dans ses bras, presque en pleurant, lui murmure: «Maintenant tu es ici avec moi et plus personne ne te fera de mal».

«Et ta vie antérieure, tu ne la rateras même pas un peu?»

«Pour rien. Ici, je vis pour très peu, je suis heureux et je me sens utile. Avant, j'étais toujours nerveuse et insatisfaite, malgré un travail qui me garantissait un bon compte bancaire. J'ai senti un vide en moi que je ne pouvais pas combler. Peut-être aussi pour la saleté que mon entreprise m'a fait faire, en particulier envers les travailleurs. Je n'y retournerais pour rien au monde!»

«Et ton père, tes amis?»

«Furieux. Ils pensaient que j'étais fou. Mais ensuite, ils ont dû démissionner. Seuls quelques-uns m'ont compris, ils sont venus ici, ils ont fait partie du Chemin avec moi et qui sait qui ne fera pas un choix similaire au mien» dit-il en riant.

«Je pense que votre travail ici est très important: tout le monde n'est pas capable de guérir les ampoules et tout le monde n'a pas un compagnon de voyage qui peut le faire.»

«Ouais, la mienne est une mission», glousse-t-il.

Cica se frotte la jambe; Je la caresse, cherche son nez et me laisse lui lécher la main.

«J'espère aussi faire un choix similaire au vôtre. Je ne suis pas manager mais je quitterai mon entreprise lorsque mes livres se porteront suffisamment bien. Vous connaissez? Je suis écrivain.»

«Oui, St me l'a dit et il m'a aussi donné un livre de toi.»

«Eh bien, je suis content que vous l'ayez lu.»

«Bien sûr que oui, j'ai hâte qu'il arrive ce soir. Faire le tour, établir des relations avec les autres, comprendre qu'il n'y a pas que ce monde dans lequel vous avez grandi et écrire à ce sujet donnant des émotions à beaucoup de gens, Richardo est fantastique.»

«Quand j'aurai fini le Chemin, je chercherai une petite maison dans un joli pays où vivre quand je ne serai pas là.»

«Mon père, mon père…» le ton de sa voix me fait imaginer qu'il grince des dents «il m'a fait croire que la vie était ce qu'il vit: enfiler un costume de créateur et aller travailler avec la voiture du moment, sortir avec des gens d'un certain type et… Tout est faux. Un monde dont vous pouvez sortir si vous souhaitez réacquérir des valeurs.»

«Eh bien, chacun de nous pourrait rencontrer des gens qui essaient de nous pousser dans la mauvaise direction, nous faisant croire que vous êtes ce que vous avez et non pas qui vous êtes vraiment. Ensuite, si vous avez la chance de comprendre, alors vous commencez à sentir l'odeur de la Vie.»

Comme pour St, je me sens très proche des âmes de Lory et Cica.

Un *bip* de mon mobile annonce l'arrivée d'un SMS. La synthèse vocale presque métallique se lit comme suit: *Salut, riche Avec Lory vous êtes entre de bonnes mains, continuez avec elle vers l'océan, je dois vraiment y aller, je suis désolé mais je ne peux pas m'en empêcher. Je vous contacterai un jour, je le promets.*

Je jette mon téléphone portable au sol et je crie: «Non, noooooo, mais pourquoi?!».

Lory prend mes mains dans les siennes. «Allez, maintenant je suis avec toi, allons ensemble vers l'océan. Et quand vous et St vous reverrez, ce sera comme si vous ne vous étiez jamais séparés.»

«Elle a fait ça la dernière fois aussi, soudain elle est partie, mais autant j'avais peur de ne plus la revoir…»

«Tu la reverras, t'a-t-elle dit et je te le promets aussi." Il prend ma tête entre ses mains et la porte sur sa poitrine. Il se lève et pose une main sur mon épaule et me dit: «Allez Ri', prends ma main et marche avec moi et cette jeune femme poilue».

La Vie me donne à nouveau des êtres spéciaux, mais le souvenir de St et la pensée de ne plus jamais la revoir me font sombrer dans le désespoir.

Lory et moi sommes dehors dans une taverne, assis sur un long banc en bois. J'ai Cica dans mes bras et nous nous câlinons; Lory, quant à elle, soigne une vessie de Steve, un marcheur hollandais, assis devant nous.

«Cica t'aime vraiment» me dit Lory.

«Moi aussi, je veux un monde de bien.»

«Ces deux-là s'aiment Steve» dit Lory, éclatant de rire.

«Je t'envie, tu connais Rich?» Steve dit.

«Eh bien, j'ai déjà beaucoup souffert d'envie, ne mettons pas la tienne aussi» je souris.

«Cela signifie que vous êtes génial. L'envie est directement proportionnelle à la taille de la personne à qui elle s'adresse.»

«J'ai fini, Steve» dit Lory.

«Merci, vous avez fait un travail impeccable et je n'ai ressenti aucune douleur du tout.»

Steve reprend le chemin: «Salut, à bientôt sur les plages du Finisterre».

Et nous pensons nous aussi à reprendre notre marche.

51.

Nous sommes assis sur un gros rocher surplombant une vallée. Cica, derrière nous, dort à l'ombre d'un petit arbre. Il y a un magnifique coucher de soleil; Lory et moi commençons soudainement à nous embrasser. J'avais une idée que cela pouvait arriver. Nous débordons de joie, une joie que je n'ai pas ressentie depuis longtemps. «Pourrait-elle être mon âme sœur? Je me demande. C'est une fille fantastique, à bien des égards elle me rappelle Marin, dans d'autres St. La petite princesse se réveille. Elle fait un gros bâillement, nous l'appelons et elle nous rejoint en un clin d'œil. Et maintenant c'est nous trois entre le soleil, le vent et le ciel et nous devenons un avec ce qui nous entoure.

"Ai-je déjà oublié St?" je me demande, attristé, mais j'ai aussi le sentiment que dans ce contexte, cela aurait été trop. Ou aurait-il pu tout terminer? Le fait est qu'il a cédé la place à un beau cadeau et qui sait qu'il ne l'a pas fait avec intention.

Nous arrivons dans une rue bondée et un grand cri nous entoure. En fait, je me sens mal à l'aise. Peut-être que Lory a compris cela et, me tenant plus près que d'habitude, essaie autant que possible de ne pas me faire tomber sur quelqu'un.

«Je suis vraiment bien avec toi, tu sais Ri'?» dit-il à voix haute pour ne pas être couvert par le bruit de la rue, mais aussi pour plaisanter un peu.

«Je suis bien avec mes princesses aussi», dis-je sur le même ton.

«Parfois, il semble que vous vous souciez plus de Cica que de moi" dit-il en riant "à certains moments, il me semble que vous voulez faire l'amour avec nous.»

Je lui pique la langue.

«Vous savez, elle est normalement affectueuse avec tous ceux qui montrent qu'ils l'aiment, mais avec vous, elle est particulièrement éclairée. Il s'illumine d'immenses. Oui, ici, c'est la bonne expression. Ungaretti m'a donné un coup de main.»

BOOM! Une soudaine rafale derrière nous nous pousse en avant et les cris se répandent; puis un autre coup, un autre et un autre et puis on entend des coups de feu. Courons. Lory me tire et nous tournons à droite dans une rue plus calme, mais pour un petit moment. Les gens courent juste derrière nous. Nous courons de plus en plus. Lory prend Cica.

«Que se passe-t-il, Lo'?» je demande confus.

«e ne sais pas, quelqu'un tire... Mais derrière je ne vois qu'une foule affolée qui bifurque dans cette rue et la rue en face et il semble que personne ne va de l'avant.»

La route s'arrête brusquement, Lory essaie de s'arrêter mais échoue; nous sentons le vide sous nos pieds. On tombe, on crie: «Ahhh!».

«Ahhh. Aide, aide. Ah!» je crie, je m'assois et regarde autour de moi.

«Hé, hé. Signor Richardo» appelle une voix en me serrant la main. Lentement, je commence à distinguer ce qui m'entoure: la fille en blouse blanche qui me serre la main, le lit dans lequel je suis, l'autre lit à côté de moi vide et trois chaises; la fenêtre avec le rideau blanc à travers lequel une lumière claire filtre. La porte s'ouvre et deux autres en chemises vertes entrent.

«Il rêvait, il rêvait!!» dit le docteur.

Petit à petit je gagne en clarté et je me rends compte qu'elle est vraiment belle, avec ses cheveux blonds et ses yeux bleus. Je me rends alors compte qu'un de ces deux gars qui vient d'entrer a un visage familier, c'est comme si je l'avais déjà vu. Je me frotte les yeux et dis: «Mais je vois, je vois, donc je n'ai pas perdu la vue».

«Mais non, il n'a pas perdu la vue, M. Richardo. Vous avez eu un grave accident: vous êtes tombé dans une falaise et vous êtes resté dans le coma pendant trois jours; mais aux yeux il n'a rien souffert. Il y a treize heures, il est sorti du coma, est resté éveillé quelques minutes - peut-être moins ¬–, puis il s'est endormi et nous voilà. Tu ne te souviens pas de ton réveil?» dit le docteur.

«Éveil? Oui... peut-être... oui, si vous y réfléchissez peut-être... peut-être oui; St m'a appelé et quelqu'un a dit que... j'avais réussi, étais-je... sorti ou quelque chose comme ça? Quelqu'un a-t-il mentionné un ours en peluche?»

«Parfait, c'était moi», dit l'homme que je semble connaître. «Il est sur la table de chevet à côté de vous, le voilà», me montre-t-il d'un signe de tête; il prend l'ours en peluche et me le tend. «Un enfant qui était là pour sa mère, décédée plus tard, l'a laissé lui demander de le lui donner lorsqu'il s'est réveillé d'un coma. Il était sûr que cela en sortirait.» Il sourit.

«Et St, où est Stefania?!» je demande alors qu'elle se précipite vers ma mère.

«Content de te revoir. Vous nous avez fait peur. J'ai beaucoup prié, tu sais?» elle me dit pleurer.

«Maman, quel plaisir de te voir. Et St... Où est St, maman, où est-il?!»

«Elle était là jusqu'au moment où vous vous êtes réveillé de votre coma et que les médecins lui ont assuré que vous étiez hors de danger, puis elle a dû partir.»

«Mais nous devons finir la Voie.»

«Et tu le finiras Rich, mais pas maintenant», m'encourage ma mère en me serrant la main. "Comment vous sentez-vous?» puis il me demande.

«Bien, mais confus…»

Peu à peu le souvenir du rêve, de la cécité, de ces pays étranges et de ces aventures extravagantes commence à se préciser. Quelle tristesse de penser que Lory et Cica ne sont pas là parce qu'ils n'étaient que le fruit de mon imagination. J'essaie de me souvenir de l'accident mais de rien, je ne me souviens que de la femme à la pompe qui nous a donné les dernières directions pour Molinaseca, puis le réveil confus et le rêve. Mais lentement, je me souviens aussi de l'ambulance et des sauveteurs, y compris le médecin qui m'a parlé il y a peu et que je sentais que je connaissais. Ensuite, je me souviens du tunnel et du jardin, mais rien du moment de l'accident.

52.

Je suis dans le cabinet du Dr Almodovar, l'un des médecins qui m'a aidé. Je lui raconte ce dont je me suis souvenu, à l'exception du moment de l'accident, et je pose des questions sur le médecin aux cheveux roux, car je voudrais aussi la remercier.

«Mais il n'y a pas de médecins aux cheveux roux ici et je vous assure qu'elle n'était même pas là pour vous aider, à moins que…»

«À moins que…?»

«Non, rien, rien... Vous avez vécu une expérience de mort imminente. Avez-vous déjà lu quelque chose à ce sujet?»

«Oui, quelque chose, et j'ai aussi regardé quelques documentaires il y a quelque temps. Cela m'a toujours fasciné et cela me fascine surtout maintenant qu'il semble que je l'ai vécu.»

«Pourquoi dites-vous que cela *semble*, M. Richardo?»

«Cela ne pourrait-il pas être juste un truc de l'esprit?»

«Je l'exclus... Vous avez raconté en détail ce qui vous est arrivé lorsque nous vous avons sauvé et je vous assure que dans l'état dans lequel vous étiez, vous ne pouviez rien entendre ni voir. Il a reconnu mon collègue et moi, bien qu'il ne nous ait jamais vus. Moi, par contre, j'ai fait des recherches approfondies sur le sujet, surtout après la mort de ma femme.»

«Je suis désolé.»

«Elle a également eu un accident: il y a douze ans, un jour de pluie, elle s'est retrouvée avec sa voiture dans un escarpement. Elle était aussi médecin.»

Il se lève et la prend en photo dans un casier et je frémis: sur cette photo, je reconnais le médecin aux cheveux roux qui a travaillé si dur pour me sauver. Elle n'a pas les cheveux roux mais c'est elle, j'en suis sûr, c'est elle. Elle essayait de me ressusciter avec son mari. J'informe le médecin après quelques hésitations. Il tient sa tête dans ses mains, ses yeux brillent; puis, sanglotant, il me dit: «Quand tu m'as parlé d'un médecin qui n'était pas là, je soupçonnais quelque chose comme ça, mais je ne pensais pas... c'était même elle. Je ne pensais pas vraiment que c'était ma femme, mais j'ai pensé à une autre âme. Ceux qui ont une expérience hors du corps voient souvent d'autres personnes décédées. 1 lève les yeux vers le ciel et murmure: «Merci Patricia, merci».

«Docteur, je suis désolé, je ne sais pas si j'ai eu raison de vous le dire.»

«Au lieu de cela, vous avez très bien fait: elle m'a donné un autre moment avec elle.»

Petit à petit, le Dr Almodovar retrouve son sang-froid et me demande: «Qu'est-ce que toute cette expérience a signifié pour vous? Si vous souhaitez me répondre, bien sûr».

«Cela me remplit de joie, je suis toujours abasourdi en ce moment.

Je vais devoir réorganiser mes pensées à ce sujet.»

«Chaque fois que vous le souhaitez, j'aimerais que vous parliez à un de mes bons amis qui travaille dans un centre de recherche sur le paranormal; son témoignage pourrait ajouter un autre élément important à ses études.»

Je pense au fait que la vie est un grand mystère et peut-être qu'elle ne veut pas ou ne peut pas être pleinement expliquée. Je me demande pourquoi il faut essayer d'expliquer, de donner des témoignages, d'amener le surnaturel dans les centres de recherche et je réponds simplement que j'y réfléchirai.

«Eh bien.» Il prend une enveloppe dans un tiroir et me la tend. «Stefania m'a dit de le lui donner. Je vous souhaite bonne chance. " Il me serre la main, me regarde en silence pendant un moment, puis me serre étroitement dans ses bras.

Je quitte le bureau, m'assois dans le couloir, ouvre l'enveloppe et lis ce qui est écrit sur un morceau de papier bleu.

Cher Rich, je suis si heureux que tu es hors de danger. Cela s'est vraiment bien passé pour toi. Malheureusement, je ne peux pas rester. Mais je te donne rendez-vous l'année prochaine à la gare de Barcelone Sants, le soir du jour et du mois qui ressortiront des indications suivantes :-): JOUR = mon anniversaire; MOIS = mon anniversaire + 4. Il y a un train de nuit pour Ponferrada. Réserve deux couchettes. Rendez-vous sur le quai un peu avant le départ du train. Nous continuerons vers Finisterre et terminerons cette aventure ensemble. Je suis convaincu que les circonstances nous réuniront à nouveau cette fois. Je t'embrasse, ta St.

53.

Encore
vers l'océan

St et moi sommes devant la gare de Ponferrada. Nous attendons un taxi qui nous conduira à Molinaseca, d'où nous reprendrons le Chemin; il fait encore sombre et il n'y a pas d'âme vivante. Nous sommes assez somnolents; nous avons discuté une bonne partie de la nuit et je lui ai dit beaucoup de choses: de mes succès artistiques qui, heureusement, se multiplient de plus en plus et du fait que j'ai finalement pu rompre toute relation avec Lacondary. Un taxi arrive. Le gars qui conduit ouvre la fenêtre et nous sourit. Nous partons et le véhicule siffle dans les rues désertes, nous ne voyons que quelques voitures de temps en temps. Nous passons devant la forteresse des Templiers, tournons à gauche et quittons lentement le centre. St a expliqué au chauffeur de taxi le point exact où il devrait nous conduire et nous espérons qu'il l'a compris. Au bout d'un moment, il nous dépose là où je me suis écrasé sur l'asphalte l'année dernière. Nous restons silencieux et surveillons la route. A quelques mètres de là, je reconnais exactement où se trouvait mon corps alors qu'ils m'ont aidé, je sens un frisson le long de ma colonne vertébrale et un sentiment de joie d'être ici. St me sourit en me caressant. «Allez Rich, arrêtons d'y penser et allons-y.» e remercie la Vie de m'avoir laissé de nouveau sur cette Terre et je lève les yeux, d'abord vers le point où j'ai mis le pied dans le faux, puis vers le ciel. J'ai posé une main sur l'épaule de St et lui ai fait signe de marcher. Pas à pas, nous arrivons en quelques instants au pont roman. Il y a du silence et une humidité gênante nous enveloppe. D'en haut du pont nous regardons en bas et surpris de ne pas voir l'eau, celle dans laquelle en août de l'année dernière nous aurions dû prendre un bon bain; maintenant il y a de l'herbe, des arbres, des pierres, mais pas même une flaque d'eau. On se demande s'il s'est asséché. Nous descendons et marchons sur ce terrain. Je commence à sauter joyeusement, tandis que St finit par s'asseoir par terre en riant. Quelques instants et derrière nous, en haut, un volet roulant se lève: un homme apparaît nous regardant perplexe; nous lui saluons, qu'il rend avec un air somnolent et pas exactement cordial; puis il revient. Nous partons. À notre gauche, un homme ouvre sa tienda et nous entrons pour acheter quelque chose. Il parle couramment un espagnol différent que d'habitude, peut-être une forme dialectale, donc nous parvenons à parler peu. Nous prenons deux jus de fruits, une bouteille d'eau froide pour remplir nos bouteilles d'eau et les brioches au chocolat habituelles. Nous demandons au commerçant des informations sur le manque d'eau sous le pont et nous semblons comprendre que dans cette période il s'assèche, alors qu'en été il y en a beaucoup pour nager. Nous faisons le tour des rues silencieuses, parmi les réverbères encore allumés et crépitants, et les maisons presque toutes en pierre avec des volets en bois sombre. Nous reprenons la route principale et continuons à suivre les panneaux du Chemin. De l'autre côté de la route, nous rencontrons un marcheur. Nous arrivons dans un hôtel et plus loin sur un mec grassouillet à lunettes, gai et bien habillé, nous fait signe de l'approcher. «Hey hey, Italiens? Es-tu Italien?» Nous lui faisons un signe de tête en lui souriant et il se met à chanter: «Dieu comme je t'aime, ce n'est pas possible...». Et nous éclatons de rire avec plaisir.

Encore quelques pas et nous sortons de la ville: nous nous retrouvons au bord de la route de Ponferrada, celle parcourue en premier par le taxi. Nous la traversons et longeons le trottoir en tuiles de couleur brique. Le ciel commence à s'éclaircir. Il y a maintenant une légère odeur d'écurie dans l'air.

«St, tu sais, j'ai fait un cauchemar la nuit dernière. La forteresse médiévale de Ponferrada avait été occupée par des sans-abri ombragés et malodorants; ils l'avaient réduit à une dégradation totale: excréments et mégots jetés partout, vêtements suspendus pour sécher et une odeur terrible de nourriture. Et à l'extérieur, malgré les protestations de nombreux citoyens, la brigade a continué à diriger le trafic comme si de rien n'était. Good God St, ces traînards ont également déchiré le portail, l'ont remplacé par un insignifiant en acier et l'ont vendu à des voyous. Qu'est-ce que c'est, une prémonition?»

«Calme Richardo.» St secoue la tête en riant. «Un tel massacre... avec le chou que les autorités espagnoles le permettraient, notamment avec la forteresse de Ponferrada.»

«Mais oui, hein, tu n'as pas complètement tort. Mais croyez-vous aux rêves prémonitoires?»

«Eh bien... Il y a beaucoup de témoignages de personnes qui rêvent de quelque chose qui se passe ensuite. Généralement, ceux qui ont ce type de rêves ont la possibilité d'éviter un danger ou de laisser quelqu'un d'autre l'éviter. Je me souviens qu'il y a des années, un agent de bord a rêvé que l'avion dans lequel il était censé monter s'était écrasé dans le vide; il est devenu tellement conditionné qu'il a décidé de ne pas travailler. Cet accident est vraiment arrivé.»

Nous restons silencieux pendant quelques instants.

«Tu sais St, la destruction de Ponferrada m'a fait perdre le sommeil pendant un bon moment. Puis je me suis endormi à nouveau et j'ai encore rêvé: nous étions deux papillons et nous avons survolé le monde rapidement; tout d'un coup, nous nous sommes installés dans une zone désertique et avons vu à droite des bâtiments anciens et à gauche des bâtiments très modernes; à partir de l'an 5000 après JC Tu te souviens d'autres existences?»

«Eh bien, oui, pourquoi pas? Une existence où nous sommes deux beaux papillons. Ou... c'est une existence dans laquelle nous sommes des êtres humains et une refonte de votre cerveau nous a transformés en papillons. Ou peut-être que dans cette existence, différentes règles s'appliquent et il est possible pour un être humain de voler sans avoir d'ailes. Ou... il se peut aussi que vous puissiez, si nécessaire, vous transformer en ce que vous voulez, en insecte par exemple.»

«De toute façon... ça voudrait dire aussi que, hein, hein, toi et moi ne sommes pas la première fois que nous nous rencontrons.»

«Ouais, Rich. Cela pourrait être vrai et il est probable aussi que nous ayons déjà fait ce voyage ensemble, peut-être plus d'une fois» sourit-il.

Quelques instants de silence puis je lui dis: «Et si même quand on dort notre âme s'éloigne du corps pour errer sur Terre ou pour aller vivre dans une autre dimension? Disons parallèle?».

«Tout est possible, Rich; bien sûr... ça pourrait être le corps qui a besoin de se reposer, alors que l'âme n'en a pas besoin et c'est toujours comme dire... actif?»

«À quoi ressemble cette phrase, qu'est-ce que St? *La vie est un grand mystère...*»

«Cela ne peut pas ou ne devrait pas être pleinement expliqué.»

«Oui, St!»

«Eh bien, Rich, arrêtons-nous ici, sinon nos têtes vont éclater dans un moment.»

Bien que ce soit une route principale, ce n'est pas du tout occupé, peut-être que ce sera pour l'heure. De temps en temps, une voiture nous tire, nous dépasse et avance. Dans la direction opposée, cependant, seule une camionnette est apparue il y a quelques minutes. L'air est frais et le ciel est légèrement nuageux. Nous prenons maintenant un pont avec des balustrades jaunes et un panneau indique qu'il y a une rivière en contrebas. Nous nous penchons légèrement mais, malgré le silence qui règne, nous ne pouvons ni l'entendre ni le voir.

Une usine sur la droite et un bar avec le signe *Coca-Cola* clairement en évidence nous font comprendre que la banlieue de Ponferrada est proche. Lentement, le soleil se fraye un chemin derrière nous et nos ombres allongées nous précèdent. St et moi considérons que dans les villes les gens sont plus froids et peut-être qu'ils ne nous remarquent même pas marcheurs. Il est difficile pour quiconque de vous saluer et de vous souhaiter le *Buen Camino* habituel.

Nous nous arrêtons pour le petit déjeuner avec du chocolat chaud et des beignets sucrés.

«Je répète que le sens profond du monde est en vous. Vous êtes un imbécile enchaîné par votre normalité et un normal libéré de votre folie. Je me suis réveillé avec ces mots dans ma tête et de temps en temps ils réapparaissent. Je ne sais pas d'où ils viennent, mais ils sont là.»

«Belle, riche. Répéte-les s'il te plaît.»

«Je répète que le sens profond du monde est en vous. Vous êtes un imbécile enchaîné par votre normalité et un normal libéré de votre folie.»

«Écrivez-les, ne les laissez pas partir.»

«Bien joué, dès qu'ils sont venus à l'esprit, je les ai immédiatement enregistrés sur mon téléphone portable.»

«Bien! Que dis-tu, allons-y?»

«Ok St, continuons vers notre magnifique océan» le dico giulivo alzandomi e prendendo il mio zaino.

dis-je joyeusement en me levant et en prenant mon sac à dos.

Nous descendons une petite route derrière la forteresse; une marchette vient de nous dépasser, fait encore quelques pas, s'assoit par terre, enlève ses chaussures et les remplace par des sandales. Nous traversons la place de la mairie et quittons lentement cette belle ville. Au loin, nous voyons un pont de fer moderne, tandis qu'un marcheur à l'air débraillé nous dépasse à un rythme soutenu. La puanteur qu'elle dégage offense nos narines; peut-être pensez-vous qu'une douche agréable et fraîche avec beaucoup de gel douche se heurte à la Voie et au concept de la nature. La route tourne à gauche en montant pendant un moment. C'est un quartier résidentiel: on traverse une maison municipale puis on flanque un court de tennis bleu, entouré d'une haute clôture. Un mec dans la soixantaine, de l'autre côté de la rue, un sac de courses à la main, nous souhaite: «¡*Buen camino!*». Je lui réponds instinctivement avec la même expression.

«Tu lui as répondu *Buen camino!* Rich?» mon compagnon de voyage me demande «où étais-tu avec ta tête?»

«Mais… nulle part en particulier; Je n'étais juste momentanément pas connecté.»

P Nous passons sous un pont très étroit, semblable à celui de la route qui mène de Macerata Campania à la Via Appia jusqu'à Santa

Maria Capua Vetere.

Quel malaise: voici un cimetière semblable à celui où St et moi, dans la première partie du Camino, avons rencontré la vieille hystérique qui demandait l'aumône. Ses cris résonnent dans mon esprit et j'essaye de l'imiter en trottinant. St me regarde comme pour dire: "Es-tu stupide?!". Puis elle éclate de rire. «Regarde riche, regarde là-bas. Sous cet arbre, il y a une autre vieille sorcière! Voir!»

À y regarder de plus près, cependant, ce n'est pas si inquiétant; au contraire, à mesure que nous nous rapprochons, nous réalisons de plus en plus qu'elle est une vieille femme inoffensive avec un sourire bon enfant qui - nous souhaitant *«¡Buen camino!»* – continue son chemin. Alors je risque de marcher sur un excrément frais et malodorant mais St me fait éviter en m'attirant vers lui.

Devant nous, sur la route, il y a une écriture blanche: RAPHAELA; qui sait pourquoi il a été écrit. Nous commençons à tourner en suivant la route mais nous nous rendons immédiatement compte, grâce à un signal, que nous faisons une erreur, nous corrigeons donc le rythme en continuant tout droit.

Nous arrivons à un feu de signalisation lorsque le rouge passe au vert pour les voitures qui passent à grande vitesse. Nous attendons qu'ils s'arrêtent à nouveau. Vert pour nous, rouge pour les voitures. Nous traversons le passage piéton. Je fais attention à ne marcher que sur les zones blanches, en évitant les espaces sombres, comme mon instinct me dit de le faire. Sur la troisième bande, cependant, je m'arrête et, surmontant mon instinct, pose mon pied sur un espace sombre, puis continue à éviter les bandes, jusqu'à ce que je termine la traversée. Je l'ai fait, ce n'était pas si difficile; Je pousse un soupir de soulagement, et St avec une attitude entre amusé et inquiet me dit: «Bravo, Rich».

Environ deux cents mètres derrière nous, un marcheur avance rapidement, sautillant et jouant de la flûte; illumine l'atmosphère avec une mélodie qui semble être d'autres temps; puis, il nous atteint et nous dépasse. Bien que cette route ne semble pas dangereuse, seules trois voitures sont passées depuis que nous l'avons prise, deux marcheurs derrière nous, et de l'autre côté de la route, elles attirent notre attention avec un sifflet, elles nous signalent de traverser et nous expliquent que c'est une bonne règle pour toujours marcher avec les voitures qui conduisent devant.

À l'entrée de Fuentes Nuevas, une jeune fruitière itinérante attire notre attention en nous montrant ses belles poires. A St ne veut pas s'arrêter et la mimant non, nous continuons à croiser un autre marchand de fruits; a ses marchandises dans une brouette; ce dernier, absorbé dans ses pensées, ne mérite pas un coup d'œil. Une volée d'oiseaux noirs flotte au-dessus de nous et je sens une présence derrière moi; Je me retourne plusieurs fois mais je ne vois personne. Je dis à St et elle, en me souriant, ne peut s'empêcher de me dire que je suis folle et peut-être qu'elle n'a pas complètement tort.

Le soleil commence à brûler lorsque nous traversons Camponaraya, où un panneau nous indique que Cacabelos, notre prochaine destination, est à cinq kilomètres sept cents mètres. Encore une heure abondante et nous devrions arriver.

Nous longeons un trottoir qui borde une route à deux voies, composée de deux rangées de tuiles rouges, une centrale blanche et deux autres rangées rouges. Selon mon instinct, je ne devrais marcher que le long de la partie blanche, mais je m'engage à ne pas le faire. Nous empruntons ensuite un chemin muletier qui coupe un champ en deux et flanque un grand vignoble, où un groupe d'agriculteurs récolte des grappes de raisins noirs. Ils nous tendent la main comme pour nous l'offrir, mais nous ne le voulons pas et nous refusons cordialement. Le ciel est bleu avec quelques cirrus lorsqu'une rafale de vent soulève une poussière du sol à quelques mètres de nous; nous tournoyons pour ne pas le prendre en face; en quelques instants il se dissout et on recommence à marcher.

Nous voici à Cacabelos, un panneau indique que c'est la ville du vin en Europe. Cela ne nous donne pas l'impression d'un très grand centre. Nous faisons un tour et nous sommes frappés par une petite place avec une sculpture représentant les vendanges, il semble que les vendanges aient une grande importance dans ces régions.

54.

Nous partons en empruntant le pont qui traverse le Rio Cua et commençons ainsi à flanquer la route nationale vers Villafranca.

«St, êtes-vous sûr que nous allons dans la bonne direction? Je ne vois aucun signe ici.»

«Ne t'inquiète pas Rich, je viens d'en voir un.»

C Un marcheur à la barbe mi-longue et aux cheveux poivre et sel vient de nous dépasser, et maintenant il est en avance. Sur notre droite se trouve l'entrée du village de Pieros, mais le chemin continue tout droit et ne le traverse pas. Le chemin bifurque alors: la route nationale tourne à gauche en montée, tandis qu'une autre route avec les panneaux du Chemin tourne à droite, également en montée, mais moins raide que la route nationale. Nous prenons ensuite une route droite goudronnée à droite de laquelle la campagne s'étire dans diverses nuances de vert et à gauche il y a un mur assez haut de terre et d'herbe. La route nationale est maintenant loin, seul le chant des oiseaux peut être entendu et un vignoble apparaît à notre droite. Le muret de terre et d'herbe est maintenant plus bas et au-delà, vous pouvez entendre des paysans qui, tout en récoltant, bavardent entre eux et quelqu'un siffle. Les panneaux indiquent qu'il faut tourner à gauche sur une route de campagne et entre quelques marches, il y a une descente qui continue tout droit pendant un moment, puis tourne à gauche et commence à serpenter. À notre gauche, d'autres agriculteurs cueillent des raisins et parlent une langue qui ressemble à l'arabe. Des poteaux électriques et un grésillement venant d'en haut perturbent l'atmosphère bucolique. Nous continuons à marcher parmi les vignes. La route est à nouveau pavée et traverse un groupe de maisons, puis se divise en deux et, tandis que nous regardons autour de nous pour comprendre quelle direction prendre, une dame locale, de l'intérieur d'un garage, nous appelle et nous fait signe de partir à gauche; alors nous pouvons également voir les signaux. Désormais, ce n'est que le bruit de nos pas battant sur le trottoir qui brise le silence. Nous commençons à voir les montagnes lorsqu'une fresque nous accueille à Villafranca del Bierzo. A proximité, il y a une machine self-bar sur laquelle, à ma grande surprise, j'ai lu une phrase de Pirello: "Si vous suivez vos rêves avec une confiance absolue, vous les réaliserez". Nous prenons deux boissons fraîches et les buvons en contemplant ces graffitis.

Nous flanquons le portail du pardon; la tradition veut que les pèlerins, malades ou mourants, qui ne pouvaient atteindre Compostelle, s'arrêtaient ici et obtenaient le pardon de tous les péchés commis et de ne pas avoir achevé le pèlerinage en passant sous le portail. Nous continuons lentement jusqu'à ce que nous sortions sur une route, devant l'imposant château du 16ème siècle du marquis de Villafranca. Nous continuons à marcher dans les rues tranquilles du centre, jusqu'à ce que la Plaza Mayor s'ouvre devant nous, avec ses bars et hôtels. St a une légère douleur au genou droit et l'entend grincer. Cela nous inquiète, surtout parce qu'il y a encore un long chemin à parcourir. Nous décidons donc de nous reposer un peu avant de partir. En regardant les photos que St a prises jusqu'à présent, je masse son genou avec une pommade contre les douleurs musculaires et articulaires, puis je répète le geste trois fois et St déclare que j'ai fait du très bon travail et qu'elle se sent prête à reprendre.

L'itinéraire se divise maintenant en deux directions: vous pouvez aller directement à Pradela, route de montagne, ou directement à Valle de Valcarce. Le premier itinéraire semble le plus beau, mais il est plus long et aussi le plus difficile. Quand il y a des alternatives, on choisit toujours le plus bel itinéraire, même s'il est moins facile, mais cette fois, à cause du genou de St, on ne peut pas suivre cette règle.

Une voiture noire avance à grande vitesse devant nous puis continue sa course derrière nous; Je ressens des moments de profonde inquiétude en imaginant que quelqu'un de l'intérieur de ce véhicule pourrait nous tirer dessus, mais je me calme dès que la voiture disparaît. St remarque quelque chose d'étrange sur mon visage; Je vous raconte mes dernières pensées; il éclate de rire et continue de prétendre que je souffre d'une folie aiguë et incurable. Un moucheron se met alors à errer autour de mon nez et je ne parviens pas à m'en débarrasser, que ce soit par des mouvements brusques de mon visage ou de ma main. Impatient, je souffle contre lui de toutes mes forces et le moucheron se dissout enfin dans le néant.

Nous entrons dans Trabadelo, où nous nous arrêtons pour aujourd'hui, et nous lisons sur le sol un panneau dont nous ne comprenons pas le sens: POLA YONO TOXA. Nous longeons une avenue bordée d'arbres sur la droite de laquelle gisent des bûches de bois empilées en deux monticules, lorsqu'un clignotement de mon téléphone annonce l'arrivée d'un SMS. C'est de Jo'. *Salut Rich, j'ai donc réfléchi à votre problème et je n'arrête pas de vous dire que, surtout maintenant que vous n'en êtes plus, nous avons de très bonnes chances de poursuivre Lacondary. Nous les dénonçons également sur la question environnementale. Ils n'ont pas à s'en tirer, ils vous ont mis à genoux, vous ont tous empoisonnés et la terre pendant des années. Venez me voir dès que possible.*

Je lui réponds *Ok; Ok; maintenant je suis en Espagne, à mon retour* et je plonge dans mes pensées. Après quelques instants, St me dit:: «Qu'est-ce que tu as Rich, y a-t-il quelque chose qui ne va pas? Je te vois étrange».

«Je ne sais pas. C'est la question Lacondaire qui me tient réfléchie... Le SMS venait de Jo ', il m'invite à le signaler. Tu vois, je... je ne sais pas quoi faire. Oui, ils avaient tort et beaucoup, ils ont fait des choses vraiment horribles et il est juste qu'ils paient. Pourtant, quelque chose en moi me retient, car je ne me sens pas adapté à ces choses: plaintes, disputes... et...»

«Riches, vous dites aussi qu'il est juste qu'ils paient, et ils le font. Ce n'est pas le paradis; peut-être qu'en marchant dans ces endroits vous vous persuadez que vous y êtes vraiment, mais en réalité nous sommes toujours sur Terre; il y a du mal, du bien, ... et puis vous le feriez pour les autres aussi, en dénonçant certains ravages, peut-être que Rich ne se répétera plus jamais. Mais… c'est aussi vrai que vous… devez faire ce que vous ressentez. Si cela vous fait du bien de tout laisser aller, alors arrêtez; nous devons nous sentir bien dans notre peau, c'est la chose importante.»

«Tu as dit une autre bonne chose, Stina," je lui souris. "Faisons ceci: arrêtons d'y penser pour l'instant et profitons pleinement de ce presque paradis.»

55.

Il y a eu une forte tempête toute la nuit et il a cessé de pleuvoir. Je suis au lit et regarde le plafond; dans un moment je me réveillerai St. Aujourd'hui, nous irons à O Cebreiro. Hier soir, j'ai rêvé que nous étions arrivés tard dans la nuit: une terrible tempête et autre chose, dont je ne me souviens plus maintenant, avaient ralenti notre chemin. A l'entrée de la ville, un prêtre au chapeau étrange et au regard ironique nous a dit: " Mais qui t'a fait inventer ici avec toute cette pluie!"

I Le ciel est maintenant plombé, il y a plus de marcheurs dans la rue qu'hier. Il y a peu de temps, nous avons rencontré un Milanais et deux Sardes qui aimeraient rejoindre Compostelle dans six jours; cela nous semble une tâche difficile, surtout parce qu'ils ont dit qu'ils étaient assez fatigués et que leurs pieds étaient cassés. L'asphalte traverse la campagne, se courbe vers la gauche et s'élève légèrement entre des arbres de formes différentes et de différentes nuances de vert; on marche sur un panneau LA VIE EST BON, tandis qu'une petite famille nous dépasse: un couple d'âge moyen, deux garçons dans la vingtaine et un adolescent; nous pensons que c'est la famille Smith de ce tronçon. Je décide de l'appeler Simpson et St est d'accord avec moi.

Quand nous arrivons à La Portela, deux types à la barbe hirsute et au regard glacial nous flanquent, nous dépassent et ne daignent même pas nous regarder. Ce village est plus ou moins petit comme le précédent et bref, en fait, nous en sommes sortis. Le prochain Ambasmestas nous accueille avec le chant d'un coq et l'odeur de l'écurie. Nous marchons à la recherche d'un endroit pour mettre quelque chose entre nos dents et nous le trouvons facilement. L'environnement est petit, il y a une grande foule de marcheurs et quelques tables sont gratuites.

Un couple nous pousse presque à nous accabler; on leur donne un air sale, mais ils continuent comme si de rien n'était. Nous prenons un morceau de gâteau vraiment délicieux avec de la crème et du chocolat et sortons.

Le chant du coq et l'odeur de l'écurie nous suivent, nous nous arrêtons sous le balcon d'une maison pour mettre sur le k-way, il se met à pleuvoir et il y a aussi un vent fort. A quelques mètres de nous, il y a aussi les désagréables d'il y a peu.

D'une route à droite, non loin de nous, trois gros taureaux émergent; St et moi restons pétrifiés pendant quelques instants interminables, mais ensuite on se rend compte qu'un fermier les suit et, en riant, nous fait signe de se taire. Nous éclatons donc de rire et poussons un soupir de soulagement.

Un "Salut les gars!" cela nous distrait de nos conversations et nous nous retrouvons à côté d'une blonde d'une soixantaine d'années avec un énorme sac à dos sur l'épaule.

«D'où venez-vous?» demandez nous.

«Je suis d'Agrigente et il est de Naples», répond St avec un sourire.

«Je suis toscan; de Pontedera, pour être précis.»

St et moi échangeons un regard entendu comme pour dire: "Il ne peut y avoir aucun doute sur votre origine, l'accent est indubitable."

«Je marche depuis un moment, je suis assez lent mais j'avance. Est-ce la première fois que vous empruntez cette voie?»

«Oui» je réponds «et je pense que c'est le dernier aussi. Ici c'est beau mais pourquoi recommencer?»

«Eh bien, parce que tu en as envie. Pour le faire différemment de la première fois. Je ne sais pas... beaucoup recommencent. Je l'ai fait trois fois jusqu'à présent et ce serait la quatrième fois, mais la première de cette vie. J'ai reconstruit des épisodes de quatre autres vies de la mienne avant celle-ci. Et...» elle cesse de réaliser nos regards «...vous pensez que je suis folle?!»

«Non, au contraire nous sommes fascinés par le sujet» la rassure St, l'encourageant à continuer

«J'étais une jeune fille espagnole du XIIIe siècle, lorsque je parcourais ces rues avec un homme, une personne pleine d'amour et trois autres femmes. Nous étions religieux et avons dû aller à Santiago pour nous purifier de nos péchés. J'ai alors aussi vécu au Japon médiéval et j'ai eu cette expérience avec une caravane d'une trentaine de personnes; cette fois, nous étions des guérisseurs et sur la Voie nous nous sommes consacrés aux autres, les aidant à se sentir bien, à la fois des maux physiques et de l'âme. Nous avons chassé de nombreux démons du cœur des gens et tout le monde leur en était reconnaissant; arrivés à Santiago, cependant, nous avons été accusés de sorcellerie et brûlés sur le bûcher. J'ai vécu ma troisième vie à Naples, à la fin du XIXe siècle, et cela justifie pourquoi j'ai tant cette ville dans mon cœur et pourquoi je me sens chez moi quand j'y vais: en fait, j'ai toujours ressenti des sensations fortes, même quand je ne suis pas là, j'ai cru et je ne savais pas à mes vies antérieures. Dans cette expérience, j'étais un ami du grand Caruso, Enrico Caruso, le ténor légendaire. J'ai fait le chemin avec la paroisse et nous étions une cinquantaine de personnes. Je reviendrai bientôt à Naples, car j'ai l'intention de faire plus de recherches et aimerais aller voir ma tombe si possible. Maintenant je me sens prêt. Ce n'étaient pas des temps calmes comme maintenant; surtout dans les deux premières vies, il y avait de graves dangers. Dans la quatrième vie, cependant, je n'ai pas fait le voyage, j'étais esclave en Egypte et j'ai participé à la construction de la pyramide de Khéops; dans la treizième année depuis le début des travaux, j'ai eu un accident, tombant jusqu'à ce que je m'écrase sur le sol en contrebas. Eh, et maintenant... et maintenant je suis ici en tant que Raffaella Bacci, un professeur de philosophie à la retraite de soixante-quatre ans. Alors, qui sait, j'ai peut-être vécu encore cent, deux cents vies, mais je n'ai pas la mémoire. C'est difficile à retenir, car il faut une certaine sensibilité, une prédisposition et des circonstances favorables. Ensuite, parfois vous vous souvenez de beaucoup d'épisodes, d'autres fois vous vous en souvenez peu et d'autres fois, au contraire, au fil du temps, vous développez d'autres souvenirs et ajoutez plus de morceaux. Bref, si nous nous revoyons et qu'il reste du temps, nous en reparlerons plus en détail; maintenant je vous ai jeté des choses comme ça et cela pourrait ressembler aux fantasmes d'une vieille femme folle; cependant, je ne peux pas révéler plusieurs épisodes, parce que... parce que je l'ai promis au professeur qui m'a aidé et continue de le faire dans ce merveilleux voyage à travers mes vies antérieures. Vous savez, pour en savoir plus, vous avez souvent besoin de l'aide d'un expert. Tout est né par hasard, de souvenirs, de sensations, de visions, et alors vous comprenez que vous faites partie d'une grande éternité et si vous voulez en savoir plus vous devez vous engager et avoir de la patience; on va généralement chez des psychiatres spécialisés. Naturellement, il faut veiller à ne pas se retrouver entre les mains de charlatans ou d'incompétents: ceux-ci sont toujours là et dans n'importe quel domaine. Vous avez la chance de faire le Chemin en deux; Malheureusement, cette fois, je n'ai trouvé personne disposé à venir avec moi ou, était-ce le destin que ça se termine comme ça, puisque d'autres fois j'ai fait ce voyage en compagnie?»

«Maintenant, nous nous arrêtons pour manger quelque chose puis nous continuons vers le Cebreiro. Arrêtez-vous avec nous pour que nous puissions marcher un peu ensemble» vous invite St.

«Non merci, je préfère continuer; J'ai déjà pris deux bonnes pauses et je veux arriver, je m'arrête aussi là. Allez, nous nous reverrons certainement et, si tant est que ce soit, dans les prochains jours, nous marcherons ensemble.»

Nous la saluons et elle avance, puis elle se retourne et dit: «L'année dernière, j'ai aussi fait le Chemin de Rome, depuis Pérouse; c'est beau aussi, je te le recommande».

Il pleut depuis quelques instants et Stina est nerveuse car son genou continue de lui faire mal. Je lui demande si ce n'est pas le cas de chercher une chambre et de reprendre demain, mais elle souhaite, malgré tout, continuer. Je propose de chercher un médecin le plus tôt possible mais elle ne le souhaite pas; il continue de croire, en effet, que c'est un non-sens et que dans quelques jours la douleur passera. Faisons un accord: si le problème n'est pas résolu dans les trois jours, nous irons à l'hôpital.

Après une étendue de montagnes et de bois, nous arrivons accompagnés d'une belle bruine vers un groupe de maisons; Un troupeau de vaches résonne devant nous, escorté par deux Golden Retrievers noirs. Avec nos téléphones portables, nous reprenons la scène et commençons également à marcher un peu plus vite vers la prochaine destination.

Enfin nous entrons en Galice: le franchissement de la frontière est indiqué sur une pierre. A partir de ce moment, tous les cinq cents mètres, nous devrions trouver une colonne de pierre sur laquelle il est indiqué combien de kilomètres pour se rendre à Santiago. Ces colonnes continuent même après l'océan mais sont plus rares, en fait elles se rencontrent généralement tous les kilomètres, parfois même tous les deux.

Nous sortons sur une route asphaltée et de l'autre côté nous voyons notre destination: c'est un petit groupe de maisons en pierre, dont certaines avec des toits en entonnoir; il semble être dans un paysage celtique typique. Après deux tentatives infructueuses, nous trouvons une place dans une albergue. Le bar d'entrée, très similaire à celui de l'auberge Hontanas, est animé par un grand cri des locaux et des promeneurs, et par de la musique latino-américaine, produite par deux guitaristes et un gars qui joue des bongos. Nous nous enregistrons et décidons de nous asseoir au comptoir plus longtemps. Pendant ce temps, une tempête fait rage dehors et nous devrions y faire face pour dîner dans un restaurant à une centaine de mètres d'ici: apparemment c'est le seul endroit où l'on peut manger quelque chose de chaud.

Prenons courage, enfilons notre k-way et sortons. Nous marchons la tête baissée, nous serrant fort, bravant le vent qui tente de nous faire dérailler. A l'entrée du restaurant, nous enlevons les imperméables et nous nous précipitons à l'intérieur. Il y a une belle chaleur et la propriétaire, une dame blonde, vient à notre rencontre en souriant et nous accompagne à notre table qui se trouve devant un escalier en bois et à côté d'une cheminée éteinte.

Un «Hey» derrière nous attire notre attention. C'est Raffaella.

«Alors, comment ça s'est passé?» elle nous demande.

«Bien» répondons-nous presque à l'unisson.

«Pour moi… en bref. J'ai un gros rhume et j'ai un terrible mal de gorge. Maintenant je monte dans ma chambre» il continue de regarder vers l'escalier «et je dors dessus; mais je pense que je vais prendre un jour de congé.»

56.

Nous nous dirigeons vers Triacastela. Aujourd'hui encore, la météo ne semble rien promettre de bon, mais cela devrait être un tronçon assez léger: nous descendrons jusqu'à six cents mètres. Pour l'atmosphère et le climat, ces zones sont définies comme l'Irlande d'Espagne. Je raconte à St le rêve que j'ai eu la nuit dernière: je suis dans la ville de l'oncle Heineken et Armando, un de mes amis de l'école primaire, devant la maison de son oncle, me dit quelque chose - je pense que c'est important - mais je ne me souviens pas il. Cela me fait rire car je pense à un épisode qui s'est déroulé entre les pupitres d'école et je vous dis aussi ceci: j'étais un gamin et dérangeait tout le monde, surtout ceux qui étaient assis à côté de moi. Nous dessinions quand j'ai planté un crayon bien trempé dans la main d'Armando et ses cris ont résonné dans toute la classe. St se brise de rire, éprouve une grande pitié pour la pauvre victime.

Accompagné d'une brume, nous arrivons à Alto de San Roque, à environ 1270 mètres d'altitude, où se trouve également une sculpture représentant un voyageur.

Nous sortons sur une autoroute à deux voies; un panneau indique qu'il y a dix-sept kilomètres jusqu'à Triacastela.

Cette route semble vraiment calme, en fait jusqu'à présent aucune voiture n'est passée et il n'y a pas l'ombre d'un marcheur. Nous doutons d'avoir emprunté le chemin des cyclistes et non celui des piétons; dans ce cas, nous aurions parcouru environ deux kilomètres. Nous arrivons à Alto do Poyo, à 1313 mètres d'altitude et nous allons très vite; St est à une vingtaine de mètres derrière moi et le vent commence à souffler contre nous.

"Nous dévorons des kilomètres, est-ce vrai St?!" Je lui crie dessus.

«C'est vrai, Rich», répond-il avec la même intensité de voix.

Nous passons par l'entrée de Fonfría, mais nous continuons tout droit en pensant nous arrêter plus tard. Sur notre droite, nous rencontrons une niche avec un bar. Un autocar de tourisme est garé devant; mène à l'océan, faisant les principales étapes de ce voyage. L'endroit est bondé de monde: il y a des touristes en bus et de nombreux marcheurs. Nous mangeons deux sandwichs et des chips à la volée et, en partant, nous remarquons quelques Italiens et les saluons avec le sourire, mais ils nous répondent à peine. "Quels idiots!" commente St et nous les appelons les Italiots.

Il est quinze heures et demie lorsque nous entrons dans Triacastela. Nous jetons un œil à une *hostal* et traversons la route pour y accéder. Il n'y a pas d'âme vivante et tout est fermé; on sonne la cloche mais personne ne répond et, au moment de partir, on aperçoit une échelle; on l'atteint et on descend. On se rend compte que l'entrée principale de l'*hostal* est à droite sur notre droite, alors que de nombreux marcheurs arrivent sur notre gauche et cela confirme que nous avons parcouru les dix-sept derniers kilomètres le long du chemin pour les cyclistes.

57.

A la sortie Triacastela il y a une alternative: à droite vous allez vers San Xil, à gauche vers Samos et les deux routes rejoignent Sarría, notre destination aujourd'hui. Après quelques instants d'hésitation, nous décidons d'aller à droite: nous empruntons la route historique et, en longeant la vallée solitaire de San Xil, nous entrons en contact avec une végétation sauvage.

Nous marchons dans les bois sous une bruine et beaucoup de brouillard, jusqu'à atteindre un groupe de maisons. Il n'y a pas d'âme vivante, mais au bout de quelques minutes une poule, en ricanant, vient à notre rencontre, tandis qu'une autre au loin lui donne une voix. Puis nous rencontrons une femme avec un parapluie et un regard vide; peut-être qu'elle ne nous a même pas remarqués et nous nous demandons si elle n'est pas un fantôme; nous passons devant une maison en pierre avec une porte d'entrée entrouverte, au-delà de laquelle des bougies scintillent, et nous retournons dans les bois. Sous la pluie et le brouillard, nous descendons une petite rue pleine d'herbe et de pierres glissantes, jusqu'à atteindre un autre groupe de maisons. Sur un balcon avec un tracteur en dessous, il y a un gars qui nous accueille avec le sourire. St lui demande en espagnol la direction de Samos et il nous dit de prendre la route derrière nous et, au bout de celle-ci, de partir à gauche, puis de suivre la route.

Après quelques minutes, cependant, le mot "Samos!"

«Samos. St, je me trompe ou as-tu demandé à ce type des informations pour aller à Samos?»

Elle reste perplexe quelques instants puis me confirme: «Oui, c'est vrai… Euh… je me suis ridiculisé».

«Je pense... oui, nous avons dû demander…»

«Nous avons dû demander Sarría, pas Samos. Samos est l'alternative que nous avons écartée à Triacastela. Et évidemment, vous pouvez aussi partir d'ici.»

«Heureusement, nous l'avons réalisé immédiatement, sinon vous savez combien plus loin!» je lui souris.

«Ok, revenons en arrière, viens.»

On revient presque là où le gars nous a dit de tourner à gauche quand on croise une femme avec un chien; elle a un regard doux, tandis que celui du chien est menaçant. Je lui demande des indications pour Sarría et elle nous dit que nous devons aller tout droit et suivre la route; puis, après un moment de silence, il ajoute: «Dans la rue, vous trouverez le restaurant Franco à Furela, où vous pourrez manger quelque chose».

De l'autre côté de la route, dans la campagne clôturée par un fil de fer barbelé, on aperçoit des vaches. Puis, au-delà de la clôture, sur le bord de la route, on aperçoit la gouvernante; nous traversons pour le rencontrer et, par sécurité, nous lui demandons également des informations. Il montre un panneau routier avec le numéro dix écrit dessus et dit que nous devons marcher pour signer le numéro dix-huit. En réalité, le Camino ne coïncide pas avec cette allée, mais le longe presque toujours jusqu'à Sarría. Nous décidons donc de procéder sur l'asphalte.

Nous voyons le signe avec le nombre dix-huit lorsque le thermomètre d'une pharmacie indique quatorze degrés. Après avoir traversé la circulation pendant un certain temps, nous parvenons à obtenir une chambre dans une pension.

Nous décidons alors d'acheter un parapluie, ce qui peut être utile à l'arrivée pour se promener sans utiliser le k-way et nous le faisons dans une boutique de cadeaux dont le propriétaire nous demande en italien courant si nous sommes italiens.

«Bien sûr», St dit.

«Comment se fait-il que vous soyez par ici?»

«Stiamo facendo il Cammino di Finisterre» le dico fiero.

«Nous faisons le Finisterre Way», lui dis-je fièrement.

Elle nous regarde d'un air interrogateur, nous donnant l'impression qu'elle ne sait pas de quoi je parle.

«Ah, oui», nous dit-elle non convaincue, puis change de sujet: «Vous savez, il y a un restaurant italien non loin d'ici; les propriétaires viennent de Florence et sont mes amis. Si votre cuisine vous manque, je la recommande, vous mangez divinement». Il explique comment s'y rendre et, avant de retourner à l'hôtel, nous décidons de le rejoindre.

58.

Nous nous dirigeons vers Portomarín. Le prochain pays que nous rencontrerons est Barbadelo. Un van avec le mot Mochila express vient de nous passer; porte des sacs à dos d'ici à l'océan. A vrai dire, nous sommes tentés de les utiliser, mais nous réussissons à résister et nous restons d'avis qu'un vrai marcheur, à moins d'avoir des raisons sérieuses, devrait toujours aller avec son sac à dos. Un thermomètre de pharmacie lit neuf degrés. Nous commençons à monter les marches de pierre: nous sommes dans le centre historique de Sarría. Nous montons ensuite une pente, sous laquelle nous voyons un cheval brun, si mince qu'il semble anorexique; St me fait penser au mec drôle du bar où nous avons pris le petit-déjeuner il y a peu: quand on lui a demandé un plat de boulangerie - pain, biscuits, croissants, croissants -, avec un signe qu'il a dit d'attendre, il est rapidement parti, est allé à la boulangerie voisine, il a pris ce qui était demandé et l'a apporté frais du four. Il l'a fait tout le temps où nous étions là-bas.

Nous sommes sur une descente bien asphaltée et assez raide; un marcheur devant nous vient de tomber et touche son genou droit. Il se lève après quelques instants en boitant mais souriant; il semble que rien de grave n'ait été fait.

Un cycliste-marcheur me submerge presque; St et moi poussons un soupir de soulagement et avons du mal à m'empêcher de lui dire quatre. Nous traversons un tronçon de chemin de fer sans surveillance avec beaucoup de soin et arrivons près d'un pont de bois qui traverse une petite rivière, ici nous rencontrons deux chiens, l'un brun et l'autre blanc; ils remuent la queue et pantalons, avec une énorme langue qui sort, tandis que le propriétaire les suit à quelques mètres de là. Nous nous arrêtons pour lui donner la route et prenons le pont. Barbadelo ne devrait pas manquer grand-chose. Nous nous arrêtons quelques minutes à cause de l'essoufflement, tandis que les corbeaux commencent à croasser. Nous marchons le long d'une étroite ligne droite, à gauche de laquelle il y a du maïs et à droite de l'herbe sèche et les corbeaux deviennent maintenant plus intenses.

Sur notre chemin, nous apercevons un bar et nous décidons de nous arrêter pour une boisson fraîche. Le propriétaire a un comportement ennuyé et ressemble physiquement beaucoup à l'oncle Heineken. Je remarque que l'écran LCD fixé au mur diffuse Saturno Contro d'Ozpetek en espagnol.

Nous reprenons la forêt et il commence à pleuvoir; un marcheur a du mal à mettre son k-way et St allonge sa foulée pour pouvoir l'atteindre et lui donner un coup de main. Un soleil timide commence à jeter un coup d'œil et accompagne nos pas vers le but, lorsque nous commençons à sentir l'odeur de l'herbe coupée et, après quelques instants, le bruit d'une tondeuse à gazon électrique atteint nos oreilles et, au loin, nous apercevons des travailleurs municipaux qui l'exploitent.

59.

Nous quittons Portomarín avec un léger brouillard, prenons une montée assez difficile et entrons lentement dans les bois. A quelques pas de nous, trois petits faons croisent notre chemin comme des fusées et un promeneur non loin crie: «E Hé, hé, Bambi, uuuh, Bambi»; Moi, St et d'autres ont éclaté de rire. Cette splendide atmosphère rappelle la voix de Fiorello chantant de manière excellente *San Martino* de Carducci:

> *Le brouillard sur les collines*
> *em bruinant monte,*
> *et sous le mistral*
> *la mer crie et blanchit;*
> *mais à travers les rues du village*
> *du ribollir des cuves*
> *va l'odeur aigre des vins*
> *les âmes pour applaudir.*

Le Chemin longe maintenant une route nationale et, comme un signal nous dit que nous devons le traverser, nous le faisons très soigneusement et rapidement.

«Hé les gars, bonjour» une voix féminine à nos côtés nous distrait de nos pensées.

Ce sont les deux Italiots qui affichent un sourire éclatant.

«Italiens, non?» il nous demande.

«Oui», disons St et moi presque à l'unisson.

«Nous venons de Toscane et je pense que vous l'entendez, non?» il continue.

En effet, surtout de la façon dont ils ont prononcé ces *gars* et ce *non*, cela a été compris sans équivoque. Et je parie que je suis de Pise.

«Nous sommes de Pise» révèle-t-il.

"Wow, frappé et coulé" je suis fier de moi-même.

«Et d'où venez vous?» la fille continue.

«Je suis de Naples, elle d'Agrigente», répondis-je. "Tu peux aussi entendre notre accent, non?»

«No, pas beaucoup».

«On marche encore deux jours, on doit rentrer et puis... qui sait, on va continuer quand c'est possible» nous dit-elle. «nous aurions dû être loin devant, mais avec ces pieds…» elle jette un coup d'œil à ses pieds pleins de pansements et de gaze.

Il est professeur d'anglais, elle est médecin légiste. Ils ont laissé leurs sacs à dos au porte-bagages et ne transportent que deux porte-bébés. Nous devons changer d'avis sur la première impression: ils étaient probablement très fatigués lorsque nous les avons rencontrés et n'avaient pas la force de se comporter différemment; Je proposerai donc à St de les renommer Simpalioti. Nous nous arrêtons pour boire un verre ensemble et St propose de soigner les ampoules de la jeune femme; après quelques hésitations, la fille accepte et ses pieds reviennent lentement comme neufs.

Maintenant, le ciel est bleu clair et il fait très chaud. Nous devons traverser à nouveau l'autoroute et emprunter un itinéraire parallèle. La camionnette avec l'inscription express Mochila à nos côtés; le chauffeur jette un coup d'œil par la fenêtre et nous demande en espagnol si nous voulons lui confier nos sacs à dos, mais nous refusons avec le sourire et il repart un peu déçu. Mon téléphone portable sonne et, à ma grande surprise, c'est Tom Loy, un de mes anciens collaborateurs avec qui on ne peut certainement pas dire que je me suis vraiment bien entendu. Il me dit que lui et trois autres anciens collaborateurs à moi, Abbah, Stanlio et Ol, ont décidé de dénoncer Lacondary pour les mêmes problèmes qu'il a créés pour moi et pour d'autres, "surtout pour la question environnementale", at-il souligné de sa grande voix . Et au cas où je déciderais de le faire aussi, il sera mon témoin. Ensuite, la ligne tombe en raison de l'absence de champ et j'éteins immédiatement le téléphone pour éviter de continuer la conversation sous peu: je veux bien réfléchir à la façon de gérer cela. Tom et les trois autres étaient les lickers par excellence de Lacondary et maintenant ils veulent la dénoncer? Je me demande. Lacondary les a-t-il vissés aussi? Pas étonnant que ceux-ci vous utilisent d'abord, puis vous téléchargent. Et je pourrais leur être utile comme témoin et pour quelques bons conseils, car ils savent que je suis l'ami du grand Jo ', l'un des meilleurs avocats du travail du moment. Ou peut être pas?! Cela a peut-être été une mise en scène pour essayer de comprendre mes mouvements, au cas où je voudrais dénoncer Lacondary; après tout ce qu'il m'a fait, il est prévisible que je le ferai. Je pense à ce qu'ils m'ont fait, à la question environnementale, et j'en suis attristé. Avec plus d'attention que d'habitude, je regarde autour de moi: j'observe les arbres, le ciel, les brins d'herbe et les pierres que nous foulons, et j'écoute le vent et les oiseaux; Je pense au mal qui est souvent fait à tant de splendeur. Je réfléchis encore quelques instants à l'appel téléphonique, puis je parle à St. Après quelques instants de silence, il m'oblige à m'arrêter en se plaçant devant moi et me regarde droit dans les yeux avec son regard intelligent. «Faisons ceci, Rich: tu ne raconteras tes mouvements à Tom que lorsque tu les auras concrétisés et que Lacondary en aura déjà conscience ou quand tu es sûr de ne pas la dénoncer parce que tu as décidé de lâcher prise; vous lui donnerez également des conseils utiles et vous agirez en tant que témoin. S'il est sincère, vous pourriez lui être utile, même s'il ne le mérite pas; s'il a des ennuis maintenant, posez-lui une pierre et tendez-lui la main, afin que lui aussi puisse se défendre. Si, d'un autre côté, il n'est pas sincère... de cette façon il ne pourrait pas du tout atteindre ses objectifs et rien ne change pour vous. Qu'est-ce que tu en penses?»

«Ok St, ça peut être une excellente idée. Vous avez toujours les bons mots. Allez, mais maintenant, n'y pensons plus» je lui souris, lui prends la main et on recommence à marcher.

Je me tais quelques instants puis je lui dis: «Tu connais St? Quand j'ai entendu Tom, ce ne sont pas vraiment des sentiments d'amour qui ont éclaté en moi, mais je les ai arrêtés juste à temps».

«Bravo Rich. C'est ainsi que nous le faisons, si nous voulons essayer de rendre ce monde meilleur.»

«Comme tu es sage, St.»

Et avec ces mots, nous arrivons à Palos. Nous nous arrêtons à une *albergue* mais ils nous disent qu'ils n'ont que des dortoirs et ils suggèrent que nous essayions la maison rurale plus loin. Nous y voilà. Il n'y a personne; nous frappons, appelons et faisons divers bruits, mais personne n'arrive. Nous perdons espoir et décidons de marcher un peu plus longtemps jusqu'à Palas de Rei.

60.

En milieu de matinée, nous finissons de ranger quelques affaires dans les sacs à dos et nous nous dirigeons vers Melide, notre arrêt aujourd'hui. Hier soir, j'ai fait un rêve étrange et je le raconte à St: j'ai devant moi un mur fait de grosses pierres bleues irrégulières, dont beaucoup ont des barbes; tout d'un coup, l'un - peut-être le plus gros - se détache et, tournant rapidement, vient vers moi. Je me suis réveillé au moment de l'impact avec mon nez. St et moi flippons de rire.

Après un bout de bois, nous sortons sur l'autoroute de Compostelle et la traversons pour ensuite nous replonger dans la nature. Un vieux marcheur, au bord du chemin, nous tend une feuille d'eucalyptus et nous fait signe de l'amener jusqu'aux narines pour respirer profondément son odeur. Peu de temps après, nous nous retrouvons au milieu de nombreux eucalyptus qui exhalent le même parfum intense. Quel air pur il y a ici!

Un panneau rudimentaire, apposé sur un coffre, annonce le service de taxi local et à côté il est écrit: *Si vous êtes un camélia ne soyez pas une marguerite, ce serait un étirement et vous vivriez sans harmonie. Suivez votre âme et vous verrez la lumière: la vraie sagesse est en nous. Envoyez au diable la rationalité, le passé, l'avenir et toutes ces banalités qui nous sont imposées par la société et les religions. Tournez votre regard vers les vrais maîtres, de Lao Tzu à Francesco D'Assisi, de Ramor à moi-même. Amen!*

Sur la même malle je grave Dsrenard, le nom de l'artiste pop-art dont Pirello m'a donné trois tasses en céramique, en me disant: «*La fabrique de jouets, le théâtre de marionnettes et la campagne provençale,* sont les titres des œuvres représentées dans ces tasses. Mettez-les dans le salon, ils vous apporteront beaucoup de chance».

Je suis assis devant un petit bar et Stina est au comptoir en train de chercher des sandwichs. À ma gauche, des maçons travaillent sur des échafaudages et de l'autre côté de la route, à la place, il y a une maison rurale blanche qui se détache sur le ciel bleu; ses petites fenêtres sont entourées de pierres grises irrégulières et leur forme me rappelle les bleues du rêve de la nuit dernière. Un gars, je pense un local, trotte sur un cheval brun. St arrive avec deux bons sandwichs et une *empanada* à partager.

«Quel rire», me dit-il. «Il y avait deux Américains qui ont dit au propriétaire sandwich, sandwich et ça, pauvre chose, ne pouvait pas comprendre. Je suis intervenu et j'ai arrangé les choses.»
Je lui souris, elle est vraiment irrésistible quand elle fait ça.

61.

Nous entrons à nouveau dans les bois et une douce brise ramène une belle odeur d'eucalyptus à nos narines. Apparemment cette zone en est pleine, alors nous en profitons pour ramasser quelques feuilles et les mettre dans les sacs à dos pour les parfumer. Quelques rochers, placés dans une rangée, mènent à travers un petit étang et apparemment il n'y a pas d'alternative pour atteindre l'autre côté. Je n'ai pas envie de marcher dessus, j'ai peur de perdre l'équilibre et de me retrouver dans l'eau. St rit aux éclats lorsque deux marcheurs arrivent pour demander si nous avons besoin d'un coup de main. Nous refusons gentiment et lui faisons signe de passer; ils sont moins maladroits que moi et traversent en fait l'étang en un clin d'œil. J'enlève mon sac à dos, m'assois sur le premier rocher avec mes pieds pendant et, pivotant avec mes mains, je me pousse en avant; J'en ai besoin de sept pour aller de l'autre côté. St me jette le sac à dos puis, en quatre ou cinq pas, m'atteint.

Nous sortons sur la route nationale de Compostelle et recommençons à la contourner pendant un moment; puis on retourne au bois, tandis qu'au-dessus, parmi les feuillages, le bruissement du vent devient intense. Deux gars du coin s'arrêtent et nous demandent si nous marchons vers Santiago. A notre réponse affirmative, ils soulignent que nous avons commis une erreur et que nous nous sommes retrouvés hors du chemin et nous suggèrent de revenir en arrière et de prendre la première rue à gauche.

Le vent apporte maintenant une odeur de fleurs de camomille aux narines, mais peu de temps après, il est presque remplacé par une odeur stable. Nous arrivons à la source de Taleta et suivons un chemin qui grimpe en zigzag. Nous venons de croiser les deux marcheurs qui voulaient nous donner un coup de main à l'étang, alors que nous nous rendons compte qu'un marcheur boiteux court comme un fou devant nous. St me sourit et secoue la tête.

«Peu importe qu'il soit détruit, l'important est que vous atteigniez votre objectif le plus tôt possible. Ils lui donneront probablement une médaille sinon le Ciel», lui dis-je avec ironie.

Nous dépassons un camion stationnaire avec un camion-citerne transportant du lait. Sur le bord de la route un chaton blanc nous regarde de ses grands yeux alors que nous croisons un groupe de six marcheurs, quatre filles et deux garçons, qui parlent férocement en portugais.

Notre objectif est maintenant très proche lorsque nous tombons sur une pompe à essence colorée qui semble peinte aux couleurs d'Andy Warhol. Nous remarquons immédiatement que le carburant coûte moins cher qu'en Italie. Encore quelques pas et Arzúa apparaît. Cela donne immédiatement l'impression d'une ville très élégante et non chaotique. Nous trouvons une place dans le premier hôtel que nous rencontrons et le prix est également abordable; ensuite, nous décidons de nous reposer quelques heures puis nous ferons un tour avant le dîner.

«Tu sais, Rich, j'ai fait un rêve étrange» me dit Stina en marchant.

«Allez dis moi.»

«J'étais gardien de prison et, avec un policier en civil et un psychologue, nous sommes entrés dans la cellule où était détenue une gitane. Profitant de notre distraction, le prisonnier a jeté un sort au policier et lui a fait avaler beaucoup de comprimés; Je... mais, j'ai remarqué et j'ai forcé le policier à les vomir. J'ai alors mis une main devant les yeux du policier et l'autre devant ceux du psychologue pour empêcher la gitane, en les regardant, de faire un autre sort. Nous allions et venions dans la cellule: j'étais au centre et je tenais mes mains devant leurs yeux, levant les yeux pour éviter qu'elle me soumette aussi à sa volonté; et... et je ne me souviens de rien d'autre.»

«Quand nous retournons dans la pièce, je l'écris, car je pense que cela le mérite.»

Ici et là, nous voyons des garçons en short et gilets numérotés courir en regardant autour d'eux. Certains d'entre eux font des signes de compréhension et nous pensons qu'ils font une chasse au trésor ou quelque chose du genre; nous nous asseyons sur un banc et St les ramène avec le téléphone portable. Un type chauve avec un regard étrange apparaît à quelques mètres de nous. Avec la main droite, commencez à faire rouler une ficelle dans le sens des aiguilles d'une montre autour de l'index et du majeur de la main gauche, puis continuez l'opération dans le sens inverse des aiguilles d'une montre autour de l'annulaire et des auriculaires. Il déroule tout et, prenant les deux extrémités de la ficelle avec ses pouces et ses index, il mesure à haute voix tout ce qui l'entoure: bâtons, bancs, la circonférence d'un seau à déchets et tente également de mesurer la queue d'un chat qui s'enfuit instantanément. Il s'arrête un instant le regard perdu dans le vide et recommence à rouler puis à dérouler et mesurer. Il le fait plusieurs fois, puis il disparaît. Nous décidons de l'appeler Rotolino.

62.

Nous nous dirigeons vers la ville de Pedrouzo et nous rencontrons aussitôt deux types qui ont le visage de quelqu'un qui marche depuis quelques heures et dans leurs yeux on peut lire une angoisse irrépressible d'arriver.
La journée est fraîche avec un soleil timide; nous sommes de retour dans les bois et vous pouvez entendre le chant des oiseaux et au loin le bruit d'un tracteur. Derrière nous, soudain, un versaccio incompréhensible, semblable à une voix de la pègre, nous fait crier de terreur et nous nous enfuyons. Nous nous retournons, mais nous ne voyons qu'une maison. C'était peut-être un fantôme ou un animal; ou un imbécile qui voulait s'amuser, caché quelque part. Lentement nous retrouvons notre souffle et notre rythme; Je souris et cet épisode me rappelle Bruno Silvio, quand il m'a dit qu'il s'était enfui du cimetière, précisément pour une raison similaire à la nôtre; le gardien découvrit bientôt un ivrogne gisant dans une tombe vide.

Nous décidons de faire une pause en prenant place à une table extérieure dans un petit bar. Deux chatons, l'un noir et l'autre blanc, errent près de nous; tout d'un coup, le blanc s'éloigne vers la campagne, tandis que l'autre saute dans la chaise à côté du mien semble me regarder et me demander "Qui es-tu?", "D'où viens-tu?", "Qu'est-ce que tu es?" vous faites ici? ". Je lui souris en lui faisant une caresse et il me rend la pareille en frottant le nez sur le dos de ma main, puis descend et va se faire caresser par d'autres marcheurs. Stina appréciait toute la scène en silence. Deux marcheurs allemands demandent s'ils peuvent s'asseoir à notre table et nous sommes d'accord. Le chat noir me revient en restant à mes pieds, puisqu'il n'a plus sa chaise.

Nous nous levons pour partir et, avec un genou, j'ai failli frapper la table avec les deux chopes de bière allemandes. Nous avons tous éclaté d'un grand rire et les deux disent quelque chose que nous ne comprenons pas.

Quand il a semblé avoir atteint Pedrouzo, nous sommes de retour dans les bois; nous nous arrêtons pour réfléchir sur la question, jusqu'à ce qu'un marcheur arrive qui nous informe en anglais que nous nous sommes éloignés de notre destination et que le point suivant pour trouver des chambres est assez loin d'ici; nous vous recommandons donc de revenir en arrière, de vous rendre sur le terrain de sport et de tourner à droite. Nous nous rendons donc immédiatement compte du point exact où nous nous sommes trompés.

63.

Nous voici maintenant plongés dans une légère brume; le soleil est timide. Nous traversons un groupe de maisons. Le centre de Santiago est maintenant proche et peut-être sommes-nous déjà à la périphérie. Nous rejoignons les Portugais rencontrés l'autre jour et nous nous saluons avec un signe de tête et un sourire.

«St, depuis hier soir, ce nom me vient souvent à l'esprit: Sergio Ramos. Il m'est familier, mais je ne comprends pas qui il est.»

«Je pense que c'est un joueur du Real Madrid ou... ou de Barcelone? Il y avait des images d'un match à la télévision hier soir au restaurant et peut-être l'ont-ils nommé là-bas. Dès que nous trouvons un wi-fi, je me connecte au téléphone et je fais une recherche.»

«Ok Stina, tu es très efficace.»

En passant devant le siège de la chaîne de télévision galicienne, nous nous dirigeons vers Monte Do Gozo, la montagne de la joie. Là, les anciens pèlerins, voyant Santiago, ont remercié Dieu par des chants et des prières d'avoir presque atteint leur destination. Quelqu'un le fait probablement encore aujourd'hui, même si la spiritualité et l'atmosphère du passé semblent avoir été perdues.

Attaquons-nous au trafic de Saint-Jacques-de-Compostelle. Un promeneur crie de satisfaction: «Nous y sommes. Nous voilà! ". Nous demandons à un élève combien de temps il est encore absent du centre et elle nous dit d'aller tout droit, dans une vingtaine de minutes, nous devrions arriver à la cathédrale. "Sergio Ramos, Sergio Ramos, Sergio Ramos" résonne toujours dans mon esprit.

64.

Nous prenons le petit déjeuner dans une pâtisserie du centre: chocolat chaud avec beignets. Nous avons décidé de nous arrêter un jour pour flâner dans les rues et les boutiques de cette belle ville, et vers minuit nous nous rendrons sur la place devant la cathédrale, dans l'espoir de revivre des moments magiques comme ceux de la dernière fois. St navigue avec un téléphone portable.

Soudain, il me dit: «Alors, Sergio Ramos... il est au Real Madrid. Il est défenseur et joue également pour l'équipe nationale espagnole».

«Je l'ai probablement vu à la télévision en Europe et peut-être même à la Coupe du monde il y a deux ans.»

Nous sortons dans la rue et nous nous immergeons parmi les gens et en regardant la vitrine d'un magasin de vêtements, une main se pose sur mon épaule et un "Hey" attire notre attention.

Nous nous retournons, c'est Raffaella, le professeur toscan, et nous nous saluons par un petit baiser.

«Quand êtes-vous arrivés?»

«Hier après-midi», répondis-je.

«Moi, par contre, hier soir et j'ai décidé de rester ici trois ou quatre jours, puis je partirai tranquillement pour Finisterre. J'ai le temps, je suis retraité et personne ne m'attend à la maison!» elle rit.

«Continuez à pied ou en bus?» demande St.

«Non, pas du tout! Je pars à pied; mais donnez-moi le tu, s'il vous plaît, les gars. Tu vas aussi à Finisterre à pied?»

«Bien sûr que nous le ferons, nous partirons demain matin» lui dis-je.

«Alors nous pouvons passer du temps ensemble aujourd'hui, si vous voulez!»

«Heureusement» nous répondons presque à l'unisson.

«Avez-vous pris le Compostelle?!»

La guardiamo interrogativi.

«Elle est là!» Elle prend un parchemin d'un sac à main, le déroule et le tend à St qui commence à lire: «*CAPITULUM hujus Almae Apostolicae et Metropolitanae Ecclesiae Compostellanae sigilli Altaris Beati*

Jacobi Apostoli custos, ut omnibus Fidelibus et Peregrinis ex toto terrarum Orbe, devotionis affectu vel voti causa, ad limina Apostoli Nostri Hispaniaum Patroni ac Tutelaris SANCTI JACOBI convenientibus, authenticas visitationis litteras expediat, omnibus et singulis praesentes inspecturis, notum facit: Dnam Raphaela Bacci hoc sacratissimum Templum pietatis causa devote visitasse. In quorum fidem praesentes litteras, sigillo ejusdem Sanctae Ecclesiae munitas, ei confero. Comme il est difficile de lire ce latin.»

«Ils le donnent au bureau des pèlerins; mais d'abord, ils vérifient les tampons sur les justificatifs d'identité, il faut avoir fait au moins les cent derniers kilomètres à pied ou les deux cents derniers à vélo. Si vous le souhaitez, je vous accompagnerai et vous le récupérerez également. Avez-vous les informations d'identification avec vous?»

«Non…» je réponds «nous les avons à l'hôtel.»

«Nous pouvons les récupérer», dit St.

«Oui, allez, c'est drôle, allons-y» ci esorta Raffaella.

nous exhorte Raffaella.

Et nous sommes partis tous les trois vers notre hôtel.

Au bureau des pèlerins, il y a trois personnes devant nous et il faut attendre un peu. Pendant que nous bavardons, résonne encore dans mon esprit "Sergio Ramos, Sergio Ramos, Sergio Ramos".

Ar Notre tour vient. Un gars nous tend une feuille A4 sur laquelle nous devons écrire nos noms, profession, pays d'origine et la raison de notre voyage. J'écris sans hésitation *l'amour de la nature*, St y réfléchit un instant puis écrit de la *curiosité*. Peut-être que d'autres peuvent être écrits sur les raisons, mais il y a peu de place et il y a peu d'intérêt à répondre à ces questions. Le gars vérifie les timbres pendant quelques minutes, puis prend deux parchemins pré-imprimés et met nos noms, date et un timbre; en nous les remettant, il nous dit: «Congratulations».

65.

Juste à l'extérieur de Santiago, nous traversons un pont de pierre et entrons dans les bois. Au-dessus, devant nous, la lune peut encore être aperçue, elle semble nous accompagner et nous montrer le Chemin. Deux petits chiens dans une grande cage à la campagne gémissent et nous rendent si tendres; peut-être veulent-ils sortir de là ou ils ont peut-être faim, mais malheureusement, nous n'avons ni nourriture ni pouvons-nous les libérer. Heureusement, cependant, deux marcheurs qui nous précèdent les rejoignent et leur donnent à manger.

Une indication nous dit qu'il reste soixante-quatorze kilomètres pour aller au phare du Finisterre, donc soixante et onze au centre.

À environ six kilomètres de Negreira, nous profitons d'une belle descente qui devrait atteindre notre destination. J'ai envie de chanter une mélodie démente: «Après la montée vient la descente, après la tempête vient le calme, après la course vient la marche et Stina va vers la mer!».

«Bonjour les Italiens. Je suis Ubrio» nous dit un promeneur, tandis que nous dégustons un bon sandwich à l'ombre d'un pin. «Je viens de Cagliari».

Nous lui rendons le salut et, alors que nous sommes sur le point de nous présenter, il continue comme s'il ne voulait pas nous connaître: «J'ai commencé le Camino de Séville au début de ce mois; savez-vous que le Chemin peut aussi se faire à partir de là?!».

Je suis sur le point de lui répondre mais il ne m'en donne tout simplement pas l'occasion.

«Sur la Via de la Plata. Et vous, où arrivez-vous, à Finisterre ou à Muxía? Ou les deux?»

«Muxía…? Non, à Finisterre» répond St.

«Alors…» il ouvre son guide et nous montre une carte «vous voyez ici, la route se sépare en deux, une route va à Finisterre et l'autre à Muxía, toujours sur l'océan. Une fois arrivé à Finisterre ou à Muxía, il ne vous reste plus qu'à faire une trentaine de kilomètres et vous atteindrez également l'autre étage océanique. Muxía est moins connue mais elle est belle, peut-être plus que Finisterre: il y a le sanctuaire de la Virgen de la Barca, où il y a aussi la pierre fendue: à mon avis, c'est une magnifique œuvre d'art. De là, alors, vous pourrez admirer les vagues se brisant sur la falaise devant le sanctuaire. J'y suis déjà allé il y a dix ans, quand j'ai fait ce Chemin pour la première fois, à partir de Saint Jean; Je suis arrivé à Finisterre puis je suis allé en bus à Muxía.»

«C'est juste que…» j'essaye de parler.

«Je voyage beaucoup par jour, mais pour me rendre à Salamanque, j'ai dû faire beaucoup de choses en une seule fois. Je suis parti tôt le matin et suis arrivé tard le soir. J'avais prévu de faire cette scène deux fois, mais un marcheur polonais, qui parlait bien l'italien, m'a dit ce matin-là que Salamanque célébrait le dernier jour des "Ferias de

Salamanca": une semaine de concerts et de spectacles. Théâtres entre places et parcs. Ce qui est fantastique, c'est que, lors de cet événement, près du pont roman, il est possible de se plonger dans l'époque romaine et de se promener le long de la rive du fleuve parmi les artisans, les jongleurs et les gens habillés en costumes de cette période. Bon Dieu, que c'est gentil, les gars!, je me suis dit "Je ne dois pas rater cette occasion" et j'ai accompli le grand exploit: toute cette route en une seule journée à l'âge de soixante-quatre ans!»

«Félicitations» lui disons-nous tous les deux.

«Merci, merci... Dans quelques années je vous recommande de refaire le Camino au départ de Séville et de vous assurer d'arriver à Salamanque pendant les ferias.»

«Eh bien... refaire la Voie, je dirais non, mais...» dit St, tournant son regard vers moi «nous pouvons faire un voyage à Salamanque, encore l'année prochaine pour ces Ferias.»

«Pourquoi pas?» je dis.

«Les gars, maintenant j'y vais, je marche cette autre petite route jusqu'à Negreira. Vous vous arrêtez là?»

«Oui» St lui réponds.

«Eh bien, allez, nous pouvons nous rencontrer. Mais allez quand même à Muxía; là aussi, comme à Santiago et Finisterre, vous pouvez prendre le parchemin à l'arrivée. Ça s'appelle Muxíana» conclut-il en fermant le guide et en disant au revoir.

Pendant que nous nous dirigeons nous aussi vers Negreira, nous prenons un pont de pierre et sur notre droite nous apercevons de petites cascades au loin. Au-dessus d'une source, alors, un panneau dit "Concello de Negreira – fonte do cruce de Ponte Maceira – agua no apta para consumo", quand la route bifurque dans une descente à gauche et une montée à droite: la montée va vers Portor et les indications pour le Chemin nous disent de procéder à gauche. Un papillon coloré flotte autour de nous puis disparaît dans la campagne, où les rubans scintillent au soleil; nous les avons déjà rencontrés le long du Chemin, mais nous ne nous souvenons pas à quel endroit, nous supposons qu'ils servent à éloigner les oiseaux du semis. St prend une rose blanche sauvage et, me la tendant, dit: «Ah, tu sens Rich»; je me souviens des roses dans le jardin de mon grand-père et je sens aussi leur parfum. Quelques instants de silence puis St se met à chanter en sautillant:

«Je te donnerai une rose
une rose rouge pour tout peindre.
Une rose pour chacune de tes larmes à consoler
et une rose pour pouvoir t'aimer.
Je te donnerai une rose
une rose blanche comme si tu étais mon épouse
une rose blanche qu'il faut oublier
chaque petite douleur.

Merde… comment fait le reste? Je savais tout. Te souviens-tu de cette chanson?»

«Bien sûr, St est de Simone Cristicchi. Avec cette chanson, il a remporté Sanremo en 2007. Belle chanson. Vous connaissez? J'étais également là en tant que correspondant. Et j'ai rencontré Simone personnellement.»

«Cela paraît bien!»

«Qu'est-ce? Simone ou le fait de l'avoir connu?»

«Les deux. C'est un mec sexy, non seulement pour son apparence, mais aussi pour sa façon de s'exprimer, pour cet air intellectuel. Écoutez cet autre, vous en souvenez-vous?

Étudiante, triste et solitaire,
dans ta petite chambre humide tu révises bien ta leçon de philosophie,
et le matin vous êtes déjà penché sur votre bureau.
Et le soir tu te retrouves à regarder le plafond,
Papa t'envoie de l'argent pour payer le loyer.»

La façon dont il bouge me rappelle mon professeur de lycée en classe - dansant, fredonnant et tapant du pied sur le sol - elle a récité Catulle avec la bonne métrique.

Vivamus mea Lesbia, atque amemus,
rumoresque senum severiorum
Omnes unius aestimemus assis!
Soles occidere et redire possunt:
nobis cum semel occidit brevis lux,
nox est perpetua una dormienda.

Dans mon esprit, je commence à entendre une batterie: cymbale, caisse claire, cymbale, cymbale et grosse caisse. Une belle ronde de basse et Catullus a aussi une base musicale.

> *Da mi basia mille, deinde centum,*
> *dein mille altera, dein secunda centum,*
> *deinde usque altera mille, deinde centum.*
> *dein, cum milia multa fecerimus,*
> *conturbabimus illa, ne sciamus,*
> *aut ne quis malus invidere possit,*
> *cum tantum sciat esse basiorum.*

Par un chemin, nous sortons sur une route provinciale, au-delà de laquelle il y a un grand hôtel, tandis que sur notre gauche il y a une station-service. Une phrase de Claes Oldenburg me vient à l'esprit: "Je suis pour l'art des pompes à essence blanches et rouges et des enseignes lumineuses intermittentes, pour les biscuits… Je suis pour Kool art, 7-Up art, 'Pepsi art… 39 cents art et 9,99 dollars art". Sergio Ramos est la première chose que j'entends dès que nous entrons dans la grande structure: une télévision postée sur le mur diffuse un programme sportif.

66.

Nous quittons le centre de Negreira et continuons vers Maroñas. Le temps est gris et encore, en haut à droite, il y a la lune. A quelques mètres de nous, deux voitures se croisent. Nous traversons la route et prenons un chemin et nous nous retrouvons au milieu d'un groupe de maisons plongées dans la brume; cela ressemble à un village fantôme. Enfin, derrière nous, nous voyons des promeneurs, tandis que dans l'herbe épaisse, à notre gauche, nous entendons quelque chose bouger rapidement: peut-être est-ce un lapin, ou un écureuil, ou un faon. Nous reprenons la route goudronnée et, à la campagne, nous apercevons au loin une cage dans laquelle des dindes semblent danser. La route serpente alors pendant un moment, alors que le soleil est exactement derrière nous, lorsque nous atteignons la hauteur d'un panneau indiquant, sur notre droite, l'entrée de Fornos. Notre chemin ne prévoit pas d'y entrer, mais nous évaluons s'il faut faire un tour ou continuer. Nous décidons de continuer. Nous traversons la route pour rentrer dans les bois; aussi beau et poétique soient-ils, nous commençons à être un peu fatigués, dans nos esprits maintenant il n'y a plus que le prochain océan.

Nous nous installons aux tables extérieures d'un bar fermé pour nous reposer un peu et une voiture avec un haut-parleur passe à quelques mètres de nous: elle annonce le montage d'une soirée dans une association culturelle locale. Un vieil homme à la canne et à la barbe blanche, qui semble sortir de nulle part, glousse lentement et nous dit en espagnol: «Eh, la politique, la politique est une vilaine bête. Des politiciens de race merdique. Tout le monde propose et presque tout le monde ne fait que ses propres intérêts et vit derrière les gens ordinaires. Où est passée cette belle politique du passé?! Qu'est-ce que j'ai fait avec mes compagnons?». Nous lui sourions et, en s'éloignant, nous disons à l'unisson: «Eh, oui». Puis j'ajoute: «Peut-être que c'est vrai».

«Italiens? Êtes-vous italiens?!» l demande dans notre langue et s'arrête.

Je hoche la tête. «Ta politique alors… Hihihi, surtout ces derniers temps…» il recommence à marcher «est scandaleux, une vraie blague. La république? La démocratie? La Constitution? Vous ne les avez jamais eues, je veux dire jamais. Ils vous ont juste trompé, ils vous ont fait croire que vous les aviez, mais… vous ne les avez jamais eu, c'est la vérité. Eheh, eh eh eh eh, oui ils se moquaient toujours de toi! Cavour?! Garibaldi?! Est-ce que tu sais qui je suis ?! Savez-vous qui je suis vraiment?! Pensez-vous que ce sont des héros, des patriotes ?! L'unité de l'Italie?! Connaissez-vous la vérité sur l'unité de l'Italie?! Eh eh, eh eh, ils vous ont toujours, je dis toujours, vous ont trompé! Étendons un voile miséricordieux.» Et il s'éloigne en marmonnant.

Cela nous dérange mais, malheureusement, nous ne pouvons qu'être d'accord avec lui; puis, l'ennui se transforme en tristesse et en déception.

Un oiseau, qui vole ici et là, fait un son semblable à un *qua, quo, qui, quo*! Son chant est intense mais on ne comprend pas de quel oiseau il s'agit.

Nous entrons dans Maroñas. Nous voyons une belle *albergue* nouvellement construite. Le seul inconvénient est sa proximité avec le cimetière, mais cet endroit est trop petit pour offrir des alternatives. Nous décidons alors d'entrer, mais il n'y a personne. Un écran LCD, quant à lui, transmet les images d'un programme sportif et, après quelques instants, quelqu'un nomme Sergio Ramos.

67.

Il est tard dans la nuit et je me suis réveillé en sursaut, après que des visages sinistres et souriants aient commencé à comploter quelque chose contre les protagonistes de mon rêve. L'*albergue* est plongée dans le silence. Je me lève pour aller à la salle de bain et le bruit du pipi résonne dans l'air. Je n'ai plus sommeil. J'ouvre une note sur mon téléphone portable, que je sauvegarde avec le nom de *Sogno p.*, Et je commence à écrire ce dont je rêvais:

'Des citoyens honnêtes sont élus au Parlement italien qui refusent tout privilège et veulent travailler en faveur de l'ensemble de la communauté. Ils se mettent immédiatement au travail avec sérieux et enthousiasme, promulguant des réformes et éliminant toutes les lois qui ont permis à de nombreux vieux politiciens de ne servir que leurs intérêts et de ne pas aller en prison pour leurs méfaits. Réformes de la justice, de la santé et de l'éducation, qui obligent les structures publiques connexes à être de qualité et gratuites pour au moins toutes les classes moyennes inférieures. Des médecins corrompus, de ceux qui ont détruit la santé publique - détournant les patients vers leurs propres cliniques et cabinets privés - et de tous les escrocs qui travaillaient en faveur des diplomates, de tous les juges et avocats malhonnêtes.

Vient ensuite la nouvelle de l'élection du nouveau Pape, qui dit aussitôt vouloir ramener l'Église à ses origines et la rendre au peuple, une Église pour tous, spécialement pour les pauvres. Il refuse toutes richesses et privilèges et va vivre dans un appartement modeste; invite tous les évêques, cardinaux et prêtres à faire de même. Transformez le Vatican en musée et mettez de côté beaucoup d'argent pour ceux qui ne savent pas de quoi vivre.

Puis je vois des visages louches glousser et chuchoter: «Il faut absolument les arrêter, Pape et honorables citoyens, pour qu'on ne puisse plus continuer!».

Le rêve se termine ici et je donne trois solutions possibles pour la fin:

A. Le pouvoir sale - réussir à corrompre beaucoup d'honorables citoyens, de nombreuses personnes de confiance du pontife et de nombreux journalistes - détruit le bon pouvoir, celui qui veut redresser les choses, le discréditant au point de le rendre nul (solution plus réaliste).

B. Malgré les adversités (de nombreux citoyens honorables, travaillant au Vatican, et des journalistes qui se font corrompre), ceux qui veulent vraiment apporter un vent nouveau dans la société parviennent encore à faire leur part et à mettre à genoux le pouvoir sale.

C. Un juste milieu entre les points A et B?'

Salve, j'éteins mon portable et je retourne me coucher. J'ai hâte que St lise ces notes.

Nous partons environ une demi-heure plus tard que prévu. St a lu mes notes et est ravi. Il a hâte que vous inventiez une histoire ou, qui sait, même un roman. C'est cool et le ciel est bleu et clair. Aujourd'hui, nous irons un peu. Un mugissement, provenant d'une grange voisine, interrompt le flux de nos pensées et nous flan- chons maintenant le premier pâturage de vaches de ce jour à notre droite: elles sont blanches avec des taches noires.

Après une petite descente, au loin, on aperçoit quelque chose qui ressemble à une étendue d'eau et qui pourrait déjà être la mer. Stina et moi observons le paysage composé de cette étendue d'eau, la campagne, le ciel clair, les montagnes et la lune encore visible. Assis sur le bord de la route, il y a deux marcheurs; nous échangeons une salutation et un sourire et il nous semble que nous les avons déjà vus, mais nous ne savons pas où et dans quelles circonstances; c'est étrange, nous nous souvenons généralement de tous ceux que nous rencontrons, même si nous n'avons pas dit un mot. Ici, "Sergio Ramos" commence à résonner dans mon esprit. Nous nous arrêtons un instant et considérons avec satisfaction que nous atteindrons bientôt Finisterre et qu'à partir de demain nous devrions commencer à contourner l'océan.

Nous voici à Olveiroa. La lune a presque disparu, mais elle nous a livrés à destination. Nous entrons dans la cour de la première albergue que nous rencontrons, peut-être le seul, et deux chiens, l'un blanc et l'autre beige, viennent à notre rencontre et nous font une grande fête, trottant et aboyant. Je prends le blanc dans mes bras et Stina l'autre; ils se lèchent le nez et il faut faire attention à ne pas les laisser se lécher les lèvres aussi.

«Hé», dit un gars qui est passé devant nous avec son partenaire ce matin. Il est assis à une table à l'ombre. Nous déposons les deux bêtes et nous nous dirigeons vers lui.

«Italiens?» il nous demande avec un accent d'Europe de l'Est.
«Oui» je réponds.
«Je viens de Budapest.»
Son italien n'est pas mal du tout. La façon dont St le regarde est évident qu'il y est attiré. Un groupe de cyclistes-marcheurs pénètre dans la cour.
«Va, va demander une chambre» nous exhorte-t-il «sinon ils te feront exploser et puis…»
Sans même lui faire cesser de parler, on se précipite en espérant que ces cyclistes n'ont pas réservé.

68.

La météo n'est pas de bon augure ce matin. Pour les cinq prochains kilomètres, nous monterons de deux cent quatre-vingt à trois cent soixante-quinze mètres, puis nous descendrons pendant environ quatorze kilomètres vers la mer, jusqu'à ce que nous atteignions Cee. Nous marchons contre le vent et sur notre droite il y a quelques moulins qui me rappellent ceux du début du Chemin, près des Silhouettes. Un cycliste portugais nous demande des directions; il fait partie d'un groupe de six autres qui sont plus en retard.

Nous arrivons au minuscule hôpital et dans un moment la route se divisera: une partie ira vers Muxía, une autre vers Finisterre. Stina a de graves maux d'estomac et se sent faible. Je propose que nous nous arrêtions ici et que nous partions demain, mais elle veut continuer. Comme moi, il a une grande envie de rejoindre la mer. Nous nous arrêtons pour boire un verre dans un petit endroit mais plein de promeneurs. Le propriétaire confirme que nous trouverons bientôt la fourche - pour Muxía à droite et pour Finisterre à gauche - et que les deux itinéraires sont plus ou moins similaires. Nous avons mis le k-way qui, compte tenu de la journée, nous tiendra également au chaud, et nous sommes partis. Devant nous il y a un groupe de quatre marcheurs qui disparaissent à l'horizon et derrière nous en apercevons deux autres; quelques instants et, voyant leur allure, ils nous passeront et St et je serai seul, sous la pluie, dans le vent et dans le brouillard. "Sergio Ramos" commence à me marteler l'esprit. Il est évident que St souffre et, bien qu'il ne dise rien, je pense que les douleurs ont augmenté; cependant, nous devons simplement passer à autre chose.

Nous arrivons au centre de Cee et il me semble que cela ressemble beaucoup à celui de Sarría. Il pleut toujours. A quelques mètres de nous il y a le bureau d'information, mais il est fermé. Nous voyons les panneaux indiquant un centre commercial et nous y arrivons.

Après un bon sandwich et un beignet, nous nous sentons mieux et décidons de faire le tour des boutiques; nous aimerions acheter des chaussures pour remplacer celles de trekking dès que nous aurons fini le Camino. Nous le faisons dans une boutique dont le propriétaire, un grand gars sympa, nous propose un hôtel non loin de là.

L'hôtel est fantastique et une chambre coûte un peu plus que dans une albergue et nous en prenons une sans hésitation.

69.

Nous prenons le petit-déjeuner avec du chocolat chaud et des churros, des bonbons typiquement espagnols que nous avons déjà mangés à Melide. Quelques kilomètres nous séparent maintenant de Finisterre; Stina va mieux, mais elle n'est pas encore à son meilleur.

Devant nous maintenant, il y a le port et de nombreux bateaux immergés dans le brouillard, avec des mouettes qui volent autour de nous. L'odeur de la mer nous fait très bien respirer et cette zone me fait penser à la côte ligure et précisément à ce tronçon qui mène de San Remo à Vintimille. Une voix puissante, derrière nous, se met à chanter:

«Sur la plage, les ombres s'étiraient,
en regardant les raisins tu m'as dit que c'était déjà septembre;
enfile ma chemise et enlève le costume,
Je suis tombé amoureux de cette nana sans plumes».

Nous nous tournons curieusement et un gars potelé sourit et continue:

> *«Je suis tombé amoureux, je suis tombé amoureux*
> *de ton visage qui pleure,*
> *qui sait quand qui sait où,*
> *Je suis tombé amoureux*
> *de tes yeux parmi la barbe à papa,*
> *comme un imbécile quand tout était fini,*
> *Je suis tombé amoureux, je suis tombé amoureux».*

Maintenant, il est devant nous et cette chanson nous est familière.
«Italiens?» demandez nous.
Nous lui faisons oui de la tête.
«Je suis aussi. Je m'appelle Gianni.»
Sa diction parfaite ne nous fait pas comprendre de quelle région il vient.
«Je déménage à Cee depuis sept ans.»
«Eh bien, c'est bien ici, n'est-ce pas?» je dis.
«C'est un paradis. Rien de plus à certaines régions italiennes, bien sûr, comme la côte amalfitaine, certains endroits de la Sicile et de la Ligurie, mais à un certain moment j'ai ressenti le besoin de changer de décor. J'ai beaucoup voyagé. Mais comprenez-vous qui je suis? Quelle chanson est-ce que je chantais?»
Nous examinons les questions.

«Compte tenu de votre âge, vous devriez le savoir. Est-ce que Il Giardino dei Semplici et *Mi sono innamorato* vous dit quelque chose?»
«Oui, bien sûr» je réponds «de groupe musical... des années soixante-dix. Chéri? Si je ne me trompe pas, c'est l'un de leurs produits phares.»
Recommence à chanter:

> *«Chéri,*
> *c'était la couleur*
> *de nos corps endormis*
> *sous le soleil.*
> *Sur tes lèvres*
> *il y avait une saveur*
> *que je n'ai jamais oublié!».*

Il nous sourit. «Voici. Vous faites face au fondateur du groupe, Gianni Averardi.»

Même le nom n'est pas nouveau pour moi, mais ce visage ne m'est pas familier.

«Ne le croyez pas, pensez-vous que je plaisante?!»

«Mais non, et pourquoi?» je dis pas très convaincu.

St prend un stylo et du papier dans son sac à dos. «Alors pouvez-vous nous donner un autographe, s'il vous plaît?" Vous ne savez jamais, au moins nous avons le dévouement d'une personne célèbre. Le Giardino dei Semplici a eu beaucoup de succès en son temps.»

«Eh bien, oui» dit-il avec nostalgie. «Vraiment bons moments, chanceux et explosifs. Quel est ton nom?»

«Richardo et Stefania» gli rispondo.

je réponds.

Il prend un stylo et du papier des mains de St et écrit: *À Stefania et Riccardo avec sympathie et amitié, Gianni, Il Giardino dei Semplici*. Il rend tout cela et dit: «Ok, les gars, ça a été un plaisir. Vous faites le chemin, non? Tu vas à Finisterre?».

St hoche la tête.

«Eh bien, alors je ne suggère pas de monter dans ma voiture. Je vous fais finir; si vous revenez, venez me voir, je vis dans ces régions, demandez-moi simplement et ils vous montreront ma maison. Nous passons quelques heures ensemble et je dédicace également certains de mes disques. Jouez-vous d'un instrument? Comment vas-tu chanter?»

«Je joue de la guitare et un peu du piano» répondis-je.

«Ok, alors passons quelques heures avec des amis. Je compte!!»

Le vent commence à souffler fort. Nous sommes sur le trottoir qui longe la côte et des promeneurs souriants nous dépassent. Pensons à cette rencontre insolite et la mélodie de Miele accompagne nos pas.

Dès que nous arrivons à l'extérieur de Corcubión, nous faisons une petite pause. Devant un chocolat chaud, Stina surfe sur Internet et fait une recherche sur Il Giardino dei Semplici. Après quelques instants, il me tend le téléphone et dit: «Regarde riche, voici quelques photos. C'est Averardi» me fait-il remarquer «à moins qu'il n'ait subi une chirurgie plastique du visage et d'autres modifications corporelles, je ne pense pas que ce soit le gars que nous avons rencontré».

«Définitivement.»

«Si ce n'est pas lui... je me demande si cela pourrait passer dans l'esprit d'un individu pour le pousser à faire semblant d'être Gianni Averardi», dit-il en riant aux éclats.

«Eh bien, les mystères de l'esprit.»

«Amen.»

L'odeur de la mer est désormais vraiment intense. Nous sommes près de Playa de Estorde et nous marchons en file indienne dans une rue sans trottoirs et plongés dans un brouillard assez dense: bien que peu de voitures passent, nous sommes quand même très prudents. Nous arrivons à un rond-point et nous devons continuer tout droit. Les marcheurs de l'autre côté de la rue nous saluent.

Nous traversons Sardineiro et remarquons que c'est aussi un joli petit endroit sur la côte. Un panneau routier indique que Finisterre est désormais très proche et nous nous réjouissons du grand objectif qui est désormais très proche.

Une route légèrement en descente nous amène à l'arrêt de bus, où nous sommes arrivés pour la première fois et avons rencontré Diego; nous resterons à nouveau dans son hôtel et demain, en bus ou en taxi, nous irons à Muxía. Sur la gauche, le port et le chant des mouettes en arrière-plan. Les cyclistes-marcheurs arrivent à toute allure: ils freinent, descendent de leur vélo et crient avec joie des mots que nous ne comprenons pas. Sans hésiter un autre instant, nous nous précipitons vers la plage où nous nous sommes promis de continuer à pied le chemin jusqu'à ici. Nous arrivons à la campagne qui la précède et nous empruntons, continuant à courir, la petite route qui mène aux panneaux de baignade interdite et à la passerelle en bois qui rejoint la plage. Il y a deux chevaux bruns libres dans l'herbe, ce sont peut-être les mêmes que nous avons vus la première fois que nous sommes arrivés ici. Nous avançons vers la plage. Nous lançons les sacs à dos en l'air et plongeons dans le sable. Nous hurlons: «Oui!». La mer est agitée dans le brouillard et une volée d'oiseaux noirs flotte comme si elle était folle au-dessus de nous. Je pense au Chemin, aux lieux traversés et aux personnes rencontrées. Je regarde mon cher compagnon de voyage et je me rends compte encore plus que Dieu existe et qu'il est l'architecte de tout cela. Je le sens très proche de moi et je le perçois comme une très haute source d'amour et d'intelligence. St se couche à côté de moi et, main dans la main sur le dos, nous regardons le ciel gris. Le vent nous enveloppe, nos regards se croisent, nous nous embrassons, et la nature et le monde tournent autour de nous et nous nous sentons en faire partie.

Je me lève, entre dans l'eau et cours vers l'horizon comme si je voulais l'atteindre, puis, je me laisse tomber en arrière et regarde le ciel pendant quelques instants. Je me lève tout mouillé et repars mais St n'est pas là. Je souris, regarde autour de moi, me jette dans le sable et crie: «Sttttttttt, St tu veux jouer à cache-cache?! Je ne te cherche pas! Je t'attendrai ici, mais dépêche-toi je suis fatigué et j'ai froid! "

Les minutes passent, mais St ne revient pas.

«Quelle déception St, je comprends! Je dois venir te chercher»Je me lève et me dirige vers un feu de joie de plongeurs allemands qui boivent en chantant des chansons des Beatles. Je pense qu'elle les a rejoints, mais elle n'est pas là. Je reste un moment, à sécher et à m'échauffer, dans l'espoir que St décide de sortir. Je marche ensuite le long de la longue passerelle en bois derrière la plage qui, en montant, mène à des bancs de pierre. Je pense qu'il me regarde, faisant beaucoup de rire derrière moi. Rien! Je n'exclus pas qu'elle soit allée à l'hôtel. Je vais là-bas.

Ce n'est même pas ici. Je reviens en courant. Je la cherche à nouveau parmi les Allemands, sur les bancs, sur la plage. Je n'arrive plus à penser à une si longue blague, mais j'essaie quand même de rester calme, ne me laissant pas envahir par la peur qui voudrait prendre le dessus. Qu'est-ce qui aurait pu arriver?! Tout a commencé comme une blague et ensuite St a-t-il eu des problèmes? Est-ce qu'il est tombé quelque part? Un chien féroce vous a-t-il attaqué? Mille mauvaises pensées se succèdent. Il m'a suivi dans l'eau, la pire pensée, et... Cette dernière idée me prend le creux de l'estomac. Il est capable de me pénétrer.. "Non, non, non, ne pense pas ça!" Je me dis de toutes mes forces.

Les recherches commencent, les sérieuses: moi, celles de l'hôtel, les plongeurs allemands, tous unis pour chercher St et soutenir mon désespoir. Diego me dit qu'il ne voit aucun danger dans cette zone, mais les panneaux au début de la plage interdisent la baignade. Je ne peux pas penser que St est entré dans l'eau sans que je m'en aperçoive. Je suis vraiment fatigué et je ne peux plus me lever; Je tombe à genoux et, les poings fermes dans le sable, je crie: «St, St, Stttttt». Et je m'allonge épuisé.

«Mais qu'est-il arrivé aux Beatles? Est-ce que seul John Lennon est mort?» je demande à St au téléphone, allongé sur le canapé de mon salon.

«Pour autant que je sache, tout le monde sauf Paul McCartney est mort» réponds St.

«Mais es-tu sûr, St? Je ne savais rien, quel chiffre, je n'ai même pas envoyé de message de condoléances aux familles, essayez de vous en informer.»

«Rich, Rich…» St rit «vous vous endormez, n'est-ce pas Rich? Vous êtes presque ou déjà dans le monde des rêves et, comme d'habitude, vous délirez, est-ce vrai Rich?»

Je ne lui réponds pas.

Après quelques instants de silence, je lui dis d'une voix confuse: «Tu dois t'informer, vous informer absolument, St».

«Ah, tu es toujours réveillé Rich, je suis sur Internet et je fais vraiment des recherches sur le sujet, tu m'as intrigué; si vous résistez un peu et ne vous endormez pas, je vous dirai comment les choses se passent vraiment.» Et St rit.

«Tu es toujours là, Rich?» me demande.

«Oui St, il y a, il y a, dis-moi, dis-moi» répondis-je d'une voix faible et presque ivre.

«Deux sont morts, George Harrison et John Lennon. Le premier cancer en 2001, Lennon en 1980 assassiné par un fan.»

«Meno male che non sono morti tutti, almeno questo, però sempre «Heureusement, ils ne sont pas tous morts, du moins celui-ci, mais je me suis toujours ridiculisé avec les familles, il faut se remettre… il faut… gna… se remettre. Quand quelqu'un meurt, tu dois me le faire savoir! Il est juste que je sois proche des familles dans ces circonstances.»

«Hé, eh, réveille-toi, réveille-toi» m'appelle Diego en me tirant par le bras. «Rien, malheureusement toujours rien et la mer remue encore, allez, réveillez-vous!» Elle me gifle les joues. «Nous devons avertir la police.»

Je m'assois brusquement, je regarde autour de moi et je me mets à pleurer.

«Nooon!» je crie.

Diego met une main sur mon épaule et m'aide ensuite à me lever.

«C'est inutile, inutile de désespérer» me dit-il.

Au commissariat je déclare: «J'ai rencontré St, Stefania Barcio, une Sicilienne d'Agrigente, il y a vingt-six ans, deux ans et demi, dans le train Paris-Bayonne. Il est allé à Saint Jean Pied de Port pour commencer le chemin de l'océan. Comme moi, il a eu deux semaines pour rejoindre Finisterre. Nous avons tout de suite sympathisé et, parlant, nous avons réalisé que nous étions similaires sur beaucoup de choses, alors nous avons décidé de procéder ensemble. Les sept premiers jours à pied environ, le reste en train ou en bus. Plus tard, nous avons décidé de retourner en Espagne dans les années suivantes pour reprendre le Camino d'où nous nous étions arrêtés à pied, en marchant avec nos jambes au moins cent kilomètres par an, jusqu'à ce que nous l'ayons terminé. Il vit avec ses parents et sa sœur Gina; il m'a parlé de sa famille, mais d'une manière générique. Cette fois, avant de rentrer à la maison, je suppose que nous aurions échangé notre numéro de portable, pendant le Camino il n'a jamais voulu me le donner. Chaque fois que nous nous séparions, une date était décidée pour se revoir et puis tout était confié au destin et, en cas d'imprévu, nous ne nous reverrions plus jamais. Le destin nous a aidés à terminer le chemin, mais il nous a ensuite donné cette belle fin. Dans les hôtels où nous avons passé la nuit, ils n'ont pas ses données. On nous a toujours dit qu'un seul document était nécessaire et j'étais toujours le plus rapide à le récupérer, peut-être pour une sorte de défi au fil du temps. Je n'ai que deux photos dans mon téléphone portable, qui sont également mauvaises; St n'aime pas être photographié et j'ai dû transpirer pour eux. Parmi ses affaires, j'ai trouvé un cahier et j'ai d'abord pensé que c'était le journal de notre voyage. J'ai jeté un coup d'œil à travers les pages jaunies: il parle d'épisodes qui se déroulent à Pozzallo, dans la province de Raguse, et la dernière page écrite raconte un voyage à Modica qu'une certaine Stefania, je suppose que la grand-mère de St, avec sa famille, aurait a dû faire le lendemain, 29 avril 1928».

70.

J'éteins mon téléphone par impulsion, saute du banc de Roncevaux et le jette au sol. Je décide d'appeler Marin, Bruno et les autres amis pour quelques mots de réconfort. Si seulement ils avaient quelques idées pour ramener St. Quelque chose auquel ni moi, ni Diego, ni personne d'autre n'ont pensé jusqu'à présent. Je pense qu'il me trompe. Mais qu'y a-t-il de mal à se leurrer un peu alors que tout espoir semble perdu?

71.

Plus de trois mois se sont écoulés depuis que St a disparu et depuis la dernière rencontre avec le Père Xavier et moi ne pouvons pas être tranquilles. En permanence, diverses hypothèses me pressent l'esprit: "Ils l'ont kidnappée", hypothèse partagée par Marin. "Pour plaisanter, elle s'est cachée et puis il lui est arrivé quelque chose", hypothèse partagée par Marin. "Elle est entrée dans l'eau et s'est noyée", hypothèse partagée par Marin. "Elle est simplement partie sans rien dire", une hypothèse partagée par le Dr Ul et Marin. Toutes les hypothèses sont peut-être valables, mais j'espère vraiment que seule la dernière est correcte: je regretterais de l'avoir perdue, mais je serais heureux pour vous. J'ai l'air de devenir fou, aussi parce que, presque à chaque fois que je m'endors, j'ai le même cauchemar: des cafards, des milliers de cafards venant vers moi et la voix des Beatles chantant *Help*. Je me demande si ce cauchemar pourrait signifier quelque chose, si St a besoin d'aide, ou est-ce juste une blague de mon esprit, comme le prétend le Dr Ul. Mais comment puis-je l'aider? En supposant qu'il n'est pas déjà trop tard. Par quoi puis-je commencer?! Cette mélodie me hante même lorsque je suis réveillé, je la sens sur ma peau et je lis et relis le texte pour essayer de comprendre si un indice est caché entre les lignes.

Aide, j'ai besoin de quelqu'un

aide, pas n'importe qui,

aide, tu sais que j'ai besoin de quelqu'un, aide …

Mais le message pourrait simplement être de l'aide, de l'aide; il ne doit pas nécessairement y avoir d'indice dans le texte; en attendant, je le relis mille fois par jour. "Que puis-je faire d'autre?".

Marin m'a conseillé de consulter Strunk, devin autrichien; l'un des meilleurs, affirme-t-il. Les diseurs de bonne aventure, les sorciers et autres ne m'ont jamais convaincu mais je veux l'écouter, l'appeler et lui demander de le contacter au plus vite, St pourrait être en danger et chaque minute pourrait être précieuse.

72.

Après avoir posé une série de questions sur moi et ce qui s'est passé, Strunk murmure des sorts et tâtonne avec un pendule pendant un moment; puis il me demande si en plus du cauchemar des cafards, j'en ai eu d'autres ou si j'ai eu des visions ou quelque chose comme ça, à la fois pendant le Camino et après. Je lui raconte le rêve de Ponferrada et celui concernant la mort des Beatles à Finisterre; puis je me souviens du cauchemar que j'ai fait dans le train pour Santiago et du délire de León. Strunk veut avant tout approfondir le cauchemar de Santiago. Il reste silencieux pendant quelques instants, puis blanchit et hurle des mots étranges tombant au sol. Chantez quelques lignes d'*Help*, mais avec une mélodie qui lui est propre:

«Aidez-moi si vous le pouvez, je me sens déprimé,
et j'apprécie vraiment que tu sois là,
aide-moi à remettre les pieds sur terre.
Et maintenant que ma vie a changé à bien des égards
mon indépendance semble disparaître dans la brume
mais parfois je ne me sens pas en sécurité.
Je sais que j'ai besoin de toi comme jamais auparavant.»

Scrive qualcosa su un foglietto, lo chiude in una busta e mi si avvicina; mi prende le mani.

Il écrit quelque chose sur un morceau de papier, le referme dans une enveloppe et s'approche de moi; prend mes mains.

«St est en danger, tu dois l'aider; Je le perçois dans une condition particulière: à l'intérieur de quelque chose ou en dessous de quelque chose, je ne sais pas exactement où il se trouve et dans quelles conditions il se trouve, mais je perçois quelque chose de bas. Je vois de la fumée ou peut-être du brouillard, mais… quand tu m'as vu bouleversé, j'ai entendu une voix; à ce sujet, cependant, je ne peux pas vous parler, mais je vous dis que vous devez vous dépêcher. Prenez cette enveloppe et conservez-la soigneusement; il faut l'ouvrir et chanter son contenu seulement si on est confronté à une situation très particulière, je ne peux pas vous dire de quel genre, peut-être un gros danger, mais vous devrez être celui qui le percevra. Ne perdez pas cette chance, cela pourrait vous conduire à la sécurité de St. Partez immédiatement pour Finisterre, en vous arrêtant à Ponferrada, Pedrouzo et Santiago, maximum trois jours pour chaque étape. Vous devez absolument trouver quelque chose et vous devrez comprendre ce que c'est. A Santiago, allez à la cathédrale, mouillez cette enveloppe avec de l'eau bénite et priez à votre manière; de Ponferrada, vous devez vous rendre aux destinations suivantes uniquement avec vos pieds et si, après trois jours, rien ne se passe à Finisterre, vous devrez partir pour revenir; ce n'est pas nécessairement l'endroit où vous pouvez tout résoudre.»

«Comment puis-je comprendre ce qu'il est juste de faire?!» je crie les mains en l'air. Strunk me serre dans ses bras et, en pleurant presque, dit: «Je ne peux et je ne peux rien faire d'autre, mais je sens que tu dois y aller, c'est la seule façon d'essayer de sauver St».

73.

Le centre de Ponferrada est plein de monde ce soir. Beaucoup vont à la forteresse. Je suis très faché. Éliminez les questions "qu'est-ce que je fais?" et "et si tout cela ne mène à rien?" – et pris pour acquis que je vais aider St - maintenant nous devons comprendre comment identifier les bons indices et ce qu'il faut considérer. Marin m'a conseillé de me laisser aller à la vie, en essayant d'être aussi paisible que possible; Je dois observer et ressentir tout ce qui m'entoure, tout ce qui m'arrive, sans négliger le moindre détail. Avec d'autres personnes, dont un couple devant moi avec une poussette et des enfants qui sautent à mes côtés, je monte la pente qui, éclairée par de petites torches posées au sol aux deux extrémités, mène à la forteresse. A l'entrée, deux chevaliers en armure nous laissent passer en tirant vers eux les lances croisées, tandis qu'à l'intérieur, dans une grande cour, d'autres à cheval simulent des tournois et des actions de guerre; à chaque coin, il y a des scènes qui ramènent les visiteurs dans le temps. Dans une autre cour, trompettes, tambours, bois et flûtes jouent de la douce musique médiévale et de nombreuses personnes dansent avec des vêtements d'époque. Un petit homme me montre des costumes empilés dans un coin et me fait signe d'en porter un et, quelques instants plus tard, je me déplace aussi parmi les gens comme un fou.

Je me promène, puis entre dans une grande salle où de nombreuses personnes dansent lentement autour d'un chevalier qui, à genoux, prononce d'étranges paroles. J'entends alors des chants grégoriens en latin de l'extérieur, puis je sors et je vois un cortège d'hommes cagoulés s'approcher portant une habitude semblable à une habitude. Lentement, ils entrent. Un des enfants, qui vient d'entrer dans la forteresse avec moi, me distrait de cette scène; il me prend la main, me tire et me fait signe de le suivre. La tendresse de son regard me fait céder. Un des hommes cagoulés court vers nous et, posant une main sur mon épaule, me dit: «Tu dois t'éloigner de Ponferrada, tout de suite!». I Le petit garçon semble bouleversé, pousse l'homme cagoulé et lui dit de s'en aller, puis continue de me tirer jusqu'à ce qu'il m'amène en présence d'une merveilleuse femme aux cheveux blonds et aux yeux bleus qui me prend par la main et renvoie le garçon, me sourit, me caresse et m'emmène dans une partie de la forteresse où il n'y a personne. Il me dit que ce n'est que le début d'une soirée inoubliable; elle m'invite à la suivre dans une maison non loin de la forteresse, où d'autres fées m'attendent. La situation m'excite mais, en la suivant, nous faisant de la place parmi les visiteurs, je me souviens des paroles de l'homme cagoulé et je suis tiraillée entre l'envie de partir et l'envie de passer la nuit ici. Je pourrais partir demain matin vers huit heures, comme je l'avais déjà décidé, me dis-je; mais alors je réfléchis et me demande si l'homme cagoulé avait raison et qu'il fallait partir immédiatement. Une voix insidieuse et piquante essaie de me distraire des paroles de l'homme encapuchonné. Partir quelques heures plus tard, me dit-il, n'entraînerait probablement rien: il fait nuit et il pourrait être difficile de s'attaquer aux sentiers du Camino. Je suis convaincu depuis un moment. Pendant ce temps, nous traversons la place principale de Ponferrada. Les paroles de l'homme encapuchonné, cependant, reviennent à résonner dans mon esprit; Je m'arrête, me détache avec force de cet ange blond et lui dis que je dois y aller, je me retourne et je cours en arrière. Elle me rejoint, prend ma main et me dit: «Allez, juste quelques heures, il faut être avec toi, juste ce soir!». Je me demande si c'est aussi un moyen d'obtenir un indice. Je m'agenouille épuisé et je me demande qui a raison, le cagoulé ou la fée? Laquelle des deux choses peut servir mon objectif?

Et je passe la majeure partie de la nuit avec quatre belles sirènes.

Je reprends le Chemin à six heures du matin, environ deux

heures plus tôt que prévu. Les doutes persistent et je me demande continuellement si j'ai eu tort de ne pas reprendre le Chemin tout de suite. Tourments, essoufflement, sensations atroces, mais rien ni personne ne peut me dire quel est le bon choix; si j'avais écouté les paroles de l'homme cagoulé, j'aurais quand même mis quelque chose de côté. Le doute subsiste malgré le fait que je semble m'être livré à la volonté de mon âme; si, au contraire, j'ai simplement succombé à des tentations, peut-être ai-je commis une grave erreur. Mais maintenant c'est fait, j'ai agi comme ça et je dois essayer de continuer et de garder mon esprit vide, clair, pour essayer de saisir les signes. Cette dernière réflexion et les conseils de Marin me donnent un peu de sérénité.

74.

A pochi chilometri da Villafranca del Bierzo, in direzione di O Cebreiro, vedo una biglia, alla cui estremità è legata una cordicella, che rotola spinta dal vento; d'istinto mi lancio per terra e l'afferro, proprio quando sta per precipitare nell'avvallamento poco distante da me. Se avessi ritardato qualche secondo, l'avrei persa. È una bella sferetta di cristallo; la pulisco e la metto al collo.

A Pedrouzo incontro Alvia, una dolce vecchietta di novantadue anni considerata la portafortuna del Cammino.

Mi chiede perché sono lì e sono tentato di raccontarle tutto, ma poi mi fermo e le dico soltanto che il motivo fondamentale è la curiosità. Mi sorride, mi carezza il viso, con uno sguardo quasi per dire "tu non me la racconti giusta" e, tenendomi le mani, recita una litania in portoghese. Mi porge una croce greca fatta con due bastoncini di legno legati da uno spago e mi dice: «Ora vai e *¡Buen camino!*». Le dò un bacio, l'abbraccio e vado via. Mentre cammino stringo la croce tra le mani e, di tanto intanto, la guardo. Mi accorgo che sopra c'è incisa in caratteri piccoli la parola lectarù.

Nella cattedrale di Santiago resto davvero tanto, chiedendo alla Vita di aiutarmi; irrequieto cammino da una parte all'altra, poi, come mi ha detto Strunk, mi avvicino a un'acquasantiera e immergo la busta. Penso di fare la stessa cosa con la sfera e con la croce e, mentre sto per andare via, un monaco dal saio azzurro, trattenendomi per un braccio, mi dice qualcosa in una lingua che sembra cinese. Non capisco nulla né voglio impegnarmi più di tanto a farlo, sono davvero stanco; lo saluto con cortesia e decido di tornare in albergo. Domani m'incamminerò verso Finisterre.

75.

C'est le soir, je suis assis au bord de la mer. Les vagues me chevauchent et les tourments deviennent de plus en plus lourds. Aucune trace de St. Mais là encore, je n'ai jamais vraiment cru ce que Strunk m'avait dit de faire. Je suis convaincu qu'elle ne fait que perdre du temps: St, profitant de ma distraction, ce jour est passé, c'est tout. Je ne peux rien faire d'autre, rien d'autre et je veux exclure l'hypothèse que quelque chose lui est arrivé. Après-demain, je partirai simplement; Je partirais aussi demain mais, à ce stade, je veux laisser passer les trois jours, juste pour ne rien négliger. Peut-être qu'une partie de moi se confie un peu à ce sorcier? La vérité est que je suis confus, je suis tourmenté, en colère... au secours! Et voici cette putain de chanson, que jadis tant aimée et que je déteste presque maintenant, revient me torturer. Aide, j'ai besoin de quelqu'un, help!

Après avoir écrit dans mon journal, je m'allonge et, les yeux tournés vers le ciel, j'essaye de me détendre jusqu'à m'endormir.

Je me réveille à l'aube et, découragée, je décide de me promener pour laisser passer le temps, lâchant signes et indices. De la plage je vais aux bancs de pierre et des bancs je retourne à la plage; puis je vais au point où ce maudit jour il y avait des plongeurs allemands, puis la plage à l'arrière.

Et les moments passent lentement et lourdement jusqu'au

soir. Je me laisse tomber en arrière sur le sable et crie: «Nooooooo, noooooo, noooo, ça suffit!». Je finis dans un sommeil profond.

Dès que je me réveille avec la pleine lune dans le ciel et la mer déchaînée, battue par un vent fort et glacé, mes jambes sont chaudes et lourdes; Je lève la tête et des centaines, voire des milliers de cafards couvrent mon corps jusqu'au nombril. *Help, I need somebody, help.* Et cette chanson, mon Dieu, cette putain de chanson encore, la bande originale de mes tourments. Mon nez commence à saigner. Je me pince, je me gifle, je regarde autour de moi, je me sens complètement réveillée, je m'assure que ce n'est pas la répétition de ce cauchemar que j'ai fait dans le train pour Santiago. Tout a commencé comme ceci: des cafards jusqu'au nombril et des saignements de nez. Penser à cela augmente ma terreur. Je dois faire quelque chose. Si tout se passe comme le cauchemar l'avait annoncé, je me retrouverai sans force, avec mon corps couvert de ces insectes dégoûtants, sans pouvoir bouger même un doigt, plein de sang, et alors je me verrai tomber dans le néant noir, tout noir autour de moi.

Les bêtes avancent rapidement et ont dépassé la poitrine. Je peux à peine bouger mon bassin, mes bras et ma tête. D'une main j'essuie le sang, puis je me souviens de l'enveloppe et du magicien. Du sac à dos, je sors l'enveloppe et, ensuite, la croix que je tiens dans ma main droite l'amenant à ma poitrine; de l'autre main, cependant, je tiens la boule de cristal autour de mon cou, qui est devenue une amulette pour moi. J'ouvre l'enveloppe et, rapidement mais prudemment, je chante le contenu: «Aim gaim pussuffu', galin aiim, iim».

Rien ne se passe! Je chante à nouveau: «Aim gaim pussuffu', galin aiim, iim». Ah, je me souviens de ce qui est écrit sur la croix. Ricanto et ajoutez «Lectarù». Rien, je chante encore et encore comme un damné: «Aim gaim pussuffu', galin aiim, iim lectarù». Mais rien ne se passe. J'arrache la sphère de mon cou et crie "Putain de sorcier, putain de tout!» Je la jette au sol. En faisant cela, cependant, je remarque qu'il y a quelque chose de gravé que je n'avais jamais remarqué auparavant; en m'efforçant et en m'étirant, je peux le faire rouler vers moi, mais je ne distingue rien, tout est très petit. Puis je prends la loupe de mon sac à dos et lis *Bidim* gravé sur la sphère. Immédiatement j'ajoute les mots qui étaient dans l'enveloppe, puis le mot sur la croix et le dernier sur la sphère: «Aim gaim pussuffu', galin aiim, iim lectarù bidim». Toujours rien. «Bon sang», je pleure et, épuisée, je m'abandonne à mon destin.

Quand les cafards ont couvert presque toute la bouche, comme par miracle une idée m'est venue: re-chanter les mots qui étaient dans l'enveloppe puis le mot qui est sur la boule de cristal et enfin celui qui est sur le croix: «Aim gaim pussuffhhh…»Une main couvre ma bouche et une autre, avec la même force, me serre la gorge. J'ai l'impression de mourir. Devant mes yeux un visage ridé aux très longs cheveux blancs ricane: il me semble celui d'une sorcière. Il a le reste de son corps suspendu dans les airs et, alors qu'il continue dans sa puissante emprise, il se laisse tomber sur moi avec un poids mort. Puis, continuant de rire, il se lève un peu, me tirant avec lui et, me quittant, il me jette à terre; encore il s'accroche à moi en me relevant; trois, quatre, cinq… quinze fois. Le bout de mes doigts touche ses cheveux et, épuisée, je peux à peine attraper une mèche. «Ahhh» crie-t-il désespérément. Avec un grand sacrifice mais avec détermination, j'arrive à arracher ces poils blancs plusieurs fois et avec toujours plus de force, jusqu'à ce que je détache une touffe. La vieille femme crie puissamment et, relâchant son étreinte, finit de côté, perdant toute énergie, jusqu'à ce qu'elle se dissolve dans le vent en quelques instants. Presque épuisé, je crie: «Aim gaim pussuffu', galin aiim, iim bidim lectarù». Une vague très forte me recouvre et entraîne presque tous les cafards dans l'eau, sauf un qui est étourdi à quelques pas de moi; peut-être qu'il est mort. Lentement je récupère mes forces et j'en crois à peine mes yeux: je vois le moine en habit bleu marcher au bord de la mer; en me regardant, il prononce la même phrase qu'il a dite à Santiago dans cette langue incompréhensible. Puis, avec un sourire plein d'amour, il continue: «*Souviens-toi, fils, la sphère est avant la croix* je t'ai dit à Santiago». Il s'assoit sur la rive et commence à prier et une lumière se propage de la boule de cristal jusqu'à ce qu'elle atteigne le cafard, puis de là, elle se lève et se propage. Dans quelques instants, dans cette lumière, St se matérialise à partir de ce cafard presque mort. La lumière se dissout lentement et le moine dit: «Aim gaim pussuffu', galin aiim, iim bidim lectarù; lorsque vous atteindrez le but avec vos pieds, vous deviendrez un scarabée et ce n'est qu'avec ces mots que vous vous sauverez». Le moine disparaît et la sphère, la croix et l'enveloppe avec le morceau de papier disparaissent également. St retrouve ses forces et se jette dans mes bras et au-dessus de l'océan déchaîné, une lueur intense se répand dans le ciel sombre.

Derrière moi je sens une main me serrer l'épaule et, alors que je me retourne pour comprendre de qui il s'agit, je suis réveillé par Gabriella qui me dit: «Hé hé, Domenico, Domenico, viens, on a le bus pour Muxía dans un heure.»

«Bon Dieu, Gabry...» J'ai sauté des couvertures «Je rêvais. Ah, ha ha, ha ha... hier soir j'ai tout revécu, absolument tout ce que nous avons fait pendant le Camino, jusqu'à hier, quand nous sommes arrivés ici à Finisterre, et puis... l'activité de rêve a fait le reste, elle a beaucoup ajouté pour nous, mais beaucoup d'imagination. Dans le rêve tu t'appelais St, Stefania, et j'étais Rich, Richardo.»

«Il peut arriver que vous rêviez de choses qui ont vraiment été faites, pour moi aussi…»

«Fantastique Gabry, fantastique, juste une chose... Dans le rêve tu as disparu et... et... je suis désespérément allé à Roncevaux pour demander du réconfort au Père Xavier et…»

«Allez, dépêchons-nous maintenant, il est tard, tu me diras tout dans la rue, je suis vraiment curieuse», dit-elle avec un sourire en allant ouvrir les rideaux. Je rassemble mes vêtements, je remarque qu'un cafard s'éloigne à quelques pas de moi et, se précipitant vers la douche, je me mets à chanter:

«Help, I need somebody,
help, not just anybody,
help, you know I need someone, help.
When I was younger,
so much younger than today,
I never needed anybody's help in any way.»

"Dans toutes les expériences que nous vivons,
petit ou grand,
il y a toujours au moins un être spécial qui,
nous prenant par la main,
marche avec nous."

"Gabry,
Je sens les destinées de nos âmes
se sont déjà rencontrés,
et ils se reverront,
dans d'autres vies: dans dix, cent ou peut-être mille.
Sur telle ou telle planète,
dans une autre dimension,
ou qui sait sous quelle autre forme d'existence.
Tu as été et tu seras toujours à mes côtés pour soutenir mes rêves
- peut-être êtes-vous le seul à y croire vraiment -
et pour me donner le courage d'essayer de les réaliser.

Avec une gratitude infinie